AF216108

„… das Spiel ist noch nicht zu Ende", prostete Waldemar dem Hausmeister zu.

Der Cousin Andrzej Czybulskys, der durch eine Erbschaftsbenachrichtigung von dessen Tod erfahren hat, macht sich nach Berlin auf, um die näheren Umstände, die seinem Suizid vorausgingen, zu untersuchen. Die Abgründe, die sich vor ihm auftun, bestätigen seine bösen Ahnungen.

Mit dem Roman „Czybulskys Vermächtnis" knüpft der Autor unmittelbar an die Erzählung „Die China-Maus" von Andrzej Czybulsky an.

Mark Brodersby, Jahrgang 1968, wurde in Klaipėda (Memel) geboren, verbrachte aber seine Jugend bei deutschen Pflegeeltern in Stralsund. Einen, wenn auch geringen, Bekanntheitsgrad erlangte er durch ein, in einer Schülerzeitung erschienenes Pamphlet aus dem Jahre 1985 mit dem Titel „Die DDR ist nicht Scheiße, aber sie riecht so!", in dem Erich Mielke als ein bemitleidenswerter Psychopath, der besser daran getan hätte, Hundezüchter zu werden und der Staatsratsvorsitzende als ein alter Sack mit Löchern bezeichnet wurden, wofür er wegen Verunglimpfung des Staates und der Partei eine 6-monatige Jugendstrafe erhielt.
Nach deren Verbüßung arbeitete er als Stromableser und Bibliothekar.
Brodersby lebt heute zurückgezogen in Dänemark.

Czybulskys Vermächtnis

Eine weitere Geschichte
aus dem neuen Berlin
von

Mark Brodersby

Impressum

Texte © Copyright 2017 by Mark Brodersby
Bildmaterialien © Copyright 2017 by Mark Brodersby
Mark.Brodersby@freenet.de

Alle Rechte vorbehalten.

Herstellung und Verlag:

BoD – Books on Demand

22848 Norderstedt

ISBN 978-3-7448-0999-3

Inhaltsverzeichnis

Seite

01 – Advent   6
02 – Eine Kneipenbekanntschaft   25
03 – Der Ring   53
04 – Die Speicherkarte   86
05 – Brüderschaft   124
06 – Brasilien?   162
07 – Schmand oder was?   196
08 – Cadillac   231
09 – Weil Weihnachten ist   274
10 – Aus und vorbei   297

1. Kapitel

Eigentlich war es zu warm für diese Jahreszeit. Zwölf Grad Celsius und das im Dezember! Der Regen prasselte auf das riesige Dach des Hauptbahnhofes. Während Waldemar in einem der Bahnhofscafés saß, beobachtete er die vorbeihastenden Menschen. „Bestimmt eine Folge des Klimawandels", werden sie alle sagen, dachte Waldemar. Dabei erinnerte er sich, dass es in seiner Kindheit einmal zu Heiligabend noch wärmer war als heute. An dem Tag ist nämlich sein Vater mit seinem neuen Motorrad – eben wegen des schönen Wetters – spazieren gefahren, und Waldi durfte sogar ein kleines Stück mitfahren. Das war zwar nicht erlaubt und Mutter rollte mit den Augen, aber Papa sagte nur: „Wszystko jedno, der Junge soll auch ein bisschen Spaß haben." Er nahm noch einen ordentlichen Schluck Żubrówka – falls es doch kälter werden würde als erwartet – und dann ging es los. Waldemar durfte ja nur eine „Biege" mitfahren, aber sein Vater blieb dann schon ein paar Stunden weg. Ob er während der ganzen Zeit nur Motorrad gefahren ist, hat Mutter nie erfahren. Und dann folgte ein zwar warmer aber trauriger Heiligabend, denn Vater nahm noch etliche Schluck aus der Żubrówka-Pulle, weil nämlich, wie so oft, die Trauer über den Tod seines Schwagers Franz in ihm hochkam. Ein paar Jahre zuvor waren beide mit ihren Motorrädern unterwegs gewesen und mussten selbstverständlich testen, wer die schnellere Maschine hat. Als Franz schon um Längen voraus war, und sie kurz davor standen, das Rennen abzubrechen, kam aus einem Feldweg, wie selbstverständlich, die Vorfahrt missachtend, ein Armeefahrzeug, dem dann der Schwager nicht mehr ausweichen konnte. Robert, also Waldemars Vater, kümmerte sich sofort um Onkel Franz, doch er konnte nichts mehr für ihn tun. Über den schwer verletzten Schwager gebeugt, vernahm er noch dessen letzte Worte: „Mein Andrzej!", bevor er in seinen Armen starb. Da das Armeefahrzeug verschwunden war, gab die Miliz später als Unfallursache überhöhte Geschwindigkeit an.

Das Ganze ist nun schon über vierzig Jahre her, aber Waldemar hat die Geschichte, die sein Vater, unter Zuhilfenahme einiger Schluck Żubrówka, immer sehr lebendig geschildert hat, so oft gehört, dass er manchmal glaubte, sie selbst erlebt zu haben.

Waldemar trank von seinem Kaffee, stocherte auf seinem trockenen Streuselkuchen herum und überlegte. Wie Andrzej wohl zuletzt ausgesehen hat? Er hatte ihn vielleicht zwanzig Jahre nicht mehr gesehen. Damals trafen sie sich in Berlin und alles, was er davon behalten hatte, war eine Bar und diverse Cuba Libre und er nicht mehr wusste, wie er anschließend in sein Hotel gelangt war. Aber auch die Treffen davor waren an der Zahl eher spärlich. Ein paar Mal reiste er mit seiner Mutter nach Worms, dafür bekamen sie im Gegenzug auch zweimal von Andrzej und dessen Mutter in Königshütte Besuch. Dabei hatten sich die Jungen immer gut verstanden aber mehr auch nicht.

„Alter, kannste mal 'n pa Schillinge rüberwachsen lassen für 'ne Schrippe oda 'n Kaffe?"
Eine verkommene Gestalt stand plötzlich neben seinem Tisch und hielt die Hand auf.
„Warum gehen Sie nicht arbeiten, wie andere Menschen auch?", fragte Waldemar.

„Ick hab 'ne Behinderung."
„Und ich habe kein Kleingeld."
„Ick nehm' ooch großet", dabei grinste er unverschämt.
Waldemar zückte seine Brieftasche und streckte ihm
einen 500 Euro Schein hin.
„Können Sie mir auf den rausgeben?"
„Ey, wie soll ick'n Fünfhundata wechseln, haste dit
nich kleena? Vielleicht 'n Hunni?"
„Nein."
„Dann wenichstens 'n Zweehundata?"
„Ich habe Ihnen doch gesagt, dass ich kein Kleingeld
habe, und jetzt verziehen Sie sich!"
„Dummes Arschloch!"
„Jetzt werden Sie mal nicht frech, Sie unverschämter
Kerl! Was kann ich denn dafür, wenn Ihr
Hinterwäldler hier so rückschrittlich seid. Neulich in
Warschau, da haben die Bettler sogar Kreditkarten
akzeptiert."
Dabei erhob er sich von seinem Platz. Der
schwerbehinderte Penner zog von dannen.
Waldemar setzte sich wieder und ging weiter seinen
Gedanken nach.
Am markantesten blieb ihm der Besuch bei Andrzej in
dessen Studentenzeit in Erinnerung. Damals
besuchten sie ein berühmt-berüchtigtes Weinlokal in
Schöneberg, in dem Heidelbeerwein und ähnlich edle
Tropfen ausgeschenkt wurden. Nachdem sie etliche
Sorten probiert hatten und schließlich ein Stück des
Weges zu Fuß nach Hause gehen wollten, wurde
Waldemar so schlecht, dass er an jeder Laterne stehen
bleiben musste, um zu …
Sein Handy klingelte.
„Scheffzik."
„Galla hier, Sie wollten mich sprechen?"

„Ja, Herr Galla, danke, dass Sie angerufen haben. Ich würde mich gerne mit Ihnen unterhalten, nicht am Telefon; ich dachte an ein Lokal, vielleicht beim Bier."
„In welcher Angelegenheit denn, oder sind Sie etwa von so einem Umfrageinstitut? Woher haben Sie meinen Namen?"
„Von einer Frau Neumann. Ich mache keine Umfragen. Ich bin der Cousin von Andrzej Czybulsky und da Sie sein Freund waren ..."
„In der Kochstraße, am Checkpoint Charlie, ist ein Italiener. Können Sie in einer halben Stunde dort sein?"
„Wie erkenne ich Sie?"
„Ich werde mit einer zusammengeknüllten Zeitung in der Hand draußen warten."

Dreißig Minuten später stieg Waldemar vor dem italienischen Restaurant aus dem Taxi und ging auf den Mann zu, der, wie verabredet, mit einer Zeitung wartete.
„Herr Galla?"
„Ja, dann sind Sie Herr ..."
„Waldemar Scheffzik, nennen Sie mich einfach Waldek. Ich hätte beinahe nicht hergefunden und musste mich vom Taxifahrer erst belehren lassen, dass diese Straße umbenannt wurde."
„Scheiß der Hund drauf! Für uns ist das hier immer noch die Kochstraße. Sie war die Kochstraße und sie bleibt die Kochstraße! Und wenn sie morgen in ,Engel-Gabriel-Straße' umbenannt würde, sie wird die Kochstraße bleiben! Ich heiße übrigens Karl-Heinz, lassen Sie uns reingehen, ich habe einen Tisch reserviert. – Spielen Sie Schach, Herr Scheffzik, ich meine, Waldek?"

„Nein, jedenfalls nicht gut."

„Das ist aber sehr bedauerlich. Ich dachte immer, das liegt allen Polen im Blut; wenn ich da an Andrzej zurückdenke, was war das für ein ausgekochter Hund."

„Dann bin ich eben kein richtiger Pole, meine Eltern sind deutschstämmig."

Beide nahmen an einem kleinen Tisch Platz und bestellten zwei Bier.

„Prost, Waldek!"

„Na zdrowie, Herr Galla! Ich habe Sie mir ganz anders vorgestellt."

„Hoffentlich sind Sie jetzt nicht enttäuscht, aber sagen Sie ruhig Karl-Heinz oder Kalle, das hat Andrzej immer getan. Was führt Sie denn nun nach Berlin?"

„Ich bin vom Gericht benachrichtigt worden, dass ich hier Andrzejs Erbe antreten soll bzw. kann. Dazu muss ich hier einen bestimmten Notar aufsuchen. Außerdem würde ich gerne mehr über die Umstände erfahren, die zu seinem Tode führten."

„Er hat vor lauter Kummer Selbstmord begangen. Das ist bewiesen. Fremdeinwirkung konnte die Polizei ausschließen; und großartige materielle Werte hat er meines Wissens nicht besessen, die er hätte hinterlassen können."

„Verstehen Sie mich jetzt nicht falsch, Kalle, wenn ich nachfrage, ich bin selbst einigermaßen vermögend und nicht wegen einer geldwerten Erbschaft hier, meine Gründe sind eher ideell. Außerdem habe ich ihn gemocht, obwohl wir uns nur selten gesehen haben."

Waldek trank sein Bier aus und fuhr dann fort: „Ich habe seinen Roman gelesen."

„Das habe ich vermutet, wie kamen Sie auf ihn?"

„Durch das Internet, ich wollte etwas über ihn erfahren und bin so auf die China-Maus gestoßen. Wie schätzen *Sie* die Geschichte ein, ich meine, stimmt das alles, was er da geschrieben hat?"

„Soweit ich es beurteilen kann, ja. Aber das Nachwort haben Sie doch auch gelesen, oder?"

Der Kellner brachte zwei neue Biere. Waldemar setzte sogleich zum Trinken an und sprach:

„Selbstverständlich, habe ich. Die Beretta hatte er nicht von Ihnen." Dabei wischte er sich den Schaum von den Lippen und sah Kalle grinsend an.

Dem gefiel offensichtlich die aktuelle Thematik des Gesprächs nicht, deshalb fragte er:

„Wie kommt es, dass Sie so gut deutsch sprechen?"

„Meine Eltern haben sich zu Hause auf Deutsch unterhalten, außerdem habe ich einige Jahre in Wien gelebt."

„Aber für einen Geheimdienst arbeiten Sie nicht, nein?"

Waldemar lachte jetzt herzlich.

„Nein, nicht einmal für den KGB."

„Ich dachte da eher an den Verfassungsschutz", knurrte Kalle.

„Auch nicht für den. Ich bin Bauingenieur und habe einen guten Posten bei der Grubenverwaltung, wenn Sie das beruhigt. Glauben Sie mir, Kalle, wir stehen auf derselben Seite. Sehen Sie, in meinem Kopf schwirrt eine Idee herum, die mich nicht mehr loslässt, und zwar, dass Andrzejs Tod nicht nur auf diese Frau zurückzuführen ist."

„Sondern?"

„Das möchte ich ja gerade herausfinden und Sie könnten mir dabei helfen."

„Inwiefern?"

„Nun, ich möchte noch einmal auf das Buch zurückkommen. Das haben doch *Sie* herausgegeben, oder?"

„Stimmt."

„Dann mussten Sie doch aber alle darin vorkommenden Namen ändern."

„Mehr oder weniger."

„Na bitte! Ich hätte gern die originalen."

Kalle schaute ins Leere und überlegte.

„Ja, warum nicht? Ich sehe da keine Probleme. Mit welchem soll ich anfangen?" Waldemar zog ein Notizbüchlein und einen Stift aus seiner Tasche und sagte:

„Was Ihnen gerade einfällt, ich höre."

„Nun, der Oberkommissar Werner von der Mordkommission heißt mit Klarnamen Wörnitz und sein Kollege Ünsal nur Ünal ..." Waldemar schrieb.

Steinfels heißt Steinfeld und ... brauchen Sie denn alle Namen?"

„Fürs Erste nur die wichtigsten."

„Diese nette Frau Doktor heißt Edeltraut Schmidt-Eisleben und wohnt auch nicht in der Trautenaustraße."

„Sondern?"

„Das überlasse ich jetzt Ihrem Scharfsinn. Die Nummer stimmt aber, wenn sie dort noch wohnt. Aus Berger wurde Becker ... Lydia Sperling zu Lydia Vogel – die Vornamen habe ich übrigens nicht verändert – Sejdelman, also dieser Anatol, heißt Sejmotam und wohnt oder wohnte wirklich in der Kurfürstenstraße, die Nummer weiß ich nicht, aber ich kann Ihnen das Haus zeigen. Gisela heißt Brauer ..."

„Und dieser Gül?"

„Habe ich so gelassen, der Name ist häufig."

„Und Stojanović?"

„Habe ich auch so gelassen, allerdings habe ich bei dem ausnahmsweise den Vornamen geändert. Der heißt Milan. Genügt das erst einmal?"

„Ja, danke; und bei Frau Neumann hatten Sie keine Bedenken?"

„Im Gegenteil, sie hat sich sogar darüber gefreut. Nun, Waldek, ich möchte nicht unhöflich sein, aber meine Zeit wird knapp. Wir bleiben in Verbindung, ja? Wo wohnen Sie denn jetzt?"

„Im Hotel Intercity. Ich möchte mir aber eine Wohnung suchen."

„Vielleicht können Sie ja in Andrzejs alte Wohnung einziehen."

„Wie geht das?"

„Er hatte die Miete immer ein Jahr im Voraus bezahlt. Sie müsste noch leer stehen. Fragen Sie doch einfach bei der Hausverwaltung an, oder sind Sie abergläubisch?"

„Selbstverständlich! Alle Polen sind abergläubisch, aber ich werde es versuchen, danke für den Tipp."

„So, ich muss los." Kalle wollte Geld auf den Tisch legen.

„Nein, lassen Sie, ich mach' das schon."

Von der Hausverwaltung erfuhr Waldemar dann, dass es zwar schon etliche Interessenten für die Wohnung gegeben hätte, die aber alle einen Rückzieher machten, als sie die Vorgeschichte der Immobilie erfuhren. Er solle sie sich vom Hausmeister zeigen lassen und bei Gefallen, zum Unterschreiben des Mietvertrages ins Büro kommen.

Etwa eine Stunde später betrat er zusammen mit dem Hausmeister Andrzejs Wohnung. Eine Beklemmung

überfiel ihn, als er die Möbel sah: Die kleine Couch, die
mit dem Rücken zur Küche stand, ein Schrank, der die
Stereoanlage beherbergte – am DVD-Spieler war noch
„Perfect Sense" zu lesen – und da am Fenster, da stand
der Schreibtisch, an dem Andrzej sich erschossen
hatte. Er war aufgeräumt und gesäubert und wies
keine Spuren der Tragödie, die sich hier abgespielt
hatte, mehr auf. Waldemar spürte eine starke
Erregung und setzte sich auf das Sofa. Auf dem Tisch
stand noch neben einem Cover mit dem Titel „Roger
Waters – Amused to Death" eine angebrochene Flasche
Rum.
„Wollen Sie auch einen?", fragte er den Hausmeister.
„Aber wir dürfen doch hier nichts wegnehmen", gab der
zur Antwort.
„Doch, dürfen wir. Alles, was Sie hier sehen, gehört
mir nämlich. Ich habe es geerbt."
„Ich weiß nicht recht ..."
Waldemar ging in die Küche und kam mit zwei
Gläsern – es waren Senfgläser – zurück, goss ein,
schob eins dem Hausmeister zu und sprach feierlich:

„Andrzej, wenn du mich jetzt hören kannst, dann lass
dir sagen, das Spiel ist noch nicht zu Ende."

Darauf leerte er sein Glas in einem Zug. Der
Hausmeister, der sich in dieser Situation ohnehin
nicht ganz wohl fühlte, und zudem noch in dieser
„Geisterwohnung", verschluckte sich und bekam einen
Hustenanfall.
Derweil besichtigte Waldemar das Schlafzimmer. Die
Betten waren nicht gemacht. Es war für zwei Personen
bezogen. Die linke Seite war glatter und wirkte
frischer als die andere. Hier muss sie gelegen haben,

dachte er. Er roch am Kopfkissen. Tatsächlich, da war noch ein zarter Duft nach Parfüm und das nach über einem Jahr. Er kannte diesen Geruch und er mochte ihn. Seine Exfrau hatte diesen Duft häufig aufgetragen, vorzugsweise dann, wenn sie mit ihm noch etwas vorhatte.

„Gehen Sie davon aus", sagte er zum Hausmeister, „dass ich die Wohnung nehmen werde."

Noch am selben Tag unterschrieb er bei der Hausverwaltung den Mietvertrag. Die Formalitäten dafür konnten insofern abgekürzt werden, als auch er die Miete für ein Jahr im Voraus bezahlte.

Für den folgenden Montag wurde ein Termin mit dem Notar wegen der Erbschaft vereinbart.

*

Waldemar rief das Landeskriminalamt in der Keithstraße an und ließ sich mit Oberkommissar Wörnitz verbinden.

Eine Frauenstimme meldete sich.

„Schröder."

„Ich möchte gerne Oberkommissar Wörnitz sprechen."

„Der Herr Hauptkommissar Wörnitz ist gerade außer Haus. Kann er Sie zurückrufen?"

„Ja, ich bitte darum, unter der Ihnen angezeigten Handynummer."

„Mir wird aber keine Nummer angezeigt."

„Dann schreiben Sie bitte: 0-1-7-7-169-48-80, mein Name ist Scheffzik."

„Und in welcher Angelegenheit?"

„Was geht dich das an, du neugierige Zicke", hätte er am liebsten geantwortet, aber er beherrschte sich.

„Sagen Sie einfach nur Czybulsky."

„Wie schreibt man das?"

„Wie man's spricht."

„Ich ... ich werde es ausrichten."

Etwa eine Stunde später klingelte Waldemars Handy.

„Ja bitte?"

„Wer spricht denn da?", meldete sich eine Stimme.

„Der, den Sie angerufen haben."

„Hören Sie, meine Zeit ist knapp bemessen. Mir wurde die Nachricht hinterlassen, dass ich den Chef anrufen soll wegen einer Sache Schimanski. Wenn Sie also Ihre Späßchen hier mit mir treiben wollen, dann ..."

„Dann sind Sie sicher Hauptkommissar Wörnitz. Mein Name ist Scheffzik und ich hätte Sie gerne in der Angelegenheit Czybulsky gesprochen."

„Czybulsky? Ich weiß nicht, was es da noch zu besprechen gäbe, aber Sie können gerne auf meine Dienststelle kommen."

„Meinetwegen, wenn wir uns dort ungestört unterhalten können. Andrzej war mein Cousin."

„Vis-à-vis dem Interconti ist ein Restaurant. Wäre Ihnen das angenehmer? In zwanzig Minuten?"

„Ich werde dort sein, auf Wiederhören."

Als Wörnitz fünfzehn Minuten später vor dem Lokal erschien, wartete Waldemar schon dort.

„Herr Scheffzik? Angenehm. Wörnitz. Lassen Sie uns reingehen."

Sie betraten das Lokal, setzten sich an einen Tisch und gaben ihre Bestellungen auf.

„Was haben Sie auf dem Herzen?", fragte Wörnitz.

„Das ist jetzt nicht mit einem Satz zu erklären. Als Andrzejs nächster Verwandter bin ich freilich an den

Umständen, die seinem Tod vorausgingen, interessiert; und wenn ich vom Wahrheitsgehalt seines Buches ausgehen kann, dann hatten Sie und Andrzej ein einigermaßen gutes Verhältnis zueinander – sonst wären Sie wohl kaum auf seine Beerdigung gegangen."

„Sie sagten ‚Buch', er hatte also ein Buch geschrieben?"

„Ich dachte, Sie wüssten das von Herrn Galla."

„Nein, Herrn Galla habe ich auch seit der Beerdigung nicht mehr gesehen. Dieses Buch, ist das seine Biografie?"

„Nein, ein Roman, aber Herr Galla hat mir bestätigt, dass das meiste darin der Wahrheit entspricht. Lesen Sie ihn doch einmal."

„Zum Romane Lesen fehlt mir die Zeit. Ich habe schon genug mit den Akten zu tun."

„Aber sind Ihnen denn niemals Zweifel gekommen, dass bei den Urteilen für die drei Verbrecher und diese Giftmischerin alles mit rechten Dingen zugegangen ist? Und dann betrachten Sie im Vergleich dazu die Bestrafung Andrzejs für … ja, wofür eigentlich? Er hat lediglich vom Rauschgift nachträglich erfahren und das auch noch indirekt gemeldet. Damit hat er die Justiz sogar unterstützt und nicht behindert. Schließlich bekommt er eine Strafe, die, ich zitiere Herrn Galla sinngemäß, höher ist als die der anderen Gangster zusammen. Was für einen dämlichen Anwalt muss er gehabt haben, der das Urteil ‚gar nicht so schlecht' fand? Zu guter Letzt noch die Farce mit der Vergewaltigung. Herr Wörnitz, glauben Sie mir, ich habe Schaum vor dem Mund bekommen, als ich das gelesen habe. Das ist doch keine Gerichtsbarkeit!"

„Vor Gericht können Sie allerhand erleben", sagte Wörnitz, „das ist leider kein Einzelfall. Es heißt nicht umsonst ‚vor Gericht und auf hoher See ist man in Gottes Hand'.“

„In diesem Falle wohl eher in Teufels Krallen.“

„Trotzdem müssen wir uns dem wohl fügen.“

„Ganz so leicht mache ich das mir aber nicht. Der Prozess gegen Andrzej, dessen Kooperation mit der Polizei in keinster Weise gewürdigt wurde, ist eine Sache, aber dann diese unglaublich milden Urteile gegen diese Schwerverbrecher, überlegen Sie mal, was da alles zusammenkam: Zweifacher Mord und versuchter Mord, Waffenschmuggel, Rauschgifthandel im großen Stil, Geiselnahme und Körperverletzung, das stinkt doch zum Himmel! Wenn Sie mich fragen, dann waren die Richter entweder korrupt oder eingeschüchtert.“

„Das nachträglich zu beweisen, erscheint mir nahezu unmöglich.“

Es entstand eine kleine Pause. Waldemar überlegte und setzte das Gespräch dann fort.

„Kennen Sie diesen Zollinspektor Berger näher?“

„Nein, ich hatte nur kurz mit ihm zu tun, als es um diesen besagten Container ging.“

„Können Sie sich den Rochus erklären, den er auf Andrzej hatte? Er hätte ihm eigentlich dankbar sein müssen.“

„Vielleicht verletzter Stolz, was weiß ich? Immerhin hat ihn Ihr Cousin beim ersten Zusammentreffen ganz schön alt aussehen lassen.“

„Ich habe das aber so verstanden, dass das eher auf die Kappe dieses Inspektors, warten Sie, Steinfeld geht, der mir nicht der Hellste zu sein scheint. Na, und nach dem großen Auftritt dieser Frau, dieser Zolloberinspektorin, die mit ihrem Charme ja Andrzej recht schnell identifizieren konnte, hätte er keinen

Grund mehr haben dürfen, zornig auf ihn zu sein. Also diesen Berger würde ich mir gerne einmal näher ansehen."

„Sagen Sie, Herr Scheffzik, sind Sie auch bei der Polizei?"

Waldemar kicherte.

„Nein, ich bin Bauingenieur, zurzeit beurlaubt, aber – Sie werden lachen – ich war in meinen jungen Jahren tatsächlich einmal bei diesem Verein, bin aber nach zwei Jahren wieder ausgetreten, um zu studieren."

„Beinahe dachte ich schon, wir wären Kollegen; nichtsdestotrotz wünsche ich Ihnen viel Glück bei Ihren Recherchen und sollten Sie auf neue Erkenntnisse stoßen, lassen Sie es mich bitte wissen." Die Männer tauschten noch einmal ihre Telefonnummern aus und verabschiedeten sich voneinander.

Nachdem Wörnitz gegangen war, blieb Waldemar noch sitzen und schaute sich auf seinem Smartphone den Stadtplan von Berlin an. Dann kam er mit sich überein, einen kleinen Spaziergang zu unternehmen. Etwa 15 Minuten später stand er vor einem Wohnhaus in der Eislebener Straße 36. Auf einer der Klingeltasten stand der Name „Schmidt-Eisleben". Na bitte!
Er schaute sich um. Schräg gegenüber war ein Hotel. Sein Handy klingelte.
„Galla hier, Karl-Heinz … Kalle."
„Ja, Kalle, ich höre."
„Ich bin Ihnen noch die Adresse schuldig."
„Welche Adresse?"
„Na, von diesem Anatol, die lautet Kurfürstenstraße 135. Ich kann Ihnen aber nicht sagen, ob er dort noch

wohnt. Das war schon alles."
„Vielen Dank dafür, Kalle. Vielleicht spielen wir ja
doch einmal zusammen eine Partie Schach."
„Ich denke, Sie spielen kein Schach?"
„Na ja, schon. Halt nicht gut genug, aber ich bin Ihnen
ja was schuldig."
„Wenn Sie das sagen – die Schachabende mit Andrzej
vermisse ich doch sehr. Vielleicht wollen Sie mich ja
nächste Woche einmal besuchen?"
„Ich werde mich melden, auf Wiederhören, Kalle."
„Wiederhören, Gromek."
„Waldek."
„Verzeihung, Waldek."

Waldemar betrat das Hotel und wandte sich an die
Rezeption.
„Ich hätte gerne ein Zimmer mit Blick aufs Geschehen,
also auf die Straße."
Die Empfangsdame blickte auf ihren Monitor.
„Ich habe nur noch ein Zimmer zum Innenhof frei, aber
das ist schön ruhig."
„Ruhe habe ich zu Hause genug, hier brauche ich
Action."
„Das tut mir leid. Es wird erst wieder zum
Wochenende etwas frei."
„Dann möchte ich eine Reservierung für Montag."
Waldemar machte seine Angaben und begab sich
wieder nach draußen.
„‚Auch gut‘, sprach der Schneidermeister", sagte er zu
sich, als er wieder auf der Straße stand. „Dann
besuchen wir eben die andere Baustelle."
Er stieg in ein Taxi und ließ sich zur Kurfürstenstraße
fahren.

Da war es also, dieses Haus mit dem großen zweiflügeligen Tor, in dessen Nähe sich eine Bordsteinschwalbe aufhielt. „Ob das wohl die Ines ist?", dachte er und die Antwort darauf sollte er auch sogleich bekommen, denn sie näherte sich ihm.

„Na, Süßer, hast du Lust auf einen kleinen … "

„Nein, danke", unterbrach er ihre Werbebemühungen gerade noch rechtzeitig, wie er dachte, bevor das Gespräch eine unanständige Wendung nehmen würde. Sie wollte sich wieder von ihm abkehren.

„Oder sind Sie die Ines?"

„Nein, ich heiße Tanja. Was hat denn die Ines, das ich nicht habe?"

„Die Ines hat einen großen Hund, der Lydia heißt."

Daraufhin wurde Tanja richtig böse und fauchte Waldemar an:

„Hör mal zu, du Perverser, wenn du es mit Tieren treiben willst, dann bist du bei mir an der falschen Adresse!"

Waldek tat jetzt besser daran, ins besagte Haus hineinzugehen. Er schritt durch den Flur über den Hof und betrat das Quergebäude.

An der untersten Wohnung war kein Name an der Tür. Er ging eine Etage höher, auch hier kein Name. Dasselbe im zweiten Stockwerk. Ganz oben, im dritten Stock, stand „Lehmann" über der Klingel, doch es öffnete niemand. Also wieder ganz nach unten.

Nun stand er wieder vor der Parterrewohnung und klopfte an die Tür. Nach einer geraumen Weile und wiederholtem Klopfen öffnete sie sich. Ein Typ in Unterhosen und offenem Hemd kam zum Vorschein.

„Hä?"

„Guten Tag, ich bin auf Wohnungssuche und habe erfahren, dass die über Ihnen frei sein soll."

„Die über mir?"

„Ja."

„Woher haste den Scheiß? Da wohnt jemand."

„Und einen Stock höher? Ist die vielleicht frei?"

„Weeß nich, kann sein. Wer bist du überhaupt?"

„Ich komme von der Einwanderungsbehörde. Wir suchen noch geeignete Unterkünfte für Flüchtlinge. Deshalb müssen wir prüfen, ob die Wohnungen auch deren Ansprüchen genügen, also Zentralheizung, Bad, WC, Einbauküche, Barrierefreiheit usw. Dürfte ich mir vielleicht einmal Ihr Bad ansehen?"

„Ey, spinnst du? Ick lass doch nich jeden rinn!"

„Schade, das Amt zahlt nämlich bis zu 3000 Euro in solchen Fällen."

„Dreitausend Euro?"

„Manchmal auch mehr."

„Kommse rinn. Watt wollnse denn sehn?"

„Alles, ich muss mir doch einen Überblick verschaffen."

Waldek verschaffte sich einen Überblick. So eine schmutzige und unaufgeräumte Wohnung hatte er bislang noch nicht zu Gesicht bekommen.

„Und wann krieg ick meine 3000 Euro?"

„Die bekommen Sie vom Amt. Sie brauchen mir jetzt nur alle Ihre Daten aufzuschreiben, also Namen, Adresse, Geburtsdatum und nicht die Bankverbindung vergessen. Und für jede weitere Wohnung, die Sie uns vermitteln, gibt es noch einmal bis zu 1000 Euro obendrauf."

„Eintausend Euro?"

„Manchmal auch mehr. Versuchen Sie doch einfach herauszufinden, ob die Wohnungen über Ihnen auch in Frage kommen."

„Mach ick. Kann ick nich ne' kleene Anzahlung haben?"

„So etwas ist schon möglich. Ich bin autorisiert,
Beträge bis zu 100 Euro vorab in bar auszuhändigen."
„Hundert Euro?"
„Bis zu. Sie müssten mir aber den Betrag quittieren."
„Klar."
„Und der wird dann auch von der Gesamtsumme
abgezogen."
„Klar."
„Sie müssten aber vorher kooperieren."
„Wen soll ick operieren?"
„Ich meine damit, dass ich Ihnen den Betrag erst dann
auszahlen kann, wenn alle Daten auf dem Tisch
liegen."
„Watt für Daten?"
„Nun, die Namen der Wohnungsbesitzer über Ihnen,
ich denke, die müssen Sie sich erst beschaffen?"
„Nee, die weeß ick jetze schon."
„Ach, dann kennen Sie die?"
„Nich wirklich kennen – ick koof bei die manchmal
ein."
„Interessant! Die haben wohl einen Gemüseladen?"
„*Jemüse* is jut, haha."
Der angehende Immobilienmakler war jetzt sehr
belustigt. „Hahaha, *Jemüse* is jut. Ja, ick koof bei die
Jemüse ein."
Waldek glaubte verstanden zu haben, welches spezielle
Gemüse wohl gemeint war. Er zog aus seiner Tasche
einen 100 Euro Schein sowie Stift und Notizbuch,
trennte ein Blatt heraus und sprach:
„Na, dann schreiben Sie mal alles auf, was Sie über die
Wohnung und die Leute wissen, aber zuerst Ihre
eigenen Daten."
Waldemar las mit: Bastian Kranzl ...
„Es muss aber alles stimmen, sonst gibt es kein Geld

vom Amt."

„Ick weeß", antwortete Bastian Kranzl.

„Soso, das sind also die Namen der Mieter über Ihnen. Schreiben Sie doch noch dazu, wann die immer zu Hause sind. Ja, so ist es gut. Und jetzt quittieren Sie mir noch den Betrag", dabei schob er ihm einen weiteren Zettel zu.

„Hier steht ja zehn Euro. Ick denke, ick krieg 'n Hunni, watt soll 'n *der* Scheiß?"

Auch auf dem Tisch lag plötzlich statt des Hunderters ein Zehner.

„Ich sagte doch ‚bis zu', schließlich müssen ja die Angaben noch überprüft werden, aber wenn Sie den Zehner nicht haben wollen ..."

„Jeben Se schon her. Und wann krieg ick den Rest?"

„Sobald die Angaben überprüft worden sind. So, Herr Kranzl", Waldemar schaute auf seine Uhr, „ich muss Sie jetzt leider verlassen. Ich habe noch andere Termine, auf Wiedersehen." Damit lief er zur Wohnungstür hinaus und ließ einen nachdenklichen Herrn Kranzl zurück.

2. Kapitel

Wie immer, war an diesem Tag in dem kleinen
Gasthaus am südlichen Stadtrand Berlins nicht viel
los. Die vier Gäste kannten sich ja, stammten sie doch
aus demselben Dorf. Einer saß in einer Nische am
Tisch, trank seinen Kümmel und die anderen drei
saßen an der Theke beim Bier. So konnten sie der
etwas aufgepeppten, immer noch attraktiven Wirtin
besser in den Ausschnitt gucken. Und wie immer
unterhielt man sich über Sport und Politik und
erzählte sich unanständige Frauenwitze.

„Was sucht *der* denn hier?", fragte unvermittelt der in
der Nische Sitzende und zeigte auf das Fenster.
Draußen war ein großer Wagen amerikanischer Bauart
vorgefahren und parkte direkt vor der Kneipe.
Die Drei drehten ihre Köpfe.
„Ein Ford Mustang", sagte der ganz links Sitzende, der
Egon hieß.
„Quatsch doch nicht kariert!", sagte der aus der Mitte,
„das ist ein Cadillac!"
„Ist das ein Cadillac?", fragte Egon den Dritten.
„Die taugen doch alle nichts", sagte Walter, der ganz
rechts saß. Walter fährt einen alten 124er Mercedes
und alles andere ist für ihn Tinnef und nicht
diskussionswürdig.

Die Kneipentür öffnete sich und ein großer,
glatzköpfiger Mann betrat den Laden.
„Salve!", rief er in die Runde, schaute sich um und ging
an den mit der einen Person besetzten Tisch.
„Was dagegen, wenn ich Ihnen Gesellschaft leiste?",
sprach er und setzte sich zu Platzki, so hieß nämlich

der einzeln sitzende Gast.

„Nein", sagte der zögerlich, denn geheuer war ihm die Sache nicht.

„Schöne Frau, ich hätte gern einen Whisky on the Rocks und für meine Freunde hier das gleiche oder was sie wollen!"

„Und?", sprach Edith, die Wirtin.

„Ja, mir auch", sagte Egon.

„Von mir aus", fügte der Mittlere an.

„Wenn's sein muss", knurrte Walter.

Während Edith die Getränke brachte, rief der neue Gast ihr zu:

„Für dich natürlich auch einen!"

„Nee, ich soll nicht!"

„Quatsch, trink einen mit."

„Dann nehm ich mir einen Trakehner."

„Noch nie gehört. Kannst du danach besser reiten?", sprach der Gast und grinste unverschämt.

„Du kannst ja mal einen probieren", schlug Edith vor, holte noch eine Flasche Trakehner Blut und zwei Gläschen und setzte sich mit an den Tisch.

„Oarrr!", gurgelte der Gast hervor, „was ist das denn für ein klebriges Zeug?", ergriff seinen Whisky und schüttete ihn hinterher. Nun schien es ihm etwas besser zu gehen.

„Ey Alter, das schmeckt ja echt wie Uhu in der Tube mit Brombeeraroma. Bring mir mal noch einen Whisky oder besser gleich die ganze Flasche."

Edith lief. Der unerwartete Umsatz beflügelte sie.

„Komm, gieß ein, Fräulein, und nimm dir auch einen!"

„Ich nehme dann aber lieber noch einen Trakehner."

„Solange du mich damit in Ruhe lässt, bitte sehr. Prost! Wie heißt du eigentlich?"

„Edith."

„Edith ... Ich kannte mal eine Edith, die war gut. Die war sogar richtig klasse. Ich heiße übrigens Milan. Komm Edith, einen trinken wir noch. Wollt Ihr auch noch einen?"

„Ja."

„Ja."

„Ja."

„Ja."

Edith beeilte sich, nahm dann ihren Schreibblock, malte darauf Striche und setzte sich wieder an den Tisch. Ganz offensichtlich gefiel ihr nicht nur der Gedanke an eine erklägliche Kasse am Abend. Platzki hatte das mit großem Unmut ebenfalls bemerkt. Er hatte schon lange ein Auge auf Edith geworfen, ist bei ihr aber immer wieder abgeblitzt. Nachdem die Striche auf Ediths Block schon eine stattliche Zahl erreicht hatten, wurde er schließlich etwas mutiger:

„Wenn man so einen Straßenkreuzer fährt, kann man ja ruhig mit dem Geld um sich schmeißen."

„Nur kein falscher Neid, Alter. Du kannst genauso viel Asche in der Tasche haben", entgegnete Milan.

„Aber nicht mit der Arbeit hier."

„Wer redet denn von Arbeit?", fragte Milan. „Das Zauberwort heißt Fußball. Bedenkt einmal, was die Spieler und Manager und Berater und was weiß ich, wer noch, für Unsummen verdienen – da fällt auch für uns noch genug ab. Wollt Ihr noch einen saufen?"

Alle vier bejahten, der Abend schien noch interessant zu werden.

„Sie wollen uns aber hier nicht etwa eine Sportwette aufschwatzen", warf der mittlere Stammgast ein.

„Ey Alter, wie kommst du auf den Scheiß? Da kannst du ja gleich Lotto spielen. Wie heißt du überhaupt?"

„Helmut."

„Also Helmut, ich werde dir das mal erklären. Dir ist doch sicher schon einmal vom Spielertransfermarkt etwas zu Ohren gekommen, oder?"

„Schon."

„Jeder Spieler hat doch einen Wert und der wird an einer speziellen Börse gehandelt."

„Davon hätte man doch aber schon einmal hören müssen."

„Hat man ja auch, das steht aber natürlich nicht in der Financial Times, wo es jeder Doofe nachlesen kann. So etwas ist Insiderwissen, solange, bis es auch hier und überall in der Zeitung steht. Diese Werte werden in Malaysia gehandelt.

„Das liegt ja am Arsch der Welt", meinte Platzki.

„Na und?", entgegnete Milan, „ist doch heute mit Internet kein Problem mehr.

„Jedenfalls wirst du uns nicht deine Tricks verraten", meinte Helmut.

„Das stimmt. Aber selbst, wenn ich es wollte, könnte ich es nicht, weil es da keinen Trick gibt. Ich muss lediglich meinen Mann in Malaysia kontaktieren, erhalte von ihm die nötigen Informationen, tätige dann meine Geldanweisung auf die richtigen Papiere, er bekommt seine Provision und das ist alles."

„Und das funktioniert immer?", wollte Egon wissen.

„Im Großen und Ganzen schon. Ich bekomme zu jeder Info noch eine Wahrscheinlichkeit dazu, so zwischen 50 und 99 Prozent. Je höher die ist, desto mehr kaufe ich natürlich. Ich habe mich erst ein einziges Mal angeschissen, als ich Papiere gekauft habe, die nur 60 Prozent hatten. Damals war ich zu gierig und habe bei einem Einsatz von 10.000 Dollar im Endeffekt tausend verloren, aber beim nächsten Deal war ich vorsichtiger und habe dann 2000 Gewinn erzielt.

Ich muss jetzt gleich noch ins Internet, denn heute Abend steht noch eine interessante Sache an, die eine Wahrscheinlichkeit von über 80 Prozent hat."

„Und da können wir auch mitspielen?", fragte Egon.

„Na klar."

„Und was hast du dann davon?"

„Ich erfreue mich an eurem Glück, natürlich wird für mich auch eine kleine Provision vom Gewinn fällig."

„Eine kleine Provision?"

„Zehn Prozent."

„Zehn Prozent?"

„Exakt – vom Gewinn."

„Wie viel müssen wir denn einsetzen?", wollte Walter nun wissen.

„Das bleibt euch überlassen. Der Mindestbetrag ist hundert Euro."

„Und was springt dann dabei heraus?"

„Das hängt dann von der Quote beim Verkauf der Aktie ab, erwartet werden zwischen 200 und 300 Prozent."

„Wenn ich also jetzt hundert Euro setze, bekomme ich 200 oder sogar 300 zurück?"

„Genau – unter Berücksichtigung der 80-prozentigen Wahrscheinlichkeit."

„Also *ich* werde jetzt hundert Euro investieren", sagte die bis eben schweigsame Edith, zog einen Schein aus ihrem Ausschnitt hervor und übergab ihn Milan.

„Ich auch", sagte Egon und tat es Edith gleich, nur, dass er den Schein nicht aus seinem Ausschnitt holte.

„Einen Hunderter kann man ja ruhig mal riskieren", meinte Helmut und zückte sein Portemonnaie.

Milan schaute in die Runde.

„Sonst noch jemand?"

„Ich bin pleite", meinte Walter traurig.

„Und ich halte mich noch zurück", sagte Platzki.

„Niemand wird zu seinem Glück gezwungen", sprach Milan. „Es wird Zeit für mich. Was macht denn die Rechnung, Edith?"

Edith rechnete kurz. „Einhundertfünf Euro."

„Na, das ist ja billiger als ein neuer Hut", darauf Milan, „Hier hast du 120. Sag einmal, hast du vielleicht ein Zimmer frei? Ich darf doch nicht mehr Auto fahren."

Edith strahlte über das ganze Gesicht.

„Aber sicher, oben ist ein Zimmer, das mache ich dir zurecht." Und zu den anderen Männern gewandt: „Euch werfe ich jetzt raus, ich bin nämlich müde."

„Von wegen", knurrte Platzki leise.

„Und wann erfahren wir von unserem Gewinn?", wollte Egon noch wissen.

„Kommt morgen um die gleiche Zeit, dann ist der Deal perfekt", antwortete Milan, und Edith schob Egon mit den anderen zur Tür hinaus und schloss ab.

Während Milan noch mit seinem Laptop beschäftigt war, richtete Edith oben das Zimmer, welches zwanzig Minuten später von ihm begutachtet wurde.

„Ganz hübsch", meinte er, „aber so furchtbar kalt. Ich friere so leicht. Hast du kein wärmeres, ich meine, ist deins auch so kalt?"

Ediths Zimmer war schön warm.

*

Waldek wusste gar nicht, wo er überhaupt war. Da war ein nerviges Schellen. Er rieb sich die Augen. Er warf die Bettdecke von sich. Wieder dieses Schellen. Er schaute an sich herunter. So konnte er jedenfalls nicht an die Tür gehen. Jetzt klopfte es sogar. Mühsam bückte er sich nach dem Bettzeug, schlug es um sich und ging an die Tür und öffnete sie.

„Äh", kam ihm entgegen.

„Selber äh, was wollen Sie?"

„Ey Alter, ich bin hier doch richtig bei Andrzej ...", der Besucher sprach seinen Satz nicht zu Ende.

Beide betrachteten sich von Kopf bis Fuß.

Es entstand eine Zeit des Staunens und Schweigens.

„Äh", darauf wieder der Besucher.

„Das sagten Sie bereits, was wollen Sie hier?"

„Ey Alter ..."

„Was heißt hier Alter, ich bin vielleicht jünger als Sie und wenn nicht, dann sehe ich bestimmt jünger aus als Sie, also?"

Der Besucher fasste sich:

„Ich wollte zu Andrzej Czybulsky, wohnt der nicht hier?"

„Nein, nun nicht mehr."

„Wie?"

„Er ist tot."

„Ey Alter, willst du mich verarschen?"

„Warum sollte ich? Er ist seit etwa neun Monaten tot."

Waldek glaubte, seinen Augen nicht zu trauen. Da stand ein riesiger, glatzköpfiger, offensichtlich grobschlächtiger Kerl vor ihm, dem nun das Wasser in die Augen schoss und der zu keinem weiteren Wort mehr fähig war.

„Nun kommen Sie erst einmal herein", sagte Waldek, betrachtete noch einmal den Besucher und sagte dann: „Ich vermute einmal, Sie sind Gojko, stimmt's?"

„Gojko?"

„Verzeihung, ich meine natürlich Milan."

„Woher weißt du das, ey Alter?"

Waldek führte den Besucher an den Couchtisch im Wohnzimmer.

„Setzen Sie sich, ich zieh mir schnell was an", sagte er, bevor er wieder mit zwei Senfgläsern erschien.

„Rum?"

„Ja, egal."

Waldek goss ein und sprach:

„Auf Ihr Wohl, Milan. Ich gehe einmal davon aus, dass Sie überhaupt nicht Bescheid wissen, oder?"

„Bescheid?"

„Ja, vom Tode Andrzejs und der ganzen Tragödie und den Schweinereien."

„Schweinereien?"

„Sie wissen wohl gar nichts?"

„Ehrlich gestanden, ja. Ich weiß gar nichts."

Daraufhin klärte Waldek ihn darüber auf, dass Andrzej sich aus Kummer umgebracht hatte und er selbst, als sein Cousin, hier sein Erbe antreten soll.

Die Folge dessen war, dass Milan erst einmal zehn Minuten heulen musste, was aber einigermaßen mit Rum zu lindern war. Es gab nur das Problem, dass die Pulle, die ohnehin nicht voll war, sich relativ schnell leerte.

„Der Vietkong unten hat schon offen, dann holen Sie halt noch eine Flasche Rum und Cola und Zitronen und bringen auch noch eine Kleinigkeit zum Präpeln mit, der Tag ist noch lang. Ich räum' hier derweilen auf", sprach Waldek.

„Was soll ich holen, was zum Propellern?"

„Ja, mein Gott, was zum Schnabulieren, zum Naschen

oder Futtern: Langustenschwänze, Pizzaecken oder von mir aus auch Chips, Hauptsache, was zum Beißen."
Milan, dem das teilweise nicht ganz unbekannt vorkam, machte sich vom Acker.

Als Milan wieder erschien und alles, was ihm aufgetragen wurde, erledigt hatte, wie er glaubte, packte Waldemar die Plastiktüte aus.
„Was haben Sie denn da angeschleppt?"
„Serbische Bohnensuppe – schmeckt wie zu Hause."
„So ein Büchsenfraß! Wo haben Sie denn Ihr Zuhause, im Knast?"
„Koste doch erst mal, ey Alter."
„Hör jetzt gut zu, ich sag' dir was: Du darfst von mir aus „du" zu mir sagen, und du kannst mich auch Waldek nennen, aber wenn du noch einmal „Alter" zu mir sagst, kriegst du eins in die Fresse, haben wir uns verstanden?"
„Ist ja gut. Beruhige dich wieder, ey A... Ist so eine Angewohnheit."
„Dann gewöhn dir die wieder ab!"
Während Waldek in der Küche damit beschäftigt war, die balkanische Delikatesse zu erwärmen, saß ein beleidigter Milan im Wohnzimmer beim Cuba Libre.
„Warum bist du eigentlich wieder zurückgekommen?", rief Waldek aus der Küche. „Wenn es wegen des Geldes ist, muss ich dich enttäuschen. Es ist nichts mehr da."
„Dann hat er die Scheine also noch einlösen können, hoffentlich hatte er damit ein bisschen Spaß."
„Kaum, das hat alles diese Gisela bekommen."
„Die muss er ja sehr geliebt haben."
„Du hast ja wirklich gar keine Ahnung. Lies doch mal sein Buch, damit du auf den neuesten Stand kommst."

„Wie? Er hat alles aufgeschrieben, was nun jeder nachlesen kann?"

„Genau."

„Komme ich da auch drin vor?"

„Du und deine kleinen Heldentaten wie Rauschgifthandel, Waffenschiebereien, Wettbetrügereien usw."

„Is mir schlecht, ey Al…"

„Ich kann dich aber trösten, die Namen wurden alle geändert und das Buch ist auch nicht gerade ein Bestseller."

„Na, ein Glück."

„Ja, aber bei der Polizei und beim Zoll wirst du doch sowieso unter deinem richtigen Namen geführt, ich würde also vorsichtig sein."

„Keine Sorge, den hab' ich natürlich geändert, bevor ich wiederkam, ich heiße jetzt Radenković."

„Na, das ist ja einfallsreich, du hast es wohl mit den Torhütern?"

„Konnte ich mir nicht aussuchen, ey."

„Dann halte mal deinen Kasten in Zukunft sauber. Warum bist du denn nun hier?"

„Da ist noch eine alte Rechnung offen."

„Mit Andrzej?"

„Nicht doch, Andrzej ist sauber, ich meine, war sauber. Nein, ich bin auf einen Typen scharf, der Anatol heißt. Den wirst du nicht kennen. Der Schweinehund hat erst meinen Kumpel ermordet und wollte dann auch mir an die Wäsche, nur weil er den Hals nicht voll kriegen kann. Aber jetzt drehe ich den Spieß um."

„Wie willst du das anstellen? Willst du mit ihm um die Wette saufen?"

Waldek bemerkte nämlich gerade, wie Milan Radenković sich seinen dritten Cuba Libre mixte.

Milan griff mit seiner Hand in seine Lederjacke und zog in Brusthöhe zur Hälfte eine Pistole hervor, bevor er sie wieder verschwinden ließ. Dabei grinste er vielversprechend.

Waldemar war gerade nicht nach Grinsen zumute.

„Dann hättest du mich ja erschossen, wenn ich dir auf die Schnauze gehauen hätte."

„Das hast du doch nicht ernst gemeint."

Das hatte er sehr wohl ernst gemeint.

„Nein, das habe ich nicht ernst gemeint."

„Jedenfalls ist das Schwein fällig, sobald ich seine neue Adresse herausbekommen habe."

„Vielleicht kann ich dir dabei helfen."

„Wie sollte das gehen? Oder arbeitest du für den KGB?"

Diese Frage hatte Waldek kürzlich schon einmal gehört.

„Nein, aber für den ABW."

„Was ist das denn, sammeln die Altkleider ein?"

„Das nicht gerade, die sammeln was anderes ein. ABW heißt Agencja Bezpieczeństwa Wewnętrznego und ist der polnische Geheimdienst."

Waldemar sah, dass sein Gegenüber aschfahl wurde.

„Na, komm her, großer Torwart, trink noch einen. Ich hab' nur geflunkert."

Milan befolgte den Rat, aber er war immer noch ein wenig skeptisch. Unterdessen zog Waldek einen Zettel aus seiner Tasche und legte ihn vor Milan auf den Tisch.

„Sagen dir diese Namen irgendetwas?"

„Hmm, den einen habe ich noch nie gehört, aber hier steht ‚über mir Bartholomäus – immer abends'. Den Namen hatte Mustafa schon mal erwähnt, aber den kenne ich nicht persönlich."

„Na bitte, das ist doch ein Anfang. Dann sollten wir diesen Herrn eben persönlich kennenlernen."

„Du sagtest ‚wir', bist du etwa auch hinter Anatol her?"

„In der Tat, außerdem muss ich aufpassen, dass du mir den nicht totschießt, ich brauche den nämlich noch."

„Woher hast du denn diese Informationen, wenn du nicht beim Geheimdienst bist?", wollte Milan wissen.

„Das ist sehr kompliziert."

*

Heute war es etwas voller in dem kleinen Gasthaus am südlichen Stadtrand Berlins. Die Wirtin war zufrieden. „Ob er kommt?", wurde sie von Egon gefragt. Egon saß, wie immer, mit den anderen beiden direkt an der Theke und riskierte einen Blick in Ediths Ausschnitt. „Der kommt, wirste sehen." Edith kokettierte gern mit ihrem Dekolleté.

„Da schau an!", sagte Walter.

„Donnerwetter!", gab Helmut dazu.

Draußen fuhr wieder dieser Amischlitten vor und parkte direkt vor der Kneipe.

„Hohoho!", war kurz drauf zu hören, als sich die Kneipentür öffnete, „jetzt kommt der Weihnachtsmann, wart Ihr denn auch alle artig?"

Mit diesem Auftritt verschaffte Milan sich schon einmal die Aufmerksamkeit der anderen Gäste und setzte sich an die Theke dazu.

„Euer Glückstag", sagte er zu ihnen. „Die Aktien sind auf 300 gestiegen", dabei blätterte er zweimal 270 Euro auf die Theke.

„Und du, schöne Frau, weil du so brav warst, bekommst auch was aus dem Sack von Knecht Ruprecht", und legte Edith drei Scheine hin.

„Warum kriegt sie denn dreihundert?", wollte Egon wissen.

„Weil bei ihr die Provision entfällt."

„Warum entfällt denn bei ihr die Provision?"

„Weil Edith so einen schönen Ausschnitt hat, da passt mehr rein als bei dir!", dabei zwinkerte er Edith zu. Helmut grinste nur. Die ganze Zeremonie wurde von Walter mit Leichenbittermiene, von den anderen Gästen aber mit großem Interesse verfolgt.

„Nu zieh mal nicht so 'ne Schippe", sagte Milan zu Walter gewandt, „solche Okkasionen kommen immer wieder."

Dabei streckte er sein Handgelenk aus, an dem eine teure Uhr baumelte, schaute (auffällig lange) darauf, um noch anzufügen: „Übermorgen um die gleiche Zeit, krieg' ich neue Infos."

„Jetzt gibt er mit seinem Plagiat an", knurrte Walter.

„Was sagst du, Plagiat?"

„Ja, sagte ich. Die ist doch garantiert original Marke Hongkong."

Milan streifte das Armband ab und schob ihm die Uhr auf der Theke zu.

„Guck sie dir genau an, Alter. Ich wette, so etwas hast du noch nie in der Hand gehabt. Kriegst du unter Freunden nicht unter vierzig Riesen."

Voller Ehrfurcht betrachtete Walter das vermeintliche Falsifikat, bevor er es kleinlaut zurückschob.

„Da guckst du, was, ey Alter? Dabei kannst du so was auch haben, musst halt nicht so kleinkariert sein. Wenn du deine paar Piepen natürlich lieber zur Sparkasse schleppst, musst du dich aber auch mit 'ner Uhr aus dem Kaugummiautomaten begnügen."

Das hat Walter jetzt aber gar nicht gefallen, immerhin hatte seine Uhr auch einmal 99 Euro gekostet.

„So, meine Lieben", rief Milan in die Runde und gab Edith ein Küsschen, „heute kann ich nicht so lange bei euch bleiben, Santa Claus hat schließlich viel zu tun. Bis Montag dann."
Santa Claus hatte nämlich im Nachbardorf noch eine andere Baustelle.

*

Es klopfte an der Tür. Yusuf öffnete. Draußen stand Bastian.
„Was willst du?"
„Ick brauche bisschen Stoff."
„Wie viel?"
„Für 'n Zehna."
„Spinnst du, Alter? Für zehn Euro kannst du an meinem Aschenbecher lecken."
„Ick hab nich mehr, aba ick kriege bald watt. Ick hab bald 3000 Euro."
„Woher kriegst du so viel Asche?"
„Über dir die Wohnung is doch frei, die vermittel ick an dit Amt, dafür."
„Komm mal rein!"
Bastian folgte.
„Setz dich!"
Bastian folgte.
Auf dem Tisch im Ascher befand sich noch eine glimmende Tüte.
„Nimm mal 'n Zug!"
Bastian folgte.
„Noch einen, aber richtig, Weichei!"
„So ist gut. Nun erzähl! Vielleicht kriegst du ja auf Kredit!"
Und Bastian erzählte alles von dem amtlichen

Besucher, während sich Yusufs Miene immer mehr verfinsterte.

„Hast du gut gemacht, kriegst du dafür auf Kredit, musst du aber gleich hier nehmen, ich bin knapp."

„Verstehe."

„Wohin, in Arm?"

Als Bastian in seine Wohnung zurückging, träumte er noch von Behörden mit dazugehörigen Amtspersonen und von Maklerprovisionen in dreistelliger Höhe.

Yusuf verschloss die Tür und griff nach seinem Handy.

„Ja?"

„Yusuf hier, ich glaube, wir haben Problem."

„Inwiefern?"

„Hier war einer vom Amt. Der Idiot unter mir hat so wirres Zeug gequatscht ..."

„Wer, der Spasti?"

„Ja, der. Hat was erzählt von Provision für deine alte Wohnung und 3000 Euro und so."

„3000 Euro?"

„Ja, für Vermittlung an so Amt."

„Vermittlung? Was für 'ne Vermittlung?"

„Null Schimmer, aber der Typ wollte über *uns* was wissen – todsicher, Alter."

„Was hast du erzählt?"

„Ich? Nix, Alter! Aber der Spasti hat gequatscht."

„Und was?"

„Ich weiß nicht genau, aber ich glaube, da ist was faul, da ist jemand am Kackestochern, wenn der mal nicht vom Zoll war."

„Um den Zoll mach dir mal keine Sorgen. Wo ist der Quatschkopf jetzt?"

„Schläft sanft unten bei sich."

„Sorge dafür, dass er weiter schläft. Ich werde mich morgen um dieses Amt kümmern, heute bin ich zu beschäftigt. Sobald ich was weiß, melde ich mich bei dir."

*

Am Montagvormittag klingelte Zollinspektor Bergers Handy. Berger war gerade in einer wichtigen Besprechung mit der Zolloberinspektorin Frau Doktor Schmidt-Eisleben, deshalb unterdrückte er den Anruf. Das Handy klingelte abermals.
„Scheint was Wichtiges zu sein, entschuldige mich mal", sprach Berger und ging auf den Gang hinaus.
„Was ist so wichtig, dass du mich hier anrufst?", fragte er mit gedämpfter Stimme.
„Ich habe meine Gründe und liebe es überhaupt nicht, wenn man mich wegdrückt. Also, du bist mir noch einen Gefallen schuldig."
„Ich bin dir gar nichts schuldig."
„Doch, bist du. Du musst noch einmal etwas für mich tun."
„Ich werde doch meinen Job nicht aufs Spiel setzen."
„Das hast du bereits getan, als du meine 50.000 genommen hast."
„Das kannst du nicht beweisen. Wenn du damit rausrückst, dann steht Aussage gegen Aussage, und denkst du vielleicht, dir wird man eher glauben als einem Beamten?"
„Willst du die Aufzeichnung von der Geldübergabe sehen? Glaubst du, ich bin so dämlich und gebe Geld raus, ohne Quittung, ohne alles? Wenn du mich dazu zwingst, dann geht noch heute eine Kopie an deine Behörde raus."

„Dann bist du aber mit dran."

„Nur mit dem Unterschied, dass ich mit meinem Geld verschwinden kann, während du deine Pension und alles andere verlierst. Außerdem bin ich dann auch noch auf dich böse und du weißt doch, was Leuten passiert, auf die Anatol so richtig böse ist."

„Was für einen Gefallen willst du?"

„Na bitte, warum nicht gleich so. Jemand aus deiner Behörde rückt mir auf den Pelz und stellt dumme Fragen. Kriege raus, wer das ist und versuche, das zu unterbinden. Ich kann so etwas im Augenblick gar nicht gebrauchen. Ich melde mich wieder."

Berger ging mit hochrotem Kopf wieder ins Zimmer zurück.

„Das war nur meine Frau", sagte er zu seiner Kollegin. Sie sah ihn nur mit ihren dunklen Augen an. In ihrem Gesicht war die Erkenntnis zu lesen, dass er gelogen hatte.

*

Seit 14.00 Uhr stand Waldemar nun schon, die Kamera mit Teleobjektiv bereitliegend, am Fenster seines Hotelzimmers und beobachtete die Menschen, vorzugsweise die weiblichen, die sich dem Eingang mit der Hausnummer 36 näherten. In der ersten Stunde hatte er noch nicht viel Brauchbares vor die Linse bekommen, denn die Frauen, die überhaupt in Frage kämen, gingen alle am Eingang vorbei. Jetzt waren schon zwei Stunden vergangen und es dämmerte bereits, als sich ein vielversprechendes Objekt der Adresse näherte. Waldek schoss Bild auf Bild. Und tatsächlich: Die Dame, die ihm schon durch ihren Gang ins Auge stach, hielt vor der 36 und schloss die

Tür auf. Wenig später ging links in der ersten Etage das Licht an. Das passte mit der Position des Namensschildes auf der Klingeltafel überein. Er war sich sicher, das war sie. Nun sah er sich die Fotos auf seinem Laptop an. Auf einigen konnte man sie sehr gut erkennen. Er betrachtete sie sehr intensiv und versuchte, sich ihr Gesicht einzuprägen. Dass sie nun so eine besondere Schönheit wäre, konnte er jedenfalls nicht feststellen. Nachdenklich schaute er nach draußen. Das Licht in der Wohnung war ja erloschen! Alle Fenster der Etage waren dunkel!

Waldek griff nach seinem Mantel und hastete abwärts. Gerade noch rechtzeitig kam er unten an, um zu sehen, wie sich die Tür schloss und die Dame die Eislebener Straße entlang lief. „Wohin wirst du wohl gehen, Gnädigste?", fragte er sich. Die Antwort sollte nicht lange auf sich warten lassen. Schon in einer der nächsten Straßen befand sich ein Café, welches sie betrat. In gebührendem Abstand folgte er ihr. Noch aus der Ferne sah er, dass sich draußen, vor dem Café unter einer Markise die Raucherlounge befand, welche auch von einigen Leuten an kleinen Tischen besucht wurde. Das brachte ihn auf eine Idee. Aber, es war weit und breit keine Tabaktrafik zu sehen, jedoch ein Lebensmitteldiscounter. Er hetzte hinein, drängelte sich an der Kasse vor, erwarb eine Schachtel Zigaretten und ein Feuerzeug, hörte noch die entrüsteten Worte eines in der Schlange stehenden Mannes: „Na, dem muss aber die Lunge janz schön pfeifen, dass er dit so eilich hat!", und kehrte zum Café zurück. Verstohlen peilte er die Lage und setzte sich an ihren Nachbartisch. Sie trank offensichtlich Cappuccino, also bestellte er das gleiche. Als der gebracht wurde, beglich er sofort die Rechnung und konnte sich nun auf diese Frau Doktor konzentrieren. Er setzte zum Trinken an und dabei begegneten sich ihre Blicke. Er lächelte. Sie wollte sofort wegsehen, entschied sich dann aber doch dafür, zurückzulächeln. Waldemar registrierte, dass sie ein paarmal auf die Uhr sah. Er stellte bei ihr eine gewisse Unruhe fest; sie kramte in ihrer Handtasche. Da nahm er seinen Mantel und seine Tasse und begab sich nach draußen. Neben dem einzigen freien Tisch stehend, war er noch damit beschäftigt, die Zigarettenpackung zu öffnen, da erschien sie ebenfalls.

„Gestatten Sie, dass ich mich hierhersetze?", fragte sie charmant.

„Aber ja, gerne. Sie sind eine sehr schöne Frau, wie könnte ich etwas dagegen haben?", gab er zur Antwort. Besser hätte es ja nicht laufen können.

Daraufhin stellte sie ihre Tasse ab, setzte sich und schlug ihre Beine übereinander. Während er immer noch an seiner Schachtel herumzupfte, hatte sie schon eine ihrer schlanken Modezigaretten am Mund. Zuvorkommend gab er ihr galant Feuer, wobei sie seine, das Feuerzeug haltende Hand mit ihren beiden Händen umfasste und sie dem Zigarettenende entgegenführte.

„Danke", sagte sie und, „mit Ihren wird das wohl heute nichts mehr", als er wieder an seiner Packung am Zuppeln war. „Wollen Sie vielleicht eine von meinen haben?" Dabei lachte sie.

„Nein, vielen Dank. Ist nicht meine Marke, außerdem wollte ich sowieso damit aufhören."

Dass er noch nie geraucht hatte, brauchte sie schließlich nicht zu wissen. Also legte er die immer noch verschlossene Zigarettenpackung auf den Tisch, das Feuerzeug obendrauf und sagte: „So!"

Aufgrund seines letzten Satzes guckte sie ihn nur spöttisch an. Nun konnte er sie richtig betrachten. Sie sah doch deutlich besser aus als auf dem Foto vorhin. In ihrem Gesicht war etwas Besonderes, Charakteristisches und die Augen wirkten tatsächlich geheimnisvoll.

„Sie sind wirklich wunderschön", sagte er fröhlich.

„Soll das jetzt eine Anmache werden?"

„Wieso Anmache? Ich sage doch nur, was ich sehe."

„Was Sie so alles sehen!"

„Ich sehe ja noch viel mehr."

„Ach was!"

„Ja, ich sehe zum Beispiel, dass Sie nicht nur sehr schön sind, sondern auch gebildet."

„Ach was!"

„Jaja."

„Und woran erkennen Sie das?"

„Das kann ich in Ihrem Gesicht lesen."

„Soso."

„Jaja. Sie haben bestimmt eine akademische Ausbildung."

„Und was lesen Sie sonst noch so in meinem Gesicht?"

„Wenn ich noch den Rest Ihres Körpers und Ihre Kleidung, also Ihr gesamtes Outfit hinzuziehe, schließe ich daraus, dass Sie den schönen Künsten zugetan sind, ich tippe auf Theater, Konzerte oder sogar Opern."

„Aber wenn Sie sich nun irren?"

„Dann ... ja, dann bringen Sie mich um die Freude,

Ihnen ein kleines Geschenk zu machen."

„Sie kennen mich gerade einmal fünf Minuten und wollen mir schon Geschenke machen?"

„Vielleicht ist ‚Geschenk' auch zu viel gesagt. Ein Freund hat mir zwei Opernkarten in Aussicht gestellt, die er nun nicht mehr nutzen kann, da er seinen Flug vorverlegen musste, da habe ich zwar zugesagt, damit die Karten nicht verfallen, aber besonders scharf bin ich darauf auch nicht, und ich kann mir gut vorstellen, dass sie bei Ihnen viel besser aufgehoben wären. Sie könnten doch zum Beispiel mit einem Freund oder einer Freundin dorthin gehen."

„Und warum nicht mit meinem Mann?"

„Weil Sie nicht verheiratet sind. Sie tragen keinen Ehering."

„Ich könnte aber meinen Exmann mitnehmen."

Damit hatte er gerechnet.

„Dann machen Sie das!"

Er sah ihr in die Augen, jetzt wirkte sie irritiert.

„Um welche Oper handelt es sich denn?"

„Keine Ahnung."

„Aber das Opernhaus wissen Sie!"

„Auch nicht."

„Was wissen Sie überhaupt?"

„Dass die Veranstaltung morgen Abend stattfindet."

„Ich weiß gar nicht, ob ich morgen Zeit habe."

„Hier ist meine Handynummer, Sie können mir ja bis morgen Mittag Bescheid geben. – Wollen wir wieder hineingehen? Es wird kühl. Ich spendiere uns einen Grog."

Er stand auf und hielt ihr die Tür auf. Zu seiner Überraschung folgte sie ihm, ohne zu zögern. Beide setzten sich an den einzigen freien Tisch und er gab die Bestellung auf.

„Ich hätte dann aber lieber einen Irish Coffee", wandte sie ein.

„Gut, dann zwei Irish Coffee, bitte!"

Während sie auf das wärmende Getränk warteten, musterte sie ihn eine Weile und sagte:

„Wird es nicht Zeit, dass Sie sich vorstellen? Sie laden mich ein, wollen mir Opernkarten schenken und ich weiß noch nicht einmal, wie Sie heißen."

„Ich weiß ja auch nicht, wie Sie heißen."

(Also Scheffzik, das war jetzt aber gelogen!)

„Ach, das können Sie nicht in meinem Gesicht lesen?"

„Nein, zumindest nicht den Zunamen."

„Aber sicher meinen Vornamen", sagte sie belustigt.

„Ich versuche es gerade", dabei schaute er ihr diesmal besonders intensiv in die Augen.

„Nun?", fragte sie, schon etwas ungeduldig.

„Sie haben keinen 0815-Vornamen, wie Anja, Gaby oder Vera", begann er bedächtig.

„Ihr Name muss etwas Wertvolles verraten. Vielleicht Hildegard oder Edelgard? Nein, Ingeborg. Stimmts, Sie heißen Ingeborg?"

Der fremde Mann wurde ihr langsam unheimlich.

„Leider daneben, ich heiße Edeltraut."

„So ein Ärger!"

Jetzt lachten beide.

„Aber Sie sind mir auch noch Ihre Antwort schuldig."

„Mein Name ist Waldemar, Waldemar Scheffzik und da Sie sowieso fragen werden, ich bin Pole oder Polacke, wie Sie hier sagen."

„Aber, ich bitte Sie! – Ich kannte einmal einen Polen."

(„Ich weiß, aber das war kein Pole", hätte er beinahe geantwortet.)

„Kennen Sie den besten Polenwitz?"

Damit brachte er sie total aus der Fasson.

„Nein!?"

„Was sagt Inspektor Derrick in der polnischen Fassung? – ‚Harry, klau schon mal den Wagen!' – Gut, was?"

„Na, ich weiß nicht."

Edeltraut war jetzt sichtlich verunsichert.

„Sie sagten, Sie kannten einmal einen Polen, nun gehe ich davon aus, dass jeder hier einen Polen kennt, sei es nun ein Fußballspieler, ein Schauspieler oder ein Komponist, aber wie war das bei Ihnen? War das was Ernstes?"

Jetzt hatte er sie an einer empfindlichen Stelle getroffen. Sie gab keine Antwort, schaute ihn nur an, und zwar lange genug, dass er bemerken konnte, wie sich in ihren Augen ein feuchter Glanz spiegelte.

„Darüber möchte ich nicht sprechen", sagte sie leise.

„Ich respektiere das", gab er zur Antwort, „darf ich für Sie noch ein Taxi bestellen, für die Heimfahrt?"

„Ist nicht nötig, ich komme schon allein klar."

„Na, dann Frau Professor, verzeihen Sie meine Ausdrucksweise, aber ich habe viele Jahre in Wien verbracht, und dort heißt eine gebildete Dame entweder Frau Professor oder Frau Doktor, sehen wir uns morgen, hier um die gleiche Zeit, damit ich Ihnen die Karten übergeben kann?"

„Ich werde Sie anrufen. Und nennen Sie mich nicht Professor, dann lieber Frau Doktor."

Damit verabschiedete sie sich. Waldek zahlte und verließ ebenfalls das Lokal. Jetzt hieß es, Nägel mit Köpfen zu machen. In wenigen Minuten war er mit der U-Bahn an der Deutschen Oper angelangt. Aber die Abendkasse hatte noch geschlossen, er müsste nun eine Stunde warten, und so entschloss er sich, zu seiner neuen Wohnung zu fahren. Keine zehn Minuten später wurde er schon am Hauseingang freundlich empfangen:

„Ey, Alter, ich dachte schon, du kommst gar nicht mehr. Ich friere mir hier schon seit Stunden den Arsch ab."

„Na, so kalt ist es doch nicht. Was suchst du denn hier?"

„Du wolltest doch mit mir diesen Bartholomäus besuchen."

Während Waldemar aufschloss und nach oben ging, trottete Milan brav hinterher.

„So?"

„Wenn du mir die Adresse gibst, gehe ich auch allein hin."

Mittlerweile befanden sie sich schon im Wohnzimmer.

„Das könnte dir so passen! Trinkst du einen mit?"

„Klaro. – Ey, was sind das für geile Gläser?!"

„Da kiekste, wa? War ein Sonderangebot beim Vietkong unten. Ich muss schließlich sparsam haushalten."

„Sparsam? Das trifft sich jetzt aber schlecht, ich wollte dich nämlich anpumpen."

„Du? Mich? Machst du Witze? Ich denke, du bist so ein großer Geschäftsmann, wie viel brauchst du denn?"

„Hör zu, ey A..., Waldek, ich bin ja nicht arm, ich bin nur momentan nicht liquide, verstehst du? Ich habe alles an Bargeld, was ich besaß, investiert, aber heute Abend ist Zahltag, dann bekommst du deine Kohle wieder."

„Wieviel brauchst du nun?"

„Ich brauch' nur 'n Hunni zum Tanken und vielleicht einen in Reserve."

Waldemar schob ihm zwei Scheine rüber.

„Du bist 'n echter Kumpel. Sag mal, passt dir das,

wenn ich dir die Kohle erst morgen zurückgebe, dann könnte ich heute Abend noch ein bisschen, na, du weißt schon, ich meine, Spaß haben?"

Waldemars Handy klingelte.

„Scheffzik."
„Hier spricht Ihre Kneipenbekanntschaft – Edeltraut."
„Edeltraut, ich freue mich sehr über Ihren Anruf."
„Ich weiß wirklich nicht, ob ich morgen die Karten nutzen kann, haben Sie wirklich keine andere Verwendung dafür?"
„Nein."
Pause.
„Sind Sie noch dran?"
„Ja, bin ich. Dann laden Sie doch eben Ihren Exmann ein."
„Auf den habe ich gerade keinen Bock."
„Aha."
Pause.
„Möchten Sie vielleicht, dass ich Sie begleite?"
„Wäre das zu viel verlangt?"
„Ich fühle mich geehrt, aber wir müssten vorher noch einmal in Kontakt treten. Würden Sie mich in etwa zwei Stunden noch einmal anrufen, oder möchten Sie, dass ich Sie dann anrufe?"
„Ich werde Sie anrufen. Salü!"
„Salü, Frau Doktor."

Waldek wandte sich wieder Milan zu:
„Also, morgen ist ganz schlecht, da könnte ich vielleicht auch, na, du weißt schon."
Milan griente von einem Ohr zum anderen.
„Dann komme ich übermorgen abends zu Dir und dann

statten wir diesem Typen einen Besuch ab."

„Bist du mit deinem Wagen hier?"

„Klaro."

„Dann bring mich bitte noch zur Deutschen Oper, das geht doch in Ordnung, ich meine, wenn ich schon den Sprit bezahle?"

„Du kriegst deine Kohle, keine Sorge."

Milans Wagen parkte direkt vor der Tür.

„Nobel, nobel", sagte Waldek, „was schluckt der denn so?"

„Man kann ihn mit 13 Litern fahren", sagte Milan grinsend, während er einen Strafzettel von der Windschutzscheibe nahm, zusammenknüllte und auf die Erde warf."

„Und mit wie viel fährst du ihn?", fragte Waldek, nachdem sie schon fast ihr Ziel erreicht hatten, „zwanzig?"

„Fünfundzwanzig."

„Sei Mittwoch gegen 18.00 Uhr bei mir!", rief ihm Waldek beim Aussteigen zu und begab sich an die Abendkasse der Oper.

„Ich hätte gerne zwei Karten für morgen Abend, aber zusammenhängende Plätze."

„Die Zauberflöte ist ausverkauft", belehrte ihn die Dame an der Kasse.

Scheffzik, jetzt hast du ein Problem!

„Keine Chance?"

„Keine! Aber Sie können sich morgen direkt vor der Vorstellung draußen vor dem Eingang umsehen, ob nicht jemand Karten anbietet."

„Kann ich nicht machen, ich brauche die Karten vorher."

„Da kann ich Ihnen leider nicht helfen."

„Hören Sie, gute Frau! Das Glück meines Lebens hängt von den Karten ab. Lassen Sie Ihre Beziehungen spielen, es soll Ihr Schaden nicht sein, Geld spielt keine Rolle."

Während die Dame an der Abendkasse ihn nur mitleidig und auch schon ein klein wenig ungeduldig ansah, meldete sich ein Mann aus der Schlange hinter ihm:

„Ich hätte da ein supi Angebot für Sie: Zwei Karten für morgen, gute Mittelplätze im Parkett hinten, was wären die Ihnen wert?"

„Was sagen Sie zu 300?"

„Das Stück?"

„Beide, natürlich!"

„Ich denke, Geld spielt keine Rolex?" Und dabei fletschte der Mann, unverschämt grinsend, mit den Zähnen.

Waldek war nahe daran, ihm ein Angebot zu machen, das er nicht abschlagen konnte, doch kam ihm das Schicksal zuvor. Es öffnete sich eine Tür neben einer der unbesetzten Kassen nebenan und eine junge Frau trat hervor und ging auf Waldek zu:

„Mein Herr, ich habe Ihre Probleme mitbekommen und glaube, Ihnen helfen zu können. Wenn Sie mir bitte folgen würden", und führte ihn in eine Nische abseits der Wartenden.

„Wissen Sie", versuchte die junge Frau zu erklären, „es gefällt uns und der Geschäftsleitung gar nicht, wenn einige Leute versuchen, aus der Not der anderen noch Profit zu schlagen. Wir möchten nicht, dass hier Sitten einreißen wie bei großen Sportveranstaltungen. Denn hier geht es um Kunst, und die sollte nicht verhökert werden. Wir haben in unserem Hause viele langjährige Stammkunden, die uns mit Adresse und

Telefonnummer bekannt sind. Wenn Sie mir etwas Zeit geben, werde ich für Sie recherchieren. Wollen Sie solange im Restaurant gegenüber auf mich warten?" Das war nun wiederum ein Angebot, das Waldek nicht abschlagen konnte.

Zwanzig Minuten später – Waldek hatte noch nicht einmal seinen Cappuccino ausgetrunken – erschien die Angestellte der Oper mit einem Strahlen im Gesicht. „Ich wusste, dass das klappen würde", sagte sie. „Das sind reizende alte Leute. Als ich denen von Ihren Nöten erzählte, und natürlich von diesem unseriösen Angebot dieses Mannes, da waren sie sofort auf unserer Seite. Sie bekommen jetzt also zwei Karten im ersten Rang erste Reihe zum Preis von 79.-Euro, also zusammen für 158.-Euro. Sind Sie damit einverstanden?"

„Sie haben aus mir einen glücklichen Menschen gemacht", sprach Waldek. Er war sichtlich gerührt, so viel Freundlichkeit hatte er hier nicht erwartet.

„Dann möchte ich Sie bitten, mit mir noch einmal an die Abendkasse zu kommen, um Ihnen die Karten auszudrucken, damit Sie morgen Einlass bekommen."

„Und ich möchte Sie nun bitten, nicht mit mir zu streiten. Hier sind 400 Euro. Geben Sie davon diesen netten Leuten, neben meinem ausdrücklichen Dank, eine Entschädigung, die Sie für angemessen erachten und behalten für sich den Rest für Ihre Bemühungen."

An diesem Abend hatte dieser Kosmos zwei glückliche Menschen mehr, mit großer Wahrscheinlichkeit sogar vier.

3. Kapitel

Als Milan vor dem Landgasthaus am südlichen Stadtrand Berlins mit seinem Wagen vorfahren wollte, fand er keinen Parkplatz, jedenfalls keinen in unmittelbarer Nähe. Nachdem er endlich einen gefunden hatte, etwa fünf Minuten zu Fuß vom Lokal entfernt, packte er seine Akten zusammen und begab sich zur betting agency.

Schon von draußen, empfing ihn eine imposante Geräuschkulisse, die jäh verebbte, als er die Tür öffnete.

Würdevollen Schrittes verschaffte sich Milan Einlass.

„Frau Wirtin, ist noch ein Tischchen frei, für einen müden Reisenden?"

Edith sorgte sofort für das benötigte Terrain. Kurz darauf sammelte sich ein Großteil der Anwesenden um den Finanzexperten.

„Frau Wirtin!", rief Milan in den Saal und sah dabei Edith vielversprechend an, „hier ist aber trockene Luft. Eine Runde für alle!"

Edith konnte dem kaum nachkommen.

Nachdem sich die allgemeine Aufregung so allmählich gelegt hatte, begann Milan seine Eröffnungsrede:

„Alle Prognosen sprechen dafür, dass die Zinsen weiter sinken und auch an der Börse wird es nicht nur nach oben gehen. Wenn wir jetzt also diese Gelegenheit heute verstreichen lassen, wird sich wohl keine weitere in absehbarer Zukunft mehr bieten. Nun gut, was haben wir? Eine Obligation mit einer 91-prozentigen Wahrscheinlichkeit und einer Gewinnerwartung von bis zu 400 %. Um es noch einmal deutlich zu sagen: Bei einer Investition von 1000 € beträgt die Auszahlung bis zu 4000 €, natürlich unter Berücksichtigung der

91-prozentigen Wahrscheinlichkeit. Jeder, der Interesse hat, fülle nun diesen Vordruck aus, mit Namen, Adresse und die Investitionssumme – ich muss ja schließlich wissen, wie viel nachher jeder zu bekommen hat – und nicht zu vergessen, die Unterschriften unter den Geschäftsbedingungen und ganz wichtig, für die Anerkennung meiner Provision. Schließlich will euer Onkel Milan ja auch ein bisschen Freude an der ganzen Sache haben."

Nun herrschte allgemeine Heiterkeit und an Milans Tisch ging es zu wie beim Kalten Buffet. Etwa vierzig Personen warteten brav in der Schlange, um ihre Investitionen zu tätigen. Dabei musste Milan sich sehr konzentrieren, um keinen Fehler zu begehen, schließlich ging es im Endeffekt um eine Gesamtsumme von 37.500 €.

„Nicht ganz so viel wie im Nachbardorf", dachte Milan, „aber mit 80.000 haben wir doch jetzt wieder ein erkläglisches Startkapital in der Hand", und außerdem wartete ja noch ein kleines Trostpflaster nach getaner Arbeit auf ihn.

Die Wirtin, Edith, sah das ebenfalls so. Auch sie hatte ihr Erspartes zusammengekratzt und 500 € investiert, um ihr bescheidenes Einkommen ein wenig aufzubessern, denn so viel Umsatz wie heute, ist eher selten, und so war sie froh, als der letzte Gast – besser gesagt, der vorletzte Gast – zur Tür hinaus war und sie sich auf den vergnüglichen Teil des Abends freuen durfte.

Am nächsten Morgen gegen 6 Uhr erwachte Milan, von einer seltsamen Unruhe geplagt. Edith, die nicht nur einen schweren Tag, sondern auch eine ebenso anstrengende Nacht hinter sich hatte, schlief noch tief und fest. Milan zog sich an, legte Edith 2000,-€ auf den

Nachtkasten und machte sich früh aus dem Staub. Nicht zu früh, denn eine Stunde später stand ein Polizeiwagen vor Ediths Lokal, welcher aus der Ferne von Platzki, der mit klammheimlicher Freude auf Milans Verhaftung wartete, beobachtet wurde.

*

Waldemar überlegte, wie er den Rest des angebrochenen Tages sinnvoll verbringen sollte. Das Hotelzimmer könnte er nun kündigen, aber andererseits wollte er auch nicht das Risiko eingehen, von der gegenüber wohnenden Dame gesehen zu werden. Er beschloss, noch einmal in der Kurfürstenstraße nach dem Rechten zu sehen.

Dort angekommen, wurde er auch sogleich liebevoll in Empfang genommen, weil die Dame offensichtlich ein schlechtes Gedächtnis hatte:
„Na, Süßer, hast du Lust auf einen kleinen … "
„Nein, hab' ich nicht. Ich gehe lieber zur Ines, du hast ja was gegen Tiere!"
„Perverses Schwein!", knurrte sie ihm noch hinterher.
Waldemar stand im Innenhof und schaute an der Häuserwand empor. Parterre war alles dunkel, aber im ersten Stock brannte Licht.
„Versuche ich es trotzdem zuerst bei meinem Informanten", dachte er und klopfte ganz unten. Aber es tat sich nichts. Daraufhin ging er im dunklen Treppenhaus eine Etage höher und lauschte an der Tür dieses Bartholomäus. Er hörte Stimmen bzw. eine Stimme. Jemand schien zu telefonieren. Einige Bruchstücke des Gesprächs konnte er sogar wahrnehmen: „Was, jetzt noch? … Ich kann doch

nichts dafür ... vielleicht reicht es ja schon ... gut dann morgen früh."

Kurzzeitig wurde es ruhig, aber dann waren Stimmen und Geräusche aus einem Fernseher zu vernehmen. Waldek überlegte. Zu klingeln hätte sicher keinen Zweck, er müsste den Kandidaten schon vor der Tür abfangen, wenn er die Informationen, die er sich von ihm erhoffte, noch erhalten wollte. Also wieder runter, man könnte ja in der Wohnung auf deren Besitzer warten. Waldek zog eine Kreditkarte hervor und werkelte an der Tür und – sieh an – sie war nicht extra verriegelt. Er trat ein, schloss sie leise und horchte etwa zwei Minuten. Totenstille. Langsam tastete er sich zum Wohnzimmer vor, die Räumlichkeiten kannte er ja schon. Offensichtlich war wirklich niemand zu Hause, denn auch im Wohnzimmer schien sich niemand zu befinden. Er bräuchte etwas Licht, also wollte er sein Handy hervorzirkeln, um die Taschenlampe zu aktivieren, kaum hielt er es in der Hand, klingelte es. Fast wäre es ihm aus der Hand gefallen, so einen Schreck bekam er.

„Psiakrew!", entfuhr es ihm, wie konnte er nur vergessen, den Klingelton abzustellen! Unwillkürlich trat er einen Schritt zurück, so dass er mit dem Rücken zur Wand stand, und schaute auf das Display. Dabei streifte ein schwacher Lichtschein des Handys das Sofa.

Dort lag jemand!

Das Handy klingelte immer noch. Er sah noch die Anrufernummer, bevor er das Gespräch ablehnte: Es war die der Frau Doktor.

„Wenn, dann kommt alles auf einmal, dachte Waldek, schaltete endlich das Telefon auf stumm und die Taschenlampe ein und beleuchtete den Liegenden. Das war Bastian. Er musste tot sein, sonst wäre er vom Klingeln wach geworden. Waldek trat an ihn heran und legte seinen Handrücken an seine Stirn. Sie war nicht kalt, aber ein Atem war kaum vernehmbar. Er fühlte die Halsschlagader. Da war noch ein schwacher Puls! Ein Notarzt musste schnellstens her, aber Waldek konnte keinen rufen, jedenfalls nicht von seinem Handy. Wie hätte er seine Anwesenheit hier erklären sollen? Waldek war ratlos und die Zeit drängte. Hier musste doch irgendwo ein Handy herumliegen. Er leuchtete den Tisch ab. Nichts! Er fühlte an Bastians Hosentasche, tatsächlich, da war etwas Hartes, griff hinein und holte ein Handy hervor. Es war sogar noch eingeschaltet. Waldek wählte den Notruf:

„Schnell, schnell – komme Kurfurstestraße 135 – Tiergarte – Hinterhaus, unten – Wohnung offen!", rief er mit verstellter Stimme in den Hörer. Da er nicht auflegte, hörte er noch, dass am anderen Ende der Leitung noch Fragen gestellt wurden, die er aber nicht mehr beantworten wollte. Er wischte noch das Handy mit einem Taschentuch ab und legte es neben das Sofa. Dann sah er zu, dass er raus kam. Die Tür ließ er offen und warf noch eine herumliegende Jacke davor, damit sie nicht zufallen konnte. Draußen auf der Straße wartete er an der nächsten Ecke noch fünf Minuten und beobachtete erleichtert, dass die Feuerwehr erschien. Dann beschloss er, am nächsten Morgen noch einmal herzukommen und begab sich nach Hause.

*

Weniger erleichtert über den Anblick der Feuerwehr zeigte sich Ines, die aus Erfahrung wusste, dass die

Geschäfte ausblieben, wenn Blaulicht in der Nähe ist. Zu allem Überfluss kam nun auch noch Tanja, eine Kollegin oder besser Konkurrentin, angetanzt.

„Hoffentlich verziehen die sich bald wieder", meinte Tanja auf die Feuerwehr zeigend.

„Haste keen Friseur, dem de dit erzählen kannst? Verzieh du dich lieber!"

„Dafür, dass du es mit Tieren treiben musst, bist du aber eine ganz schön eingebildete Kuh."

„Mit Tieren treiben?"

Ines' Stimme überschlug sich fast.

„Dir hamse wohl ins Jehirn jeschissen, von wegen Tiere! Ich würde nicht einmal einen Pudel an mich ranlassen. Erzähl bloß nicht so 'ne Scheiße!"

„Ach, nicht einmal einen Pudel? Da berichten deine Freier aber was anderes. Aber du hast Recht: Ein Pudel ist zu klein für dich. Du brauchst einen richtig großen Köter."

„Klatsch!"

Tanja hatte Ines' Handtasche im Gesicht.

„Klatsch!"

Ines nun Tanjas, wobei aber der Riemen abriss und die Tasche auf die Erde fiel, sich öffnete und einige Scheinchen herausfielen. Sofort bückten sich beide Frauen nach dem Geld.

„Nimm deine unegalen Wurstfinger von meinem Geld!", schrie Tanja und schubste Ines zur Seite, die daraufhin das Gleichgewicht verlor und weil sie ohnehin schon hockte, auf dem Rücken landete und ihre Beine aus dem kurzen Rock heraus zum Himmel streckte.

Das schöne Bild, das sich nun ergab, erinnerte an ein modernes Kunstwerk.

Zwar nicht gerade kunstbeflissen, aber aufgeschreckt

durch den Lärm, wurde die Polizeistreife, die der Feuerwehr folgte, auf die beiden Kampfhähne bzw. Kampfhühner aufmerksam. Gerade rechtzeitig, als Ines sich wieder aufgerappelt hatte, nun bereit, Tanja zu ermorden, packte ein Polizist ihren erhobenen Arm mit den Worten: „Aber, aber meine Damen! Wer wird denn gleich in die Luft gehen?"

„Greife lieber zum BH", kicherte nun Tanja schadenfroh.

Im selben Augenblick kamen die Rettungskräfte mit einer Trage aus dem Hauseingang.

„Das ist ja Basti!", rief Ines voller Entsetzen.

„Der arme Kerl", gab Tanja dazu.

Beide waren nun vereint in der Trauer und in dem Glauben, einen guten Kunden verloren zu haben, denn Basti spendete an jedem Monatsanfang einen Großteil seiner Sozialhilfe für gefallene Mädchen.

*

Während Waldemar nach Hause fuhr, versuchte er nun endlich die Frau Doktor zurückzurufen, doch der angerufene Teilnehmer war vorübergehend nicht zu erreichen. In seinem neuen Heim angekommen, versuchte er es noch ein paarmal, aber vergebens. Unzufrieden mit dem Erreichten, schlief er ein.

Am nächsten Morgen erwachte er ungewöhnlich spät und beschloss, auf das Frühstück zu verzichten und sich sogleich wieder zur Kurfürstenstraße zu begeben. Als er gegen 9.00 Uhr das große Tor zum Hof öffnete, kam ihm Milan entgegen.

„Do diabła!", entfuhr es Waldek. „Wie kommst du hierher? Woher hast du die Adresse?"

„Da staunst du, was ey A..., ich meine Waldi. Ich habe

halt ein wenig in der Literatur geblättert, aber komm erst mal weg hier."

„Hoffentlich hast du mir hier nichts vermasselt."

Als sie durch die Tür zur Straße gingen, kam ihnen ein Pizzalieferant entgegen.

„Wieso vermasselt, wie kommst du darauf? Ich habe recherchiert, das ist alles."

„Und wieso blutet dann deine Hand?"

Milan grinste.

„Ist nur 'n Kratzer, kommt von der Hörhilfe, der Typ hat so schlecht deutsch verstanden. Aber jetzt weiß ich, was ich wissen wollte."

„Nun?"

„Na, wo dieser Schweinehund sein Lager aufgeschlagen hat."

„Ich ahne ja so einiges. Du denkst wohl, du kannst da jetzt hingehen und diesen Anatol so einfach umschießen? Mensch, warum hast du nicht auf mich gewartet? Ich sagte doch, dass ich den noch brauche, der soll uns noch an eine andere Stelle führen, die für mich viel wichtiger ist."

„Für mich ist nur dieser Anatol wichtig", sagte Milan trotzig.

„Ja und? Deshalb kannst du ihn nicht einfach abknallen, dann wärest du ja wegen Mordes dran. Um den soll sich die Polizei kümmern."

„Damit die Herren Richter den wieder laufen lassen? Nee, nicht mit mir!"

„Hör mir jetzt mal zu", sagte Waldemar. In diesem Moment kam die Feuerwehr angefahren und hielt vor der Hausnummer 135.

„Wenn du dich in dein Unglück stürzen willst, dann bitte! Aber komm mir dabei nicht in die Quere! Entweder wir arbeiten ab jetzt zusammen oder aber wir gehen getrennte Wege. Wenn du dich nicht für Letzteres entscheidest, dann wird alles entweder nach Absprache oder so, wie ich es sage, gemacht, ist das klar? Ich möchte mich nicht unbedingt auf das Niveau dieser Verbrecher begeben. – Wieso ist die Feuerwehr so schnell hier?"

„Weil ich dem Arschloch noch 'ne Pizza bestellt habe. – Sozusagen als kleines Dankeschön für die Info!"

„Wie edel! Demnach musst du den ja ganz schön zugerichtet haben, dass er einen Notarzt braucht."

„Man tut, was man kann. Ich bin ja schließlich kein Unmensch und weiß ja nicht, was der aushält."

Mittlerweile standen sie vor Milans Wagen.

„Willst du mitkommen, auf eine kleine Spritztour?", fragte Milan.

„Was bleibt mir übrig? Auf dich muss man ja aufpassen, wie auf ein kleines Kind, damit du keinen Schaden anrichtest. Wohin geht denn die Reise?"

„Also, der Saukerl residiert wohl zurzeit in der Liebermannstraße in Weißensee auf so einem ehemaligen Fabrikgelände. Ich habe mir das ganz genau beschreiben lassen."

„Ich denke, die Reise können wir uns sparen. Nach meinen Recherchen wollte Anatol sich heute Morgen hier mit Bartholomäus treffen. Du kannst also von Glück reden, dass der vorhin nicht aufgekreuzt ist."

„Oder er! Wir können uns doch aber trotzdem dort schon einmal umsehen, könnte doch von Vorteil sein."

„Dann fahr los!"

Milan ging noch einmal an seinen Kofferraum, kramte in einer Tasche und kam mit zwei Geldscheinen wieder.

„Hier, meine Schulden, ich hab' dir doch gesagt, du kriegst sie heute wieder. Aber nun sag mir mal", fragte

Milan während sie losfuhren, „wie du ihn nach den Buchstaben des Gesetzes drankriegen willst? Er ist doch in allen Anklagepunkten freigesprochen worden und über seine neuesten Aktivitäten haben wir doch nichts in den Händen."

„Gute Frage! Im Augenblick bleiben uns nur zwei Möglichkeiten: Die eine ist, wir erwischen ihn bei einer neuen Schweinerei und die andere ..."

Waldek zögerte.

„Die andere?"

„Die andere ist sehr aufwendig, wenn nicht sogar vergeblich. Man müsste diese Gisela auftreiben, damit sie vor Gericht ihre Aussage machen kann."

„Ich denke, er ist deswegen freigesprochen worden?"

„Ist er, Gott sei Dank, nicht. Sein Verfahren wurde eingestellt. Also, mit der Gisela könnten wir den Kerl schon zum Schwitzen bringen."

„Na dann, viel Spaß beim Suchen. Brasilien ist ja nicht so groß!"

„Ich weiß, ich weiß. Aber man könnte sich an die deutsche Botschaft wenden. Doch vorher werde ich den Ort aufsuchen, wo sie zuletzt gesehen wurde, nämlich Bielefeld. Vielleicht gibt es ja doch etwas Neues."

„Hier muss es sein – der Beschreibung nach", sagte Milan. „Ich fahre noch ein Stückchen weiter. Der muss ja nicht mein Auto sehen."

„Genau! Und dich auch nicht. Deshalb bleibe lieber sitzen, ich gehe allein, mich kennt er ja nicht."

Milan fügte sich. Waldek betrat das ehemalige Industriegelände, ein großer Hof mit mehreren unterschiedlich großen Gebäuden. Vorn befand sich eine Autoreparaturwerkstatt, im nächsten ein Sanitärbetrieb und daneben offenbar Studios einer Troja Video Production GmbH. Einige Gebäude schienen verlassen zu sein. Er stand vor einem, an dem ein Schild angebracht war: EYLÜL Consulting KG.

„Das würde vielleicht in Frage kommen", dachte Waldek, als ein Mann aus der Tür trat und barsch fragte:

„Wen suchen Sie?"

„Ich suche eine Videofirma, warten Sie, ich habe doch die Adresse hier ..."

Dabei zog er sein Handy hervor, tat so, als suchte er sie und machte so ganz nebenbei ein Foto von dem Mann.

„Ist zwei Häuser weiter", sagte der Mann und ging zur Straße. Waldek folgte ihm und blieb dann vor der Produktionsfirma stehen. Dann ging er ebenfalls zur Straße zurück. Von dem Mann keine Spur. Gut, er könnte weg sein, aber wenn nicht, dann würde er ihn jetzt direkt zu Milan führen.

Er ging noch einmal zurück, als er sah, wie ein leicht bekleidetes Mädchen offensichtlich gerade aus einer neuen Video-Produktion heraus in Richtung EYLÜL Consulting lief. Er versuchte, ihr unauffällig zu folgen. Sie lief die Treppen hoch. Er blieb unten und horchte. Offensichtlich war sie in der ersten Etage hinter einer Tür verschwunden. Über dieser Räumlichkeit führte die Treppe nur noch zu einem Dachboden, zu dem er sich jetzt begab. Er wartete. Dann öffnete sich wieder die Tür, die Dame erschien, warf sie zu und lief wieder nach unten. Waldek ging wieder eine Treppe hinunter und klopfte zweimal laut an die Tür. Als nichts geschah, werkelte er ein wenig an ihr herum – offen war sie!

„Hallo?"

In der Wohnung befand sich niemand.

Waldek sah sich um.

Dort stand ein Sofa an einem Couchtisch. Auf dem lag ein Spritzbesteck, ein Behältnis und ein leeres Plastiktütchen. Er durchsuchte die Schränke. Bei einem wurde er fündig:

Mehrere Tüten mit mehlstaubartigem Inhalt.

„Rauschgift!", schoss ihm durch den Kopf, „vermutlich Heroin."

Da soll sich mal die Polizei drum kümmern.

Aber es lag noch etwas dort: Ein Handy. Waldemar nahm es an sich und verließ die Wohnung wieder.

Draußen lief er erst einmal in die falsche Richtung und begab sich, nachdem er sich vergewissert hatte, nicht verfolgt zu werden, zurück zu Milan.

„Ey, Mann, wo warst du so lange? Ich wollte dich schon suchen."

„Eh du weiter meckerst, schau dir mal dieses Foto an!"

Waldek zeigte ihm sein Handy.

„Das isser! Das ist Anatol, dieser Schweinehund! Der hat sich so einfach von dir fotografieren lassen?"

„Na, siehste doch! Ich hab' zu ihm gesagt ‚ach verzeihen Sie, Sie sind so ein gut aussehender junger Mann, darf ich ein Bild von Ihnen machen, für meine Großmutter?' – Wir sollten jedenfalls sofort abhauen, falls der sich hier noch rumtreibt."

„Wo kann ich dich absetzen?", fragte Milan, als sie wieder unterwegs waren.

„Dort vorn ist ein U-Bahneingang, da kannst du halten, und denk an meine Worte: Mach keine eigenmächtigen, unüberlegten Sachen. Tot nützt er mir nicht mehr. Ich will unbedingt herausbekommen, wer mit dem kooperiert hat."

„Geht in Ordnung, Alter, großes Ehrenwort."

Bevor Waldek nach Hause fuhr, rief er von unterwegs Kommissar Wörnitz an.

„Wörnitz."

„Hier spricht Waldemar Scheffzik, der Cousin von Andrzej Czybulsky."

„Ja, ich weiß, Herr Scheffzik, was gibt's?"

„Ich habe in Sachen Anatol ein wenig recherchiert und bin in Weißensee vermutlich auf ein kleines Heroinlager gestoßen."

„Sieh an! Wie klein?"

„Ich schätze es auf drei bis vier Kilo, und ich denke es könnte Eile geboten sein."

„Dann schießen Sie mal los."

„Also Weißensee, Liebermannstraße, die Nummer lautet etwa 95-1oo. Es handelt sich um ein Fabrikgelände und in einem der mittleren Häuser befindet sich die EYLÜL Consulting, dort liegt das Zeug."

„Da das nicht meine Abteilung ist, gebe ich das gerne an die Kollegen von der Rauschgiftfahndung weiter, aber auch die können nicht einfach dort hingehen, die Tür eintreten und das Zeug beschlagnahmen, wenn es überhaupt noch dort ist. Es müssen schwerwiegende Verdachtsmomente vorliegen."

„Wenn Sie an die Tür klopfen und, falls geöffnet wird, der Spürhund anschlägt, wäre das dann einer?"

„Ich denke ja, aber das hängt natürlich auch vom Verhalten bzw. der Einschätzung der Drogenfahnder ab, und was ist schließlich, wovon ich einmal ausgehe, wenn nun nicht geöffnet wird?"

„Zwei Häuser weiter befindet sich eine sogenannte Videoproduktion. Die Damen, die dort arbeiten, bedienen sich offenbar von den Vorräten bei der Eylül, ich habe selbst eine beobachtet, die sich offenbar dort etwas geholt hat und die nächste kommt bestimmt und dann muss die Tür ja geöffnet werden. Also zwischen der Eylül und dieser Troja, so heißt die Videoproduktion, besteht eine Beziehung."

„Mann, Mann, Mann, das ist ja allerhand! Ich werde es sofort an die Kollegen weiterleiten. Woher haben Sie Ihr Wissen?"

„Ich habe es gesehen."

„Durch die geschlossene Tür?"

„Nein, sie war offen."

„Soso. Und wo befindet sich das Heroin?"

„In einer kleinen Anrichte gegenüber einem Sofa."

„Und die stand auch offen!"

„Ja, selbstredend."

„Aber Sie dürfen doch nach dem Gesetz nicht einfach in eine fremde Wohnung eindringen, auch wenn sie offen steht."

„Also erstens, war das nicht als Wohnung zu erkennen, sondern als Büro oder Lagerraum, immerhin ist ein Firmenschild an der Tür, und zweitens, glaubte ich, jemanden rufen gehört zu haben und da bin ich dem nachgegangen. Schließlich war dann aber doch niemand anwesend."

„Mann, Mann, Mann! Ich gebe das sofort weiter. Aber eine Frage hätte ich noch."

„Nun?"

„Sie sagten zu Anfang des Gesprächs ‚in Sachen Anatol'. Was hat der damit zu tun?"

„Der kam mir aus dem Haus entgegen."

„Und woher kennen Sie den?"

„Ich kenne ihn ja nicht."

„Woher wissen Sie dann, dass das Anatol war?"

„War so ein Gefühl."

„So ein Gefühl???"

„Ja, ich habe ein Foto von ihm gemacht, wollen Sie es sehen?"

„Ja, bitte. Können Sie es mir gleich schicken?"

„Mach ich. Kommt in einer Minute, und vergessen Sie das Heroin nicht."

Nun war Waldek fast zu Hause, aber er kehrte noch bei Luigi ein, um eine Mahlzeit einnehmen und rief dann Kalle an:

„Galla."

„Hallo Kalle, hier ist Scheffzik – Waldek."

„Ja, ich höre. Wollen Sie mit mir Schach spielen?"

„Würde ich liebend gern, aber ich habe ein Problemchen und wollte Sie um einen Gefallen bitten."

„Was kann ich tun?"

„Ich habe die Hoffnung noch nicht aufgegeben, diese Gisela zu finden, also möchte ich bei ihrer letzten in Deutschland gemeldeten Adresse beginnen, also bei ihrer Schwester in Bielefeld, deren Namen ich aber nicht einmal kenne ..."

„Und den soll ich für Sie rauskriegen."

„Wenn Sie das schaffen?"

„Sobald ich es weiß, melde ich mich."

Eine halbe Stunde später erhielt Waldek eine SMS:

Charlotte Brauer
Heimweg 29
33604 Bielefeld

Danach kam noch eine:

„Ihr Gefühl war richtig. Wörnitz"

Während er zu seinem Haus ging, fasste er den
Entschluss, schon am nächsten Tag einen kleinen
Ausflug zu unternehmen. Für heute allerdings war
doch ein Opernbesuch vorgesehen. Er müsste nun
endlich die Frau Doktor erreichen.
Er machte sich einen Cuba Libre, saß auf der Couch
und versuchte es noch einmal auf ihrem Handy. Es
war immer noch abgeschaltet.
Da es schon Nachmittag war, müsste er jetzt wohl oder
übel einen Plan B schmieden.
Was mit den Karten anfangen? Große Lust auf Mozart
hatte Waldek nicht. Ja, wenn es Penderecki gewesen
wäre – er hatte einmal „Die schwarze Maske" gesehen,
die hatte ihn fasziniert, aber Mozart?

Na, einen zweiten könnte er schon noch vertragen.
Rum, Eis … o kurde! Eis ist alle. Cola auch kaum noch
da – das Handy klingelte.
„Frau Doktor Schmidt-Eisleben hier."
Waldek stutzte kurz, sie hatte sich mit ihrem
Nachnamen gemeldet.
„Ja, Ingeborg", sagte Waldek erfreut.
„Edeltraut!"
„Verzeihung!" Waldek bemühte sich, in Anbetracht der
fast zwei Cuba Libre, artikuliert zu sprechen.
„Es tut mir leid, dass ich mich nicht melden konnte,
aber ich war beschäftigt."
„Habe ich bemerkt!"
„Stehen Sie denn nun noch zu Ihrem Wort?"
„Wort?"
„Ich denke, Sie wollten mich heute Abend in die Oper
ausführen?"

„Ja, selbstverständlich!“
Pause.
„Wollen Sie mir nicht noch etwas sagen?“
„Ja … Sie sind eine sehr schöne Frau.“
„Waldemar! – Zu welcher Oper soll ich kommen und um welche Uhrzeit?“
„Ich werde Sie zu Hause abholen.“
„Ich kann doch aber allein dorthin fahren.“
„Aber Sie wissen ja nicht, wohin.“
„Das werden Sie mir doch jetzt hoffentlich sagen.“
„Ich möchte Sie aber abholen.“
„Sie sind ein ungezogener Junge. Wann und wo ist die Oper?“
„Das sage ich Ihnen erst, wenn ich Sie abholen darf.“
„Sie sind ein sehr, sehr ungezogener Junge. Also, in Gottes Namen. Und nun?“
„Was nun?“
„Wo spielt die Oper?“
„In Italien.“
„Waldemar! – Welches Opernhaus?“
„Die Deutsche Oper.“
„Und die Uhrzeit? 19.30 Uhr?“
„Stimmt.“
„Dann ist es doch die Zauberflöte.“
„Ja, und? Mögen Sie die nicht?“
„Schon, aber die spielt doch nicht in Italien.“
„Sondern?“
„Was weiß ich! Ich glaube in Ägypten. Holen Sie mich gegen 19.00 Uhr ab?“
„Werde ich machen, Frau Doktor, also bis heute Abend 19.00 Uhr. Ich werde mit dem Taxi vor Ihrer Tür warten. Auf Wiederhören, Frau Doktor.“
„Auf Wiederhören.“
„Das wird jetzt richtig aufregend“, dachte Waldek, ging

an den Kleiderschrank und holte seinen besten Anzug hervor, der immer noch einige Knitterfalten vom Koffer besaß, als sein Handy klingelte.

„Scheffzik."

„Sie wissen aber, wo Sie mich nachher abholen werden, ja?"

Es war die Frau Doktor.

„Ja, klar! – Das heißt nein."

Waldemar Scheffzik hätte doch lieber keinen zweiten Cuba Libre trinken sollen. Fast hätte er sich verquatscht.

„Wo darf ich Sie denn abholen?", heuchelte Waldek.

„In der Eislebener Straße 36. Das ist nicht weit entfernt von dem Restaurant, wo wir uns begegnet sind."

„Ach was!"

„Ich warte dann auf Sie."

„Tschüs, Frau Doktor."

Waldek fuhr zum Ku'damm, ging extra noch einmal zum Friseur und besuchte anschließend den Laden eines in der Nähe befindlichen Juweliers.

„Mein Herr, was kann ich für sie tun?", lautete der freundliche Empfang.

„Würden Sie, selbstverständlich gegen angemessenes Honorar, einen Blick auf diesen Ring werfen und mir vielleicht seinen ungefähren Wert nennen?"

Dabei holte er ein Schächtelchen aus der Tasche und öffnete es. Der Juwelier zog eine Lupe unter dem Tresen hervor. Waldemar legte den Ring auf ein Samtdeckchen. Im Gesicht des Juweliers war Erstaunen zu lesen. Dann lächelte er bitter.

„Darf ich fragen, woher Sie diesen Ring haben?"

„Ich habe ihn geerbt."

„Ein Solitär, zweieinhalb Karat, keine Einschlüsse. Und dann der Schliff! Ich kenne diesen Ring. Unter tausend Ringen würde ich den erkennen."

„Wirklich?"

Der Juwelier betrachtete ihn noch einmal kurz mit der Lupe.

„Ganz zweifelsfrei ist das der Ring, den ich schon einmal an einen jungen Mann verkauft habe. Sie wollen ihn mir aber nicht zum Kauf anbieten, sondern nur schätzen lassen?"

„Richtig."

„Das beruhigt mich ein wenig. Kennen Sie ‚Der Ring des Polykrates' von Schiller?"

„Ja, ist mir bekannt."

„Fast befürchtete ich schon, dass sich bei dem hier eine ähnliche Geschichte entwickeln würde. Der Ring hat nämlich eine bewegte Historie. Sind Sie von hier?"

„Nein, ich komme aus Polen."

„Na, dann kann ich sie Ihnen ja erzählen, wenn Sie möchten."

„Falls es nicht zu lange dauert."

„Nein. Es geht schnell. Ich habe diesen Ring damals, weil er mir durch seine Schönheit und Reinheit des Steines sofort ins Auge fiel, meiner damaligen Freundin oder Geliebten, wenn Sie so wollen, geschenkt. Als ich aber später das Verhältnis meiner Frau zuliebe beendet habe, da hat sie mir den Ring vor die Füße geworfen. Hab' ich gedacht, ist zum Wegschmeißen zu schade, schenkst du ihn der lieben Ehefrau. Und was soll ich Ihnen sagen? Meine Frau war bereits dahintergekommen, was meine Liaison betraf, und den Ring kannte sie auch schon, nämlich von der Hand meiner Liebschaft, und wissen Sie, was diese Klafte zu mir gesagt hat? Sie hat gesagt –

wortwörtlich – ‚den Ring kannst du dir an deinen eigenen Finger stecken und'", dabei rückte der Juwelier ganz dicht an Waldeks Ohr und flüsterte, „und beides zusammen in deinen Arsch schieben.'"

„Uiiih!"

„Ja! Aber keine Sorge, das habe ich nicht gemacht", meinte der Juwelier tröstend.

„Na, dann bin ich ja beruhigt."

„Nun war die Geliebte weg und dann hat mich auch noch meine Frau verlassen; der Ring hat mir nur Unglück gebracht, und dann kam, wie lange wird das her sein, etwa ein Jahr, dieser nette junge Mann, und dem habe ich schließlich den Ring für 10.000 verkauft."

„Sie haben ihm diesen Unglücksring verkauft?"

„Nun ja, erstens, weil ich ihn ja schnell loswerden wollte, zum Schleuderpreis – der Ring ist mindestens das doppelte, wenn nicht sogar 25.000 wert – und zweitens, habe ich dem Mann von dessen Vorgeschichte erzählt."

„Auch alle Details?"

„Na ja, ein bisschen habe ich weggelassen, Sie wissen schon. Er sagte auch, er sei nicht abergläubisch und schließlich war der Ring auch genau das, was er gesucht hatte. Als er ihn sah, da sagte er – ach was – er sprach es nicht, er sang es! Er sang nicht schön, aber laut:

‚Den Ring muss ich haben!' – Wie Wotan."

„Wotan? Der aus der Walküre?"

„Nein, aus dem Rheingold", antwortete der Juwelier trocken und verächtlich. „Aber sagen Sie, war das etwa der junge Mann, den sie beerbt haben?"

„Ja."

„Oh, mein Gott! Wie ist er denn gestorben?"

„Er hat sich umgebracht."

„Oh, mein Gott und Vater! Etwa wegen der Frau, für die der Ring bestimmt war?"

„Ich denke, ja."

„Oh, mein Gott und Vater im Himmel! Und jetzt besitzen *Sie* ihn! Großgütiger Herr! Was stellen Sie nun mit ihm an?"

„Ich werde ihn verschenken."

„Tun Sie das, junger Mann! Tun Sie das!"

„Meine Zeit drängt. Vielen Dank für Ihre Aufklärung, was bin ich Ihnen schuldig?"

„Nichts! Wofür? Nehmen Sie Ihren Ring wieder und verschenken Sie ihn. Ich wünsche Ihnen ein langes und erfülltes Leben."

Waldek stand schon an der Tür, als er sich noch einmal umdrehte.

„Eine Frage hätte ich noch."

„Nur zu!"

„Kann man den in den Geschirrspüler stecken?"

Der Juwelier verzog die Mundwinkel.

„Würde ich nicht machen. Wasser und Seife sollten genügen."

Waldemar begab sich wieder nach Hause, machte sich fein und fuhr um 18.55 Uhr in der Eislebener Straße vor. Dabei fiel ihm ein, dass er ja noch im Hotel gegenüber auschecken wollte.

Und dann kam sie.

In einem langen und engen schwarzen Abendkleid mit einem seitlichen Schlitz fast bis zur Hüfte.
Und mit so etwas von einem Dekolleté!
Ein Dekolleté, das sogar noch unter der Stola seine Wirkung nicht verfehlte.

Aus Andrzejs Schilderungen war Waldek ja auf einiges gefasst gewesen. Doch das hier war außerhalb jeglicher Vorstellungskraft. Auf ihren Stöckelschuhen schritt sie der Taxe entgegen. Allein dieser Anblick war schon die halben Kosten für diesen Abend wert.

Waldemar stieg aus, übergab ihr eine einzelne rote Rose und öffnete ihr den Verschlag der Taxe. Nach einem kurzen „hallo – oh, danke – es ist frisch hier draußen", stieg sie mit einem fröstelnden Lächeln ein und entblößte dabei auf Grund des Schlitzes im Kleid ihr Bein bis zum Oberschenkel. Jetzt musste Waldek sich schwer beherrschen. Andrzej hatte nicht übertrieben. Sie besaß wirklich schöne Beine.

In der Taxe, die bis eben noch alles andere als angenehm roch, breitete sich nun ein betörender Duft aus.

Das war er wieder. Dieser Geruch, der noch ganz schwach in seinem Bett vernehmbar gewesen war.

Ähnlich muss es damals Odysseus ergangen sein, als er dem Gesang der Sirenen widerstehen musste. Aber Odysseus hatte getrickst, er ließ sich von seiner Mannschaft, deren Ohren verschlossen waren, an den Mast binden, um so dem lieblichen, aber tödlichen Gesang nicht zu verfallen.

Aber der arme Waldek war leider nicht festgebunden. Im Foyer der Oper angekommen, fragte er sie:
„Möchten Sie vorab vielleicht etwas trinken?"
„Vielleicht ein Wasser."
(„Ich lasse sie jetzt aber nicht aus den Augen", dachte Waldek.)
Cary Grant und die strenge, aber gerechte Musiklehrerin könnte er jetzt nicht gebrauchen.

Außerdem entging es Waldek nicht, dass Edeltraut die Blicke fast aller Männer auf sich zog – je nach Begleitung, mehr oder weniger verstohlen. Das machte ihn direkt ein wenig stolz.

Gemeinsam gingen sie zum Barbereich im Foyer, wo Waldek schließlich zwei Glas Champagner orderte und für die Pause ein Tischchen reservierte wollte.

„Es ist aber leider schon alles belegt", bekam er zur Antwort.

Waldek schob der Dame so unauffällig wie möglich einen 50-Euro-Schein zu, was zur Folge hatte, dass sie beide sofort zu einem der Tische geführt wurden, auf den die Dame dann nicht nur die Gläser stellte, sondern auch noch eine schlanke Vase für Edeltrauts Rose.

„Warten Sie bitte noch", sagte Waldek zu ihr und zu Edeltraut gewandt: „Was möchten Sie in der Pause gerne naschen?"

„Danke, nichts."

„Gut, dann hätten wir gern in der Pause nur noch einmal dasselbe."

„Sehr wohl!"

„Es fängt gleich an", sagte Frau Doktor.

Und es fing an.

Sie hatten wohl die besten Plätze im gesamten Theater, aber während Edeltraut konzentriert der Oper folgte, dachte Waldek an alles andere. Ihr Duft kam wieder in seine Nase. Wie gerne würde er sie jetzt umschlingen und liebkosen, aber er musste ja brav neben ihr sitzen und diesem Mozart zuhören.

„Der Vogelfänger bin ich ja, stets lustig, heissa, hopsasa." Waldek machte sich seine eigenen Gedanken:

Da hopst einer wie Rumpelstilzchen über die Bühne

und gibt mit seinen Vögeln an. Wozu braucht man
Vögel? Fliegende Scheusale, die überall hinkacken.
Katzen bräuchte man, viel mehr Katzen. Ach, jetzt hat
er wohl genug von Vögeln und will lieber Mädchen. Ist
auch besser so.
Aber was macht er mit den Mädchen? Vögeln?
Und was wohl mit der Zauberflöte gemeint war? Dieser
Mozart muss ja ganz schön versaut gewesen sein und
wenn nicht er selbst, dann zumindest sein Librettist.
O Boże, ich darf auf keinen Fall einschlafen. Ich neige
zum Schnarchen. Also Augen wieder öffnen. Die Dame
neben mir schaut gebannt auf die Bühne. Was gibt es
denn gerade so Interessantes?
„Dies Bildnis ist bezaubernd schön, wie noch kein Auge
je geseh'n!"
Ja, das stimmt. Sie ist wirklich schön, betörend schön.
„O wenn sie doch schon vor mir stände!"
Na, wenigstens sitzt sie neben mir.
„Ich würde – würde – warm und rein – Was würde
ich?", sang jetzt der unschlüssige Typ, der Tamino
hieß.
Ja, was würdest du? Ich könnte dir jetzt sagen, was *ich*
würde. Aber ich muss ja hier still sitzen und diesem
Mozart zuhören.
„... sie voll Entzücken an diesen heißen Busen drücken
..."
Ja, das möchtest du gerne, das glaube ich dir. Möchte
ich jetzt auch. Ob ihr Busen heiß ist? Bestimmt! Ein
warmer Körper kann Parfümdüfte besser abstrahlen
als ein kalter. Mit Sicherheit aber, sieht ihr Busen heiß
aus.
Edeltraut kramte in ihrer Handtasche, ergriff ein
Taschentuch und schnäuzte sich leise und vornehm.
Achtung, Scheffzik! Interessierten Gesichtsausdruck

beibehalten. Gut! Sie hat nichts bemerkt.

Dann war es endlich soweit: Pause.

Edeltraut und Waldemar begaben sich zu ihrem reservierten Tischchen. Sofort kam die Bedienung stellte zwei Gläser auf und füllte sie.

„Bringen Sie uns doch bitte noch zwei Brezeln", sagte Waldek zu ihr. Er schaute Frau Doktor an: „Nicht wahr, eine knabbern Sie doch mit, aus Gesellschaft?"

„Also gut."

„Na dann, prosit, Frau Doktor!"

„Prosit, Waldemar. Sagen Sie ruhig ‚Edeltraut', Frau Doktor klingt so förmlich."

„Es ist doch auch ein förmlicher Abend, aber danke, Edeltraut."

Er sah in ihre Augen: Wunderschön!

Während er in ihren Anblick versunken war, hörte er wie aus der Ferne:

„Gefällt es Ihnen denn?"

„Zwei Brezeln für die Herrschaften!"

Waldek kramte in seiner Börse und bezahlte. Dann sah er ihr wieder in die Augen. Das könnte er jetzt eine Stunde machen oder noch länger, so schön fand er sie. Er war direkt süchtig.

„Nun?"

„Nun, was?"

„Ob es Ihnen gefallen hat?"

„Ja, sehr."

„Mögen Sie denn Mozart?"

„Und ob!"

„Mir hat es heute bisher auch gut gefallen, obwohl ich ja Wagner vorziehe."

„Ich weiß."

„Woher?"

„Was?"

„Woher wissen Sie, dass ich Wagner vorziehe?"

(Siehste, Scheffzik, jetzt bist du doch in die Falle geraten.)

„Weiß ich doch gar nicht."

„Sie haben doch eben gesagt ‚ich weiß'."

„Hab' ich das?"

„Haben Sie!"

„Ich weiß, dass ich nichts weiß", bemerkte Waldek philosophisch, um das schlingernde Schiff noch auf Kurs zu bekommen.

„Soso, das ist ja dann nicht viel."

„Ich wollte doch damit nur zum Ausdruck bringen, ich meine, meine Wortwahl war vielleicht etwas ungeschickt, dass es doch nur logisch ist, wenn man Wagner besser findet, oder sind sie da anderer Meinung?"

„Also, das sehen die meisten ja ganz anders."

„Zum Glück gehöre ich aber nicht zu denen."

„Das freut mich jetzt wirklich. Welche Wagneroper mögen Sie denn am liebsten?"

„Die Walküre", sagte Waldek, als der erste Gong ertönte, „wir müssen wieder hineingehen.

Offensichtlich war Frau Doktor wieder etwas beruhigt. Also diese Kurve hatte er ja gerade noch so gekriegt.

Im zweiten Akt war Waldemar anfangs recht konzentriert, doch mit zunehmender Fortdauer der Oper versank er wieder in seinen Gedanken.

„Bewahret euch vor Weibertücken", sprach einer der Priester. Wie Recht der hat. Was ist eigentlich mit dir los, Scheffzik? Was hattest du dir vorgenommen? Du wolltest doch deinen Cousin rächen und jetzt bist du ganz dicht davor, diesem Weib zu verfallen. Ach was, von wegen davor! Sie hat dich bereits um den Finger gewickelt!

„Der Hölle Rache kocht in meinem Herzen", trällerte nun die Königin der Nacht.

So sollte es sein. Genau so. Aber was haben wir gerade: Ein Höllenfeuer, das noch von einem Teelicht übertroffen wird.

Waldek hatte im Augenblick keine Ahnung, wie es weitergehen sollte.

„O Isis und Osiris, welche Wonne!", sang nun der Chor der Priester.

„Die düstre Nacht verscheucht der Glanz der Sonne."

Waldek lauschte nun der Musik. Jetzt gefiel sie ihm wirklich.

„Sein Geist ist kühn, sein Herz ist rein,
bald wird er unser würdig sein."

Vielleicht sollte er einfach die Dinge auf sich zukommen lassen. Sein Herz ist auch rein. Was kann die Frau ihm schließlich anhaben? Also warum nicht einfach dem Verlangen nachgeben?

„Ein Mädchen oder Weibchen wünscht Papageno sich!"

Wünschte sich Waldemar nicht auch wieder ein Weibchen? Er konnte sich die Frage nicht beantworten. Er war ja schon einmal verheiratet gewesen und seitdem bedient. Aber mit einer neuen Frau ist ja alles wieder ganz anders!

Die Oper war zu Ende. Waldek bemerkte das am intensiven Klatschen des Publikums.

Frau Doktor klatschte natürlich mit.

Also klatschte er auch. Immerhin hat ihm ja auch ein Stück gefallen.

„Darf ich Sie noch in ein Restaurant einladen?", fragte er sie, als sie vor dem Opernhaus standen. „Vielleicht hier zum Italiener?"

„Ach nein, vielen Dank, lieber nicht. Zum einen bin ich noch von der Brezel satt und zum anderen möchte ich Ihre Großzügigkeit nicht weiter in Anspruch nehmen. Sie haben mir schon mit der Opernkarte eine große Freude bereitet. Außerdem möchte ich auch auf meine Linie achten."

„Sie haben aber auch eine richtig klasse Figur."

„Sie machen mir ständig Komplimente."

„Ich muss meiner Freude doch irgendwie Ausdruck verleihen. Darf ich Sie dann wenigstens wieder nach Hause bringen, ich meine, das gehört doch dazu, oder?"

Während er das sagte, waren sie schon auf die wartenden Taxen zugegangen, er öffnete ihr wieder die Tür und stieg auf der anderen Seite ein. Es war kein schönes Taxi und alles war auch sehr staubig. Aber am Innenspiegel baumelte ein Geruchsbäumchen. Duftsorte: Gully-Spülstein.

In der Eislebener Straße vor ihrem Haus angekommen, bat er den Taxifahrer, zu warten, stieg aus und öffnete ihr wieder die Tür. Er reichte ihr die Hand.

„Na dann, gute Nacht, Frau Doktor und vielen Dank für Ihre angenehme Gesellschaft, ich habe sie sehr genossen."

„Gute Naach...", Edeltraut hustete und räusperte sich.

„Verzeihen Sie, ich habe einen ganz trockenen Hals ..."

„Dagegen kann man doch etwas tun. Wollen wir nicht noch eine Kleinigkeit trinken gehen, vielleicht einen Cocktail? Dann wird der Hals wieder besser."

Waldemars Worte hörten sich so überzeugend an, so vernünftig.

„Im Hotel hier, ist eine Bar, die müsste noch offen haben", gab Frau Doktor überraschenderweise zur

Antwort, „aber nur einen."

„Nur einen", sagte Waldek und zahlte den Taxifahrer aus.

Sie betraten das gegenüberliegende Hotel und gingen in die Bar. Sie waren die einzigen Gäste. Sie waren ganz allein. Aber wenig später erschien doch eine Bedienung; es war dieselbe wie neulich an der Rezeption.

„Guten Abend, die Herrschaften, was darf ich Ihnen bringen?"

„Bekommen wir denn noch etwas zu dieser vorgerückten Stunde?", fragte Waldek.

„Aber sicher doch, Herr Scheffzik", sprach die Dame. „Solange Sie wünschen. Die Bar hat bis 1 Uhr geöffnet."

„Was wünschen Sie, Edeltraut?"

Edeltraut wirkte verunsichert.

„Ich hätte gern einen Prince of Wales."

„Gut, also zwei davon", sagte Waldek.

„Woher kennt die Ihren Namen?", fragte Edeltraut.

„Ich wohne hier."

„Sie wohnen hier? Im Hotel?"

„Was ist daran so ungewöhnlich?"

„Also, ich finde es schon ungewöhnlich, wenn man im Hotel wohnt und dann noch gegenüber meiner Wohnung."

„Aber sonst wären wir uns ja nie begegnet! Ich betrachte das als einen Glücksumstand."

Edeltraut schaute ihn aus ihren schönen, dunklen Augen an. Das Gefühl, das sie nun spürte, war ihr neu. Es war das erste Mal, dass sie sich einem Mann unterlegen fühlte. Dabei mochte sie ihn. Er strahlte auf sie eine gewisse Anziehungskraft aus, der sie nicht widerstehen konnte. Er war charmant, offensichtlich gebildet und er sah auch noch gut aus. Sie fühlte sich zu ihm stark hingezogen. Es war eine ähnliche Situation wie damals bei Ändy und trotzdem anders. Ändy war so fröhlich, fröhlicher als Waldemar, fast leichtlebig, aber auch er hatte diesen Esprit, den sie nun auch bei Waldemar feststellen konnte. Aber einen Vergleich der beiden herzustellen wäre ja absolut irrational!

„Sie sagen ja nichts, Edeltraut, sind Sie traurig?"

„Aber nein", sagte sie, und tupfte mit einem Tuch vorsichtig ihre Augen ab.

Die Cocktails kamen.

„Schreiben Sie's aufs Zimmer", sagte Waldek und zu Edeltraut gewandt, „darf ich auf unsere Freundschaft anstoßen?"

„Dürfen Sie, Sie haben mir einen sehr schönen Abend bereitet."

Beide stießen an und tranken.

Waldek zirkelte ein Schächtelchen aus seiner Tasche hervor, hielt es über den Tisch und öffnete es.

Edeltraut blitzte der Diamantring entgegen.

„Wollen Sie mich heiraten, Edeltraut?"

Waldemar sah Edeltraut an. Der Diamant blitzte.

Auch Edeltrauts Augen blitzten.

Es entstand eine lange Pause.

Und der Ring blitzte.

Edeltraut versuchte sich zu fassen. So etwas Schönes kannte sie nur vom Hörensagen oder aus dem Film.

„Sie machen Witze!"

Der Diamant blitzte.

„Ja, vielleicht. Vielleicht mache ich ja Witze. Aber wie sagt ein chinesisches Sprichwort?: ‚Der Witz ist das Loch, aus dem die Wahrheit pfeift.'"

„Waldemar, Sie verwirren mich! Ich meine … ich weiß

doch gar nicht … Sie kennen mich doch überhaupt nicht … der Ring ist wunderschön, aber …"

„Aber?"

„Aber gleich heiraten? Woher wissen Sie …? Sie haben doch nur Spaß gemacht!"

„Sicher, ich habe Spaß gemacht. Aber irgendetwas musste ich doch anführen. Schließlich konnte ich ja wohl schlecht sagen, ‚hier ist ein Ring für dich, toll was, ey Alte?'"

Edeltraut lachte. Sie lachte herzlich.

„Trotzdem kann ich ihn nicht annehmen. Er hat doch sicher ein Vermögen gekostet?"

„Ach was, war ein Sonderangebot."

„Trotzdem."

„Wollen Sie ihn nicht versuchsweise einmal aufsetzen, mir zuliebe? Vielleicht passt er ja nicht."

Edeltraut streckte ihm die Hand entgegen.

Waldemar nahm den Ring aus der Schachtel und steckte ihn ihr auf den Finger.

Er passte.

Edeltraut rückte den Ring zurecht und betrachtete ihn mit Entzücken. Der Glanz des Diamanten spiegelte sich in ihren Augen wider.

„Bei keiner anderen Frau", sagte Waldek, „bei absolut keiner anderen Frau würde dieser Ring so zur Geltung kommen."

Er nahm die Hand, die immer noch über den Tisch gestreckt war, und küsste sie.

„Jetzt müssen Sie ihn behalten", sagte Waldek.

„Warum?"

„Er ist der Preis für den Kuss."

„Teurer Kuss! Den hätten Sie billiger haben können."

„Behalten Sie ihn nun?"

„Versuchsweise – bis morgen."

„Dann sehen wir uns also morgen wieder?"
Diese Schlussfolgerung hatte Edeltraut zwar nicht auf
ihrem Zettel, aber der Gedanke daran war ihr nicht
zuwider.
„Zwangsläufig, damit ich Ihnen den Ring wiedergeben
kann."
„Das würden Sie mir antun?"
„Vielleicht."
„Darf ich Ihnen noch etwas bringen?", fragte die
Bedienung.
„Also mir auf keinen Fall", sagte Edeltraut, „ich bin
müde."
„Vielen Dank, Sie können Ihre Bar jetzt schließen",
sagte Waldek, ergriff die Stola und legte sie Edeltraut,
die gerade aufgestanden war, um die Schulter. So nahe
bei ihr, konnte er wieder intensiv ihren Duft
wahrnehmen. Er musste sich jetzt wirklich schwer
beherrschen.
Nachdem Waldek sie bis zu ihrer Haustür begleitet
hatte, verabschiedete er sich artig, führte aber ihre
Hand an seinen Mund und küsste sie wieder.
„Nun ist der Ring nur noch halb so teuer", sagte er
lachend.
Edeltraut legte die Hand mit dem Ring flach auf seine
Brust, betrachtete noch einmal den Stein, und küsste
ihn auf die Wange.
„Wirklich hübsch", sagte sie. „Er wird immer
preiswerter. Schlafen Sie gut!"
Auf dem kurzen Weg zum Hotel zurück, dachte
Waldemar über ihre letzten Worte nach. „Schlafen Sie
gut!", sagte sie auch zu Andrzej, als sie ihn vor seiner
Haustür so abserviert hatte. Aber hier und heute war
das natürlich ganz anders.
„Ich würde gerne auschecken", sagte er zu der Dame

an der Rezeption."
Eine halbe Stunde später lag Waldek in seinem Bett,
aber er konnte nicht einschlafen.

4.Kapitel

Als Edeltraut am nächsten Morgen auf ihrer Dienststelle erschien, lag nichts Besonderes an, und nachdem sie in der Nacht zuvor immer wieder wach lag und sich viele Gedanken gemacht hatte, holte sie noch einmal aus dem Archiv die Akte „F.I.L.U.T." hervor.

Sie hatte keine rationale Erklärung dafür, aber sie würde noch einmal etwas über Andrzej, an den sie seit gestern Abend immer wieder denken muss, lesen können.

Sie studierte gerade die Abschrift des Protokolls der Befragung beim LKA 4.

„Sie sah toll aus, richtig sexy", stand da und weiter unten „Meine Angebetete", als sich die Tür öffnete und Berger erschien.

„Morgen, Frau Schmidt."

„Guten Morgen, Herr Berger, was liegt an?"

„Hat jemand nach mir gefragt?"

„Nicht, dass ich wüsste."

„Oder Anrufe für mich?"

„Sag mal, was ist denn mit dir plötzlich los? Was interessieren mich deine Anrufe? Ich bin doch nicht deine Sekretärin!"

„Was studierst du denn da?"

„Was geht dich das an?"

Berger machte einen langen Hals.

„Das ist ja die Filut-Akte! Wieso liest du die denn jetzt noch?"

Edeltraut stand auf und sprach:

„Mein lieber Freund und Kupferstecher, nur weil wir hier ein locker-kollegiales Verhältnis pflegen, hast du noch lange nicht das Recht, mich hier auszufragen, verstanden? Wenn ich in einer Akte etwas nachlesen will, muss ich dich doch nicht um Erlaubnis fragen. Du scheinst wohl vergessen zu haben, dass ich deine Vorgesetzte bin."

Edeltraut setzte sich wieder.

Berger zog eine Schippe und brummte:

„Ich geh' dann mal lieber", und machte die Tür von draußen zu.

Edeltraut wollte weiterlesen, aber durch den Besuch wurde sie abgelenkt. Sie stand auf und ging zum benachbarten Zimmer, klopfte kurz an die Tür und öffnete sie.

„Ah, guten Morgen, Frau Doktor."

„Guten Morgen, Steinfeld. Sag, ist mit Berger alles in Ordnung?"

„Mit Berger? Ich denke schon. Allerdings, Sie haben Recht, er ist seit Montag irgendwie komisch."

„Woran hast du das bemerkt?"

„Er hat mir so komische Fragen gestellt."

„Was für Fragen?"

„Ja, was für Fragen? Er hat sich nach der ..."

„Nach der?"

„Nach der F.I.L.U.T. erkundigt."

„Nach der Filut?"

„Ja, nach der Filut. Er wollte von mir wissen, ob ich oder ein anderer noch an der Filut Interesse hätte."

„Wieso sollte jetzt noch jemand an der Filut Interesse haben?"

„Ich habe wirklich keine Ahnung."

(Die hast du doch nie, dachte Frau Doktor.)

„Steinfeld, hör mir mal zu! Wenn sich bei dir oder anderen jemand über die Filut erkundigt, dann teilst du mir das mit, ja? Das ist von heute an Chefsache, hast du mich verstanden?"

„Aber ja, natürlich, Frau Doktor."

„Gut, Steinfeld, was hat Berger noch gewollt?"

„Er hat ..."

„Was hat er?"

„Er hat ... er hat ... er hat ..."

„Steinfeld! Was hat er?"

„Er hat gesagt, dass ich ihn sofort informieren soll, sobald jemand nach der Filut fragt."

„Na, das ist ja interessant! Hör zu, Steinfeld, genau das wirst du machen, hast du mich verstanden?"

„Ja, habe ich, Frau Oberinspektorin."

„Sehr gut, Steinfeld, du bist ein braver Junge. Was sollst du machen?"

„Ich soll Sie informieren."

„Nein! Du sollst *ihn* informieren! Begreifst du das?"

„Ja, das begreife ich und dann?"

„Dann wirst du mich informieren, ist das klar?"

„Vollkommen klar!"

Frau Doktor war zwar nicht vollkommen überzeugt, aber sie verließ trotzdem Steinfelds Zimmer und begab sich in ihr eigenes.

„Meine Angebetete", las sie noch einmal. Er musste sie doch stärker geliebt haben, als sie wahrhaben wollte, und sie hatte ihn verschmäht, weil sich diese Beziehung nicht mit ihrem Berufsethos vereinbaren ließ. Und darin wurde sie durch ihren Kollegen Berger immer wieder bestärkt, ja, nachträglich betrachtet, hatte er sie regelrecht gegen Andrzej aufgehetzt. Aber fühlte sie nicht auch so etwas wie Liebe zu ihm? Zuneigung, gewiss, die war von Anfang an da, aber echte Liebe? Vielleicht auch die, aber spielte das jetzt noch eine Rolle?

*

Berger wollte gerade wieder in seinem Büro Platz nehmen, als sein Handy vibrierte. Er schaute auf die Nummer, sofort wurde ihm unwohl.

„Was gibt es jetzt so Wichtiges?"

„Jetzt hör mir noch ein einziges Mal gut zu! Anstatt meine Probleme zu lösen, vergrößerst du sie auch noch. Hast du diesen Pisser endlich ausfindig gemacht?"

„Nein, noch nicht. Das heißt, vielleicht doch, ich habe da, glaube ich, schon eine Spur. Aber wieso sind die Probleme jetzt größer?"

„Weil rein zufällig in meiner Filiale die Bullen aufgetaucht sind, dort ein paar Kilo Stoff beschlagnahmt haben und nebenan zwei meiner Frauen wegen Drogenbesitzes mitgehen ließen. Mustafa konnte gerade noch untertauchen ..."

„Wieso musste Mustafa denn untertauchen?"

„So eine dämliche Frage! Soll er sich verhaften lassen? Auf seinen Namen läuft doch die Eylül. Der Laden ist versiegelt, hörst du? Ich komme in meine eigenen Räume nicht mehr rein. Man könnte zum Tier werden. Ich frage mich, wozu ich dich bezahle, tu endlich was!"

„Ich bin ja schon dran, aber es könnte schwierig werden."

„Wieso schwierig?"

„Weil vermutlich meine Vorgesetzte dahintersteckt."

„Wie kommt die überhaupt dazu?"

„Ich weiß nicht, aber sie hat heute noch einmal die Filut-Akte studiert, wollte aber nicht sagen, warum."

„Die Filut? Das ist doch aber alter Kuchen."

„Ich weiß."

„Ich weiß, ich weiß, gar nichts weißt du!"

„Na ja ..."

„Na ja, na ja, du bist einfach eine Lusche! Was ist das

für eine Vorgesetzte, ich meine, was ist das für eine Frau? Ist die gefährlich?"

„Na, sie ist nicht dumm."

„Also könnte sie gefährlich werden?"

„Ich weiß nicht."

„Kannst du deine eigene Chefin nicht einschätzen?"

„Doch, sie ist nicht hässlich."

„Eujeujeujeu! Man ist umzingelt von Idioten! Ich werde mich wohl selber darum kümmern müssen, wie heißt diese Tusse?"

„Das kannst du doch nicht machen."

„Halt dein Maul und sag mir nicht, was ich machen kann! Wenn du mir jetzt nicht sagst, wie die heißt, dann komme ich vorbei und dann kannst du mich erleben!"

„Sie heißt Schmidt."

„Einfach Schmidt?"

„Schmidt-Eisleben. Dr. Schmidt-Eisleben ... also Edeltraut ... Doktor ... Dr. Edeltraut Schmidt-Eisleben."

„Und wo wohnt die?"

„Weiß ich nicht."

„Kannst du mir nicht erzählen."

„Ist aber so."

„Dann krieg das raus, und eins sage ich dir noch: Du spielst gerade mit allem, was dir lieb ist, also streng dich an."

Berger schaltete sein Handy aus und wischte sich den Schweiß von der Stirn. Für den Rest des Tages ließ er sich wegen starker Kopfschmerzen beurlauben.

*

Zu Hause hatte Berger sich gerade aufs Bett gelegt, da

ging sein Telefon:

„Hier ist Friedrich, wie geht's?"

„Ah, der Herr Richter! Na, wieder gesund?"

„Ja, alles wieder in Ordnung, der Arzt sagt, es war nur eine vorübergehende Schwäche. Ich muss halt auf meinen Blutdruck achten. Kommst du heute in den Club?"

„Nee, ich habe solche Kopfschmerzen und der Arm tut mir auch weh."

„Schade! Ich wollte nämlich was mit dir besprechen."

„Das kannst du nicht jetzt?"

„Im Prinzip schon. Meine Tochter ist doch gerade in Thailand ..."

„Verstehe."

„Und ich wollte dich fragen, ob wir das wieder so wie beim letzten Mal machen können?"

„Für wie viel ist es denn?"

„100.000"

„Schätzwert oder Einkauf?"

„Einkauf."

„Donnerlittchen! Das macht ja dann fast 50.000 an Zoll aus. Dafür muss 'ne alte Frau lange stricken."

„Ich weiß, deshalb komm' ich ja auch zu Dir. Selbstverständlich nicht umsonst, eine wilde Nacht sollte dabei wieder rausspringen."

„Aber mindestens eine!"

„Na, mal seh'n."

„Gut, dann machst du es wie beim letzten Mal. Gib es separat auf und deklarier es wie beim letzten Mal, dann landet es bei mir."

„Verstanden."

„Und sie soll vom Händler wieder eine Rechnung beilegen, sagen wir über 1000. Dann verdoppele ich die Summe auf Schätzwert und du zahlst dann noch schlappe 500 an Zoll und ich habe einen Beleg für die Akten."

„Prima!"

„Und sag ihr noch, dass sie auf keinen Fall etwas in ihren Koffer tun soll, verstehst du? Das Reisegepäck muss absolut sauber sein."

„Ich weiß, ich weiß. Aber du bist auch sicher, dass es nur bei dir landet?"

„Wo sonst?"

„Bei deiner Vorgesetzten."

„Ach was, mit so einem Kram gibt die sich doch nicht ab."

„Dein Wort in Gottes Ohren!"

„Na, selbst, wenn alles schiefläuft, dann ist doch im schlimmsten Fall nur das Geld weg, also die 100.000, weiter kann doch nichts passieren."

„Ist das nicht genug?"

„Stell dir vor, das hätte noch weitere Konsequenzen, die noch viel schlimmer wären, wie etwa ein Strafverfahren wegen Steuerhinterziehung bis zum Verlust der Pension. Davor bist *du* doch, so wie das abläuft, sicher, aber ..."

„Aber was?"

„Ich mache mir augenblicklich um meine eigene Zukunft Sorgen. Dieser Anatol rückt mir auf die Pelle und setzt mir zu."

„Anatol? Das ist doch dieser Strolch aus dem Fenstersturzprozess, was will der noch?"

„Er meint, jemand aus meiner Abteilung stört seine Geschäfte."

„Na und? Was geht dich das an?"

„Eine ganze Menge. Er setzt mich unter Druck, damit ich das unterbinde."

„Wie kann er dich unter Druck setzen, er hat doch

nichts in der Hand."

„Leider doch, behauptet er jedenfalls. Er meint, da existiert eine Aufzeichnung der Geldübergabe."

„Wenn das stimmt … wir hätten den Kerl damals einsperren sollen."

„Vielleicht hast du Recht, aber dann würde ich jetzt womöglich Taxe fahren."

„Das kannst du heute immer noch haben."

„Mach mal deine Witze. Ich stelle mir vor, wie dann die Schmidt-Eisleben in meinen Wagen steigt und sagt: „Fahren Sie mich mal da und da hin und bitte etwas Beeilung, ich habe keine Zeit und meine Schachteln und Tüten aus den Schuh- und Kleiderläden tragen Sie bitte in meine Wohnung hoch. Ich gebe Ihnen auch ein Trinkgeld."

Der Richter musste jetzt heftig lachen.

„Dann kannst du sie ja, hahaha, dann kannst du sie ja dann oben in ihrer Wohnung gleich vernaschen."

„Mach mal deine Witze!"

„Sei nicht böse, aber du weißt doch: Wer den Schaden hat, braucht für den Spott nicht zu sorgen. Trotzdem darfst du dich auf keinen Fall erpressen lassen."

„Das habe ich schon getan", sagte Berger kleinlaut.

„Inwiefern?"

„Er wollte die Adresse der Eisleben von mir haben."

„Oh, oh! Und die hast du ihm gegeben?"

„Nein, ich wusste sie nicht, aber es ist nur eine Frage der Zeit, dann hat er sie."

„Aber wieso ihre?"

„Weil ich glaube, dass sie dahinter steckt."

„Wohinter?"

„Hinter den Störmanövern bei seinen Geschäften."

„Und du hast ihm das erzählt?"

„Musste ich doch, er hat mir mit dem Film gedroht."

„Oh, oh, oh, oh! Bist du dir bei ihr überhaupt sicher? Das klingt irgendwie an den Haaren herbeigezogen. Was sollte der Zoll plötzlich für ein Interesse an diesem Individuum haben. Es sei denn, er hätte versucht, was einzuschmuggeln."

„Hat er nicht, das hätte ich mitbekommen."

„Na, dann glaube ich das alles nicht."

„Selbst, wenn du Recht hast, habe ich jetzt diesen Anatol im Nacken."

„Wir hätten den damals wegsperren sollen. Von welchen Störmannövern ist denn die Rede?"

„Die Drogenfahndung hat in seinen Büroräumen Rauschgift gefunden."

„Das ist doch was!"

„Die Firma ist aber nicht auf seinen Namen gemeldet, jetzt läuft eine Fahndung nach seinem Kumpel. Er ist da raus."

„Man müsste ihm wenigstens eine Mittäterschaft anhängen können."

„Und dann? Dann rückt er mit dem Film raus und ich bin am Arsch."

„Wenn so ein Film überhaupt existiert! Sei doch erst mal guter Dinge. Alles andere bringt doch nichts. Aber lass dich nicht erpressen! Das wird sonst immer schlimmer. Ich habe da schon einiges auf meinem Tisch gehabt. Ach, und diese Frau Eisleben, die kannst du nicht ins offene Messer laufen lassen, die musst du informieren."

„Um Gottes willen! Ich kann doch nicht zu ihr gehen und sagen: ‚Da wird jemand kommen, der dir was antun möchte, sei also vorsichtig!'"

„Würdest du es in Kauf nehmen, dass ihr etwas zustößt?"

„Warum nicht?", hätte Berger jetzt, nach der letzten

Zurechtweisung, am liebsten geantwortet.

„Natürlich nicht!"

„Dann lass dir was einfallen."

„Ich denke drüber nach."

„Kommst du denn nächste Woche?"

„Ich weiß nicht, du, ich muss Schluss machen."

„Dann mach's gut."

Richter Friedrich dachte jetzt ernsthaft darüber nach, ob es nicht besser wäre, auf das kleine Goldschmuck-Nebengeschäft lieber zu verzichten.

*

Frau Doktor Schmidt-Eisleben saß an ihrem Schreibtisch und überlegte, was für einen Grund Berger wohl haben könnte, sich noch einmal für die Akte F.I.L.U.T. zu interessieren. Es beunruhigte sie. Ihre eigenen Nachforschungen, die ja rein persönlicher Natur waren, hatten sie schon in Erregung versetzt. Deshalb bereute sie auch, diese alten Wunden wieder aufgerissen zu haben. Sie war nicht nur erregt, sondern auch traurig. Traurig, weil sie sich damals so verhalten hatte. Heute machte sie sich dafür Vorwürfe. Sie war traurig und böse. Böse vor allem auf Berger, der richtig Stimmung gegen Andrzej gemacht hatte.

„Du kannst in deiner Position als Beamtin doch nicht mit einem Kriminellen verkehren."

Vollkommen übertrieben, wie sie heute urteilte. Sie war überzeugt, heute würde sie sich anders verhalten haben. Aber es ist aus und vorbei. Sie kann nicht zu ihm gehen und ihm sagen, wie leid es ihr tut. Würde sie es denn machen, wäre er noch am Leben? Sie wurde durch ein Klopfen an ihrer Tür aus ihren

Gedanken gerissen.

„Sie sind ja noch da, Frau Doktor, ist nicht schon Feierabend?"

„Sie sind ja auch noch hier, was gibt es denn, Enders?"

„Haben wir hier gerade einen brisanten Fall am Laufen?"

„Nicht, dass ich wüsste, wie kommen Sie darauf?"

„Weil Berger, also Inspektor Berger, merkwürdige Fragen stellt und so geheimnisvoll tut, als ginge es um den Schah von Persien."

„Das scheint sein neuestes Hobby zu sein. Was fragt er denn so?"

„Erst erzählt er, wie lobenswert es doch ist, wenn sich junge Beamte engagieren, besonders bei der Verbrechensbekämpfung, und mich lobte er ganz besonders, aber Übereifer schadet auch manchmal und ich könne mich, bevor ich vielleicht einen voreiligen Fehler mache, getrost an ihn wenden und alles so ein Geseibel. Sagen Sie, Frau Doktor, hat der sie noch alle?"

„Piano, piano, Enders! Vielleicht ist er ja nur urlaubsreif. Hat er Sie nach der Filut gefragt?"

„Woher wissen Sie das schon?"

„Ich muss doch schließlich über alles in meiner Dienststelle informiert sein." Dabei lachte sie. „Was wollte er denn zu diesem Thema wissen?"

„Er tat sehr geheimnisvoll und sagte dann „Filut", als wäre das eine Zauberformel, wie bei einer Beschwörung, aber ich wusste doch nichts. Das muss vor meiner Zeit hier gewesen sein und im Archiv habe ich auch nichts gefunden."

„Na, so was!", sagte Frau Doktor und reichte ihm den Ordner. „Hier können Sie alles nachlesen – falls es Sie interessiert, und danach stellen Sie ihn bitte wieder zurück, ja?"

Enders warf einen verächtlichen Blick auf einige der Seiten des dicken Ordners und meinte dann:

„Ich stelle ihn lieber gleich weg, einen schönen Feierabend, Frau Doktor."

„Ihnen auch."

„Ist auch besser so", dachte sie. Dass nämlich auch allzu persönliche Dinge über sie selbst in der Akte standen, passte ihr gar nicht. Enders stand immer noch da.

„Ist noch was?"

Enders wankte von einem Bein aufs andere.

„Würden Sie mit mir ... ich meine, darf ich Sie heute Abend ... falls Sie Zeit hätten ..."

„Enders, wenn ich das Bedürfnis habe, mit Ihnen etwas zu trinken, dann melde ich mich bei Ihnen, ja?"

„Ja, danke, Frau Doktor."

Enders verließ den Raum.

Es wurde richtig ruhig, offensichtlich war sie die einzige auf der Etage. Sie begab sich zu Bergers Büro und drückte die Klinke herunter. Er hatte abgeschlossen. Sie holte aus ihrem Büro den Schlüssel und trat ein.

Warum ist der auf einmal so neugierig?

Sie war nun auch neugierig und setzte sich an seinen Schreibtisch und zog die obere Schublade auf. Ihr Blick fiel auf einen Bogen Papier, auf dem alle Namen der Kollegen ihrer Abteilung aufgeführt waren. Einige waren durchgestrichen, bei anderen ein Fragezeichen angefügt, aber ihr Name, der ganz unten stand, war eingekreist. Sie nahm das Papier, ging in ihr Büro, kopierte es und legte es wieder zurück. Dann schloss sie sein und ihr Büro ab und begab sich nach Hause. Die Kopie nahm sie vorsichtshalber mit.

Zu Hause nahm sie erst einmal ein Bad. Sie brauchte etwas Entspannung. Als sie in ihrer Wanne über und über mit Schaum bedeckt lag, betrachtete sie ihren Fuß, der aus dem Schaum hervorlugte. An ihm hing ein goldenes Kettchen. Beim Anblick der Kette wurden ihre Gedanken sofort in eine andere Richtung gelenkt. Ihre Hand kam aus dem Schaum hervor, aber sie war nackt. Es steckte kein Ring am Finger, weil sie ihn auf der Arbeit natürlich nicht dabei hatte. Sie betrachtete die Hand und stellte sich den Ring daran vor. So einen schönen hatte sie noch nie. Nach dem Bad würde sie ihn anstecken. Vielleicht ein letztes Mal, bevor sie ihn wieder zurückgibt. Oder sollte sie ihn behalten? Sie war hin- und hergerissen. Sie kannte den Mann überhaupt nicht. Sie wusste so gut wie nichts über ihn und er von ihr auch nicht und dann schenkt er ihr so einen Ring, der, wenn der Stein echt ist, vielleicht sogar 5000 Euro gekostet hat. Ihr gefiel der Gedanke, dass Waldemar sich in sie spontan verliebt haben könnte und nun mit dieser „Liebesgabe" seinen Gefühlen für sie Ausdruck verleihen wollte. Er sprach sogar schon von Hochzeit – aber das war ja nur Spaß. War es wirklich nur Spaß? Immerhin gefiel er ihr ja auch.

Nach dem Bad wählte sie seine Handynummer.

*

Anatols Handy vibrierte. Er schaute auf die Nummer.

„Wo steckst du?"

„Das will ich dir am Telefon lieber nicht sagen."

„Verstehe, ich kann es mir aber auch denken."

„Wieso wurden plötzlich unsere Räume durchsucht, wo

kommen die Bullen plötzlich her, und wieso jetzt? Was ist hier los? Hast du wieder einen umgelegt?"

„Sag mal, hast du zu viel von deinen Döner Kebab gefressen? Beruhige dich mal wieder! Ich bin gerade dabei, hier irgendwelche Zusammenhänge aufzudecken, aber es dauert natürlich etwas. Brauchst du Geld?"

„Nein!"

„Und wer kümmert sich um dein Gemüse?"

„Das macht jetzt Gül und sein Schwager, aber du kennst die doch."

„Ja, ich kenne die."

„Weißt du, wo Yusuf ist, da macht nie einer auf."

„Keine Ahnung, ich geh' mal nachsehen, ich habe einen Schlüssel. Ich wollte sowieso zu dem hin."

„Ich melde mich wieder, Ende."

Anatol fuhr zur Kurfürstenstraße. Umsichtig betrat er das Haus und dann schloss er die Wohnung auf. Es war niemand anwesend. Er konnte einige Spuren des Vandalismus erkennen. Das beunruhigte ihn. Er ging zu einer Kommode, öffnete eine Tür, worauf ein kleiner Safe zum Vorschein kam. Er gab die Kombination ein und öffnete die Safetür. Aufgeregt fegte er den gesamten Inhalt mit der Hand heraus, dass er auf die Erde fiel. Offensichtlich war das Gesuchte nicht dabei.

„So eine verdammte, verfluchte, verkackte und arschwarme Scheiße", fluchte er, warf die Sachen wieder hinein und schloss die Tür.

Er rief noch einmal Mustafa an.

„Ja?"

„Hör zu! Ich war jetzt in der Wohnung, Yusuf ist nicht da, du musst unbedingt herausbekommen, wo er ist. Ich springe hier im Dreieck!"

„Ich weiß jetzt, wo er steckt. Er liegt im Krankenhaus."

„Wieso?"
„Weiß nicht."
„In welchem?"
„Elisabeth."
„Ich fahr hin."

Anatol fuhr zum Elisabeth-Krankenhaus und ließ sich Yusufs Zimmernummer geben.
„Sind Sie ein Verwandter von Herrn Bartholomäus?"
„Ich bin sein Schwager."

Yusuf war gerade beim Essen.
„Mann wie siehst du denn aus", lautete die wenig tröstende Begrüßung. „Was ist denn passiert?"
Sein Kopf war eingewickelt, aber Augen und Mund waren frei, und sein Arm war bandagiert.
„Da kam so ein Kerl, der hat sich nach dir erkundigt und dann wurde er frech und ich wollte ihm eine einschenken und dann ..."
„Was dann?"
„Na, du siehst doch!"
„Etwa wieder der vom Amt?"
„Weiß nicht, glaub' ich nicht. Die vom Amt hauen doch nicht."
„Wie sah er denn aus?"
„Großer Kerl mit Glatze."
„Leck mich doch am Arsch! Etwa Milan?"
„Weiß nicht. Ich hab' den ja noch nie gesehen."
„Ich habe vorhin im Tresor nachgesehen, aber das Handy war nicht mehr drin."
„Ich weiß, habe ich in Sicherheit gebracht. Nach dem Gequatsche Spasstis und dem Auftauchen dieses Amtmannes, war ich in Sorge, dass es dort womöglich zu gefährlich ist und habe es in Sicherheit gebracht."

„Das hast du gut gemacht. Endlich mal einer, der mitdenkt. Wo ist es denn jetzt?"

„Ich bin rüber zur Liebermann und habe es bei dem Stoff versteckt, die Adresse kennt ja keiner."

Anatol öffnete den Mund und bekam ihn nicht mehr zu.

„Du hast es zu dem Heroin getan, wo die Weiber immer rangehen?"

„Ja und? Du hast doch immer gesagt, die sind in Ordnung. Und was sollten die für ein Interesse an einem alten Handy haben?"

„Du bist ja so ein riesengroßer Idiot. Du bist so dumm, dass dich die Schweine beißen. Wie kann ein einzelner Mensch nur so blöde sein? Schade, dass dir dieser Milan nicht noch den anderen Arm und beide Beine gebrochen hat."

„Was bist du so sauer, ey? Ist es nicht mehr da?"

„Ist es nicht mehr da? Ist es nicht mehr da? So eine saudumme Frage, natürlich ist es nicht mehr da. Die Bullen haben alles konfisziert."

„Die Bullen, wieso die Bullen? Was wollten die dort?"

„Ich weiß es auch noch nicht, aber sie haben über drei Kilo Heroin beschlagnahmt und das Handy und zwei meiner Nutten verhaftet."

„Tut mir leid, Alter."

„Na ja, ich werde mir jetzt was einfallen lassen müssen. Wann kommst du denn raus?"

„Die haben gesagt, in einer Woche."

„Ich geh' jetzt wieder, gute Besserung!"

*

Waldemar ließ sich vom Bahnhof Bielefeld zu der gesuchten Adresse mit dem Taxi bringen.

„Ein kleines Stück gehe ich zu Fuß, halten Sie hier bitte.“

Als er ausstieg, sah er von Weitem, wie ein Mann und eine Frau auf der Straße stritten. Der Mann schrie etwas von seinem Recht und seinem Eigentum. Da Waldek näher kam, konnte er auch die Frau verstehen:

„Du kannst hier nicht so einfach aufkreuzen als wärest du hier noch zu Hause. Du hast mich doch verlassen. Geh doch zu deiner Olga!“

Daraufhin bekam die Frau eine Ohrfeige.

Waldek war jetzt nahe genug an ihnen dran.

„Machen Sie das nicht noch einmal! Man schlägt keine Frau!“

„Was geht dich das an, du transsibirischer Kaffer?“

„Peng!“

Waldek haute ihm eine runter, dass ihm die Zigarette im hohen Bogen aus dem Mundwinkel flog. Bevor er sich wieder sammeln konnte, hatte Waldek ihn schon recht unsanft am Ohr gepackt und belehrte den nun jammernden Frauenhelden:

„Hör mir jetzt gut zu, Freundchen, ich sage dir das nicht zweimal! Wenn du diese Frau noch ein einziges Mal anrührst, dann werde ich dir nicht mehr am Ohr ziehen, weil es dann dort kein Ohr mehr geben wird, verstehst du? Ich werde es dir nämlich abschneiden und dazu noch alles andere, was sonst noch so an deinem verkommenen Körper absteht. Hast du mich verstanden?“

Als Waldek keine Antwort vernahm, verstärkte er noch etwas die Kraft auf die Ohrwascheln und erzielte dann den gewünschten Effekt:

„Auau-auiii-au-ja-ja-aui-ja-doch!“

Waldek ließ los und erhob noch einmal seinen Arm

drohend gegen ihn, als ob er ihm die nächste Schelle verpassen wollte. Der andere machte sich vom Acker. Die Frau guckte betroffen.

„Der tut Ihnen jetzt doch wohl nicht auch noch leid?", fragte Waldek.

„Das nicht gerade, aber wir waren fast zwanzig Jahre verheiratet."

„Wie haben Sie das mit diesem Subjekt ausgehalten?"

„Das frage ich mich allerdings auch, aber … trotzdem danke für Ihre Hilfe."

Waldek, der eins und eins zusammenzählen konnte, stellte ohne Umschweife seine Frage:

„Sind Sie Frau Charlotte Brauer?"

„Ja, woher kennen Sie mich?"

„Ich kenne Sie nicht, aber ich bin auf der Suche nach Ihrer Schwester. Ich heiße Waldemar Scheffzik und bin ein Verwandter des ehemaligen Nachbarn Ihrer Schwester."

„Gisela! Gisela hat ihn immer Andi genannt, aber seinen Zunamen weiß ich nicht mehr."

Frau Brauer, die sofort Vertrauen zu Waldek fand, bat ihn zu sich in die Wohnung und machte Kaffee.

„Ich fürchte nur, dass ich Ihnen nicht weiterhelfen kann. Gisela hat sich nicht mehr gemeldet. Ich muss sogar befürchten, dass ihr etwas zugestoßen ist."

„Wir wollen doch nicht gleich das Schlimmste annehmen. Haben Sie denn gar nichts von ihr gehört?"

„Nur eine Karte aus Rio."

„Darf ich die mal sehen?"

„Sicher! Ich hole sie, sie klebt an meinem Kühlschrank."

Als Frau Brauer mit der Karte aus der Küche zurückkam und sie Waldek übergab, betrachtete er zuerst den Zuckerhut und dann die etwas verwaschene

und schlecht leserliche Rückseite:
„Viele liebe Grüße aus Rio, mir geht es gut.
Deine Gisela."
Waldek legte die Karte wieder auf den Tisch.
„Mehr haben Sie nicht?"
„Nein."
„Haben Sie denn keine Nachforschungen angestellt?"
„Doch, habe ich. Ich habe mich sogar an das
brasilianische Konsulat und an die deutsche Botschaft
in Brasilien gewandt, aber ohne Ergebnis.
Waldek nahm wieder die Karte in die Hand und
betrachtete prüfend noch einmal beide Seiten, als sein
Auge auf die Briefmarke fiel: Mexico. Da stand Correos
Mexico!
„Es ist nicht viel, aber der Mensch freut sich", sprach
Waldemar, „darf ich die Karte haben –
selbstverständlich nur geliehen?"
„Ja, bitte. Ich habe sie ja schon bestimmt zehnmal
gelesen."
„Ich danke Ihnen, Frau Brauer. Sagen Sie, wurden Sie
schon öfter von diesem Menschen belästigt?"
„Er ist vorige Woche das erste Mal seit der Scheidung
wieder aufgetaucht."
„Hat er Sie da auch geschlagen?"
Frau Brauer zögerte. Waldek sah ihr ins Gesicht. Diese
traurigen Augen! Diese Frau tat Waldek einfach nur
leid.
„Das müssen Sie bei der Polizei anzeigen."
„Aber er war doch mein Mann."
„Und aus diesem Grund wollen Sie sich weiter von ihm
peinigen lassen?"
„Das macht er ja nur, wenn er betrunken ist."
„Ist er denn oft betrunken?"
„Leider ja."

„Frau Brauer, wenn er Sie nicht in Ruhe lässt, müssen Sie zur Polizei gehen, und Sie dürfen mich auch gerne informieren, ich lasse Ihnen hier meine Karte da. Bestellen Sie dem Kerl, wenn er Sie noch einmal belästigt, dass ich das mit den Ohren ernst gemeint habe. Er soll sie also sinnvoll nutzen, solange sie noch dran sind. So, Frau Brauer, das war der langen Reise kurzer Besuch, aber ich hoffe stark, dass er nicht vergeblich war. Sobald ich etwas über Gisela erfahre, werde ich Sie informieren. Vielen Dank für den Kaffee und die Karte, auf Wiedersehen."

Waldek wollte etwas essen gehen, aber da es schon fast drei Uhr nachmittags war, bekam er nirgends etwas. „Provinzler", knurrte er und beschloss, in Bielefeld zu übernachten. Er würde zuerst ein Hotel aufsuchen und dann am Abend essen.
Nach dem Einchecken begab er sich auf sein Zimmer. Er fühlte eine leichte Erschöpfung und wollte sich auf sein Bett werfen, doch vorher zog er seine Jacke aus und hängte sie an einen Haken an der Tür, der prompt abbrach und die Jacke fiel mit einem dumpfen Poltern zu Boden. Er fasste in deren Tasche und zog das Handy hervor, das er „mitgehen ließ" und total vergessen hatte. Es war abgeschaltet und der Akku war leer. Nach dem Öffnen des Deckels fand er eine Micro-SD-Card. Waldek packte seinen Laptop aus, ließ ihn hochfahren und steckte die Karte dort hinein. Die Dateien ließen sich öffnen.
„Oho", sagte Waldek beim Anblick der sehr, sehr leicht bekleideten Frauen, die nun zum Vorschein kamen. Es waren alles Bild-Dateien. Aber ganz unten befanden sich noch zwei Video-Dateien. Die erste, die er öffnete, war nicht jugendfrei und für ihn auch gerade nicht

interessant. Beinahe hätte er sich die zweite nicht mehr angesehen:
Sie hatte keine besonders gute Qualität, aber man sah zwei Männer an einem Tisch. Einer von ihnen war dieser Anatol. Er holte aus einer Tasche fünf Bündel Geldscheine hervor und schob sie dem anderen, den Waldek nicht kannte, zu.
„Du bist mir jetzt was schuldig. Ich verlass' mich auf dich", sprach er. Der andere blätterte in den Scheinen, steckte sie in seine Tasche und sagte:
„Der Container ist so gut wie draußen." Dann verwackelte die Aufnahme und der Film brach ab. Waldek schaute sich den Clip noch zweimal an. Das Reizwort lautete „Container", sonst hätte er dieser kleinen Geldübergabeszene keine allzu große Bedeutung beigemessen.
„Ja oszaleję!", entfuhr es ihm.
Womöglich hielt er hier brisantes Material in seinen Händen. Als er das Telefon an sich nahm, hoffte er, bestenfalls ein paar interessante Telefonnummern zu finden, an die er aber nicht oder nicht ohne Weiteres herankam.
Aber nun hatte er dieses Filmchen!
Er speicherte es auf seinem Laptop und zur Sicherheit auch auf seiner eigenen Speicherkarte ab und steckte die SD-Card zurück ins Telefon.
Die eben noch aufgekommene Müdigkeit war wie weggeblasen. Waldek war jetzt aufgeregt. Wer könnte der andere sein?
Es kann doch nur einer vom Zoll sein; oder einer anderen Behörde? Kaum. Aber wenn nicht vom Zoll, dann jemand, der das Geld dafür erhält, um einem vom Zoll tüchtig einzuheizen. Aber das sind alles Vermutungen.

Dieser Unbekannte muss identifiziert werden!
Aber wem sollte er das Video vorlegen?
Waldek schlief schließlich doch über seinen Gedanken
ein.

Gegen 18.00 Uhr wurde er durch sein Handy geweckt.
„Was is?", brummte er verschlafen.
„Na, das ist ja eine schöne Begrüßung!" Es war
Edeltraut.
„Ach, Edeltraut! Verzeihen Sie, ich habe gerade
geschlafen."
„Am helllichten Tag? Na, Sie haben es gut. Wir wollten
uns doch heute treffen, damit ich Ihnen den Ring
zurückgeben kann."
Waldek sprang nun auf und saß auf der Bettkante.
„Ach ja, der Ring. Wollen Sie ihn mir wirklich
wiedergeben, wollen Sie mir das wirklich antun?"
„Ich bin immer noch unschlüssig, können wir nachher
darüber sprechen?"
„Es tut mir sehr leid, aber heute geht es nicht. Ich bin
nicht in Berlin."
„Etwa in Polen?" Edeltraut zeigte sich etwas
erschrocken.
„Nein, nur in Bielefeld, ich habe … ich habe
geschäftlich dort zu tun."
„Soso."
„Doch, so ist es. Ich kann mir jetzt förmlich Ihre
Gedanken ausmalen …"
„Ach, das klappt sogar am Telefon?" Frau Doktor
wurde schnippisch.
„Ich habe hier wirklich zu tun gehabt und bin heute
für die Rückreise zu müde, aber meine Gedanken sind
nur bei Ihnen."
„Das habe ich eben bemerkt."

„Aber morgen treffen wir uns, aber nur, wenn Sie den Ring behalten."

„Das ist gegen die Abmachung."

„Also gut, wann können Sie denn."

„Morgen habe ich ab 14.00 Uhr frei."

„Das hört sich gut an. Möchten Sie mit mir in den Zoo gehen?"

„Aber gerne, ich war lange nicht dort. Wo wollen wir uns treffen?"

„Sagen wir, um 15.00 Uhr am Affenhaus?"

„Wie kommen Sie gerade auf Affenhaus?"

„Och, das habe ich mal in einem Film gesehen."

„Also, von mir aus, am Affenhaus. Bis morgen dann."

„Tschüs, Frau Doktor, ich werde heute Nacht von Ihnen träumen."

*

Als Waldek nach seinem Ausflug am nächsten Tag wieder zu Hause eingetroffen war, dachte er gerade daran, Kalle anzurufen, als sein Handy klingelte.

„Scheffzik."

„Galla hier."

„Na, das passt ja wie der Arsch auf den Eimer. Hallo, Kalle, ich wollte Sie gerade anrufen."

„So? Was brauchen Sie denn diesmal?"

„Na, nichts."

„Nichts?"

„Nein! Ich wollte mit Ihnen Schach spielen."

„Wie? Echt jetzt?"

„Nu ja."

„Nur Schach spielen?"

„Na, nicht nur. Ich würde mich auch gerne mit Ihnen unterhalten, ich habe nämlich Neuigkeiten."

„Dann kommen Sie doch zu mir."
„Wollen Sie nicht lieber zu mir kommen? Ich bin von der kleinen Reise noch müde."
„Nach Bielefeld?"
„Genau."
„Gut, ich werde mich auf den Weg machen, wann denn, um acht?"
„Ja, ist recht, bis heute Abend, Kalle."

Jetzt hatte Waldek kaum noch genug Zeit, um das Nötigste zu erledigen, verließ seine Wohnung und fuhr zum Zoo. Als er aus der Taxe ausstieg, fing es zu regnen an. Eben schien noch die Sonne.
„Ein richtiges Aprilwetter", dachte Waldek und weil er nun doch zu früh dran war, besorgte er sich noch in einem Laden einen billigen Regenschirm, löste dann an der Kasse sein Ticket und begab sich in Richtung Affenhaus. Und es pladderte! Aber er hatte ja seinen neuen Schirm.
„Knack!"
Es kam eine Windböe und der Schirm brach auseinander. Er steckte ihn verwünschend in den nächsten Mülleimer. Nun verstärkte sich der Regen zu allem Überfluss auch noch. Waldek suchte Schutz vor dem Unwetter in unmittelbarer Nähe der Affen. Beim Betrachten der Tiere, dachte er gerade an die Szene aus dem Film, den er gegenüber Edeltraut erwähnt hatte, in der sich Dustin Hoffman verzweifelt an die Scheibe des Affenkäfigs lehnte und keine besonders glückliche Figur abgab, während andererseits die Affen auch keinerlei Mitgefühl für ihn zeigten. Im Gegenteil, der Gorilla, dessen Gesicht noch ganz genau vor Waldeks Augen auftauchte, weil er den Film schon mindestens fünfmal gesehen hatte, schien ebenfalls,

wie diese Musiklehrerin in Andrzejs Traum, nur „siehste!" zu sagen.

Diese Affen heißen nicht umsonst „Menschenaffen", dachte Waldek. Sie haben schon etwas Menschliches. Aber was ist menschlich? Was zeichnet einen Menschen aus, gegenüber einem Affen? Darüber streiten die Gelehrten schon seit mehr als tausend Jahren. Wenn es „Menschenaffen" gibt, warum dann nicht auch „Affenmenschen"? Stellt sich doch schließlich die Frage: „Wer sperrt hier wen ein?"
Aber, was interessierte das den Affen, der Waldek gerade betrachtete? Waldek lief gerade ein dicker Wassertropfen von der Stirn herunter auf seine Lippe. Der Affe streckte seine Zunge heraus und wischte sich damit über seinen eigenen Mund.

Who's fooling who?

„Na, Sie sehen aber nass aus, haben Sie keinen Schirm?"

Waldek drehte sich um und zeigte frustriert auf den gegenüberstehenden Mülleimer, aus dem noch die Hälfte des asiatischen Qualitätsproduktes herausragte.

Edeltraut stand hinter ihm und lachte fröhlich, sie war ja trocken. Bevor er antworten konnte, ging sie auf ihn zu, strich mit ihrer Hand über seine nasse Wange und sagte:

„Lassen Sie uns doch hineingehen, bis es aufgehört hat, zu regnen.

„Ich habe Sie noch nicht einmal anständig begrüßt", meinte er, als sie drinnen waren.

„Ja, wie denn auch? Sie waren ja schon fast ertrunken, aber das holen wir hier nach. Guten Tag, Waldemar."
Sie streckte ihm die rechte Hand hin.

„Guten Tag, Edeltraut", antwortete er leicht betroffen

und schaute dabei auf ihre Hand.

„Da finden Sie ihn nicht", sagte sie und zeigte ihm nun die andere Hand. „Hier steckt der Ring."

„Was bin ich erleichtert."

„Es ist noch nicht entschieden."

„Wovon hängt es denn jetzt noch ab?"

„Ich brauche noch Bedenkzeit."

Beide betrachteten gerade ein Hinweisschild, das die Besucher davor warnte, den Affen Gegenstände zu zeigen, die diese dann gerne greifen und nicht mehr rausrücken würden, und besondere Gefahr bestünde bei Ringen, die sie verschlucken und daran verenden können.

„Sie kommen aber jetzt nicht auf dumme Gedanken, Frau Doktor?", sagte Waldek scherzhaft.

„Wo denken Sie hin? Der arme Affe!"

Draußen hatte der Regen aufgehört. Sie spazierten noch eine Weile artig nebeneinander. Dann nahm er sie an die Hand. Sie ließ es zu. Nun kam sogar die Sonne wieder heraus.

„Welchen Weg wollen wir nehmen?", fragte Waldek.

„Welche sind Ihre Lieblingstiere?"

„Vögel", sagte Edeltraut.

Waldek musste schlucken.

„Dort drüben könnten wir doch eine rauchen und vielleicht einen Kaffee trinken", schlug sie vor, auf einen besseren Imbiss zeigend.

„Bitte, gerne."

Sie setzten sich draußen unter ein Vordach auf halbwegs trockene Stühle an einen weniger trockenen Tisch. Aus einem kleinen Lautsprecher kam sogar leise Musik. Es waren Oldies. Sie holte ihre Zigaretten hervor und zündete sich eine an.

„Sie nicht?"

Waldemar schaute enttäuscht. „Ich wollte ja aufhören, deshalb habe ich auch leider kein Feuer dabei."
„Alle Achtung, hätte ich Ihnen nicht geglaubt."
Er betrachtete sie, wie sie so entspannt dasaß und war fasziniert von ihrer Schönheit. Obwohl sie heute relativ unscheinbare Kleidung trug, wirkte sie betörend.
In ihren Haaren blitzen einzelne Wassertröpfchen in der Sonne und bei dem Lied, das nun aus dem Lautsprecher ertönte, sang sie leise mit:

„Her hair was the colour of the sun
was the colour of her eyes
was the colour of my own true love ..."

„Wie schön sie ist", dachte er. Noch nie hatte eine Frau so auf ihn gewirkt. Ihr Gesicht, ihre Augen und ihr Haar mit den glänzenden Wassertröpfchen. Das Lied gerade, das passt aber wie der ... nein, dieser Vergleich wäre jetzt unpassend.
„Was darf ich bringen?", unterbrach die Bedienung seine Gedanken.
„Kaffee?" Er schaute Edeltraut fragend an. Sie nickte.
„Zwei Kaffee, bitte."
„Gefällt Ihnen das Lied?", fragte sie.
„Ja, sehr. Woher wissen Sie das?"
„Das kann *ich* nun in ihrem Gesicht lesen."
„Aha, und was sehen Sie sonst noch?"
„Mehr nicht."
„Sehen Sie!"
„Was sehe ich?"
„Sie sehen nicht, was ich sehe und das ist einfach nur wunderschön."
„Sie machen mir ja schon wieder Komplimente."

„Ich weiß nicht, was ich sonst sagen soll."

„Dann lauschen Sie doch einfach nur der Musik, sie ist wirklich gut. Ich mag Barry Ryan."

„So, zwei Kaffee, bitteschön!"

Sie tranken ihren Kaffee und lauschten der Musik.

„Warum sind Sie sich unschlüssig?", fragte er nach einer Weile.

„Es ist schwierig für mich, diese ganze Situation zu begreifen, geschweige denn, wegzustecken. Sie kennen mich kaum und geben dann soviel Geld für mich aus. Wenn Sie ein Ölscheich wären, dächte ich, dass Sie mich kaufen wollen."

„Schade, dass ich kein Ölscheich bin", entgegnete er lachend. „Ich würde jetzt mein gesamtes Geld für Sie bieten."

„Aber selbst, wenn es so wäre, da habe ich ja wohl auch noch ein Wörtchen mitzureden, oder? Ich stelle mir gerade vor, wie es sein muss, in den Besitz eines Mannes zu geraten, der mich dann mit anderen Haremsweibern zusammen auf alle Ewigkeit wegsperrt."

„Keine schöne Vorstellung, ich möchte jetzt doch kein Ölscheich sein."

„Ich mag Sie auch so, wie Sie sind, lieber. Bis auf ..."

„Bis auf?"

„Bis auf dieses teure Geschenk, eben."

„Aber ich sagte Ihnen doch schon, dass es ein Sonderangebot war."

„Verstehe, bei Wulle, auf dem Grabbeltisch; das können Sie mir erzählen!"

„Beruhigt es sie, wenn ich Ihnen versichere, dass mich der Ring keinen Pfennig gekostet hat?"

„Jetzt machen Sie mir aber Angst. Sind Sie etwa ein Juwelendi..."

„Um Gottes willen, nein!", fiel er ihr ins Wort. „Was denken Sie nur. Ich habe den Ring geerbt."

„Soso, geerbt. Und das soll ich Ihnen jetzt glauben! Er sieht aber gar nicht aus, wie ein altes Erbstück."

Dabei betrachtete sie ihn an ihrer Hand.

„Ist ja auch ein relativ neues Erbstück."

„Soso, ein neues Erbstück von einer alten Erbtante."

„Nein, von einem jungen Cousin. Sind Sie jetzt beruhigt?"

„Der Ärmste! Wie alt wurde er denn?"

„Vierundvierzig."

„Und woran ist er gestorben?"

„Sie sind aber neugierig!"

„Ich bin überhaupt nicht neugierig, ich will doch nur wissen, woran er gestorben ist."

„Er war sehr krank. Wenn ich Ihnen nun aber alle Einzelheiten erzähle, werden Sie womöglich traurig und das möchte ich nicht."

„Das ist lieb von Ihnen, trotzdem, es handelt sich aber hierbei nicht um einen Herrenring."

„Nein, das ist ein Damenring."

„Ja, das sehe ich, Waldemar! Stellen Sie sich nicht so an! Dann hat er Ihnen also den Ring seiner Frau vererbt. Ist die denn auch gestorben?"

„Er war nicht verheiratet."

Jetzt sah sie ihn an. Strafend. Mit ihren schönen dunklen Augen.

Nach einer kleinen Pause, holte sie noch eine Zigarette hervor, zündete sie an, schlug ihre Beine übereinander und blies den Rauch in Waldeks Richtung.

„Jetzt macht sie einen auf böse", dachte Waldek.

„Ich werde jetzt böse! Offensichtlich wollen Sie, dass ich Ihnen den Ring zurückgebe."

„Alles, nur das nicht."

„Warum erzählen Sie mir dann nicht die Geschichte des Ringes, ich meine, die wahre Geschichte?"
(„Die willst du nicht hören", dachte sich Waldemar. Besonders nicht die Sache mit dem Juwelier und der freundlichen Empfehlung seiner lieben Ehefrau.)
„Da gibt es nicht viel zu erzählen. Mein Cousin hat den Ring ursprünglich für seine Verlobte gekauft, aber sie hatte ihn, bevor er ihr ihn schenken konnte, verlassen, als sie von seiner Krankheit erfuhr."
(Das war jetzt etwas geflunkert.)
„Das ist wirklich traurig", sagte Edeltraut leise.
„Ja, so ist das Schicksal. Der Ring war eben von Anfang an für Sie bestimmt, Edeltraut! Er hat nun seinen vorherbestimmten Besitzer gefunden!"
(Das war jetzt aber nicht geflunkert.)
Sie sagte nichts.
„Behalten Sie ihn nun?"
„Ich weiß nicht."
„Edeltraut, dieser Ring ist für mich doch nutzlos. Seinen Wert erhält er doch erst durch Sie, durch Ihre Hand – Ihre schöne Hand – und nur dort entfaltet auch er seine Schönheit."
„Das haben Sie jetzt aber schön gesagt."
„Also, wenn es der Sache dienlich ist, dann falle ich jetzt hier vor Ihnen auf die Knie und bitte Sie, den Ring anzunehmen."
Er schaute flehend in Ihre Augen. Sie lachte.
„Bleiben Sie sitzen, ich nehme ihn."
Waldek atmete tief durch. „Sie machen mich glücklich."
„Wollen wir nun nicht noch ein wenig spazieren gehen und die Tiere erfreuen?", fragte sie.
„Ja, gerne, hoffentlich regnet es nicht wieder."
So spazierten sie noch Händchen haltend bis es dunkel

wurde.

„Möchten Sie noch mit mir in ein Restaurant gehen?",
fragte Waldek.

„Geht nicht, ich habe heute meinen Fastentag."

„Schade! Aber nach Hause darf ich Sie doch bringen?"

„Dürfen Sie. Wir haben ja schließlich fast den gleichen
Heimweg."

„Sehen wir uns morgen?", fragte er sie an Ihrer Tür.

„Ich kann es nicht sagen, wir telefonieren morgen, ja?"
Sie streckte ihm die Hand zum Abschied entgegen.

„Tschüs, Waldemar."

Er drehte seinen Kopf zur Seite und tippte mit dem
Finger auf seine Wange.

„Wollen Sie nicht den Ring wieder etwas preiswerter
machen?"

Sie lachte, küsste in dorthin und verschwand hinter
der Haustür.

*

Abends um acht erschien Kalle an der Tür.

„Hallo Waldek ... ist das ein Scheißgefühl, diese
Wohnung zu betreten. Ich bin gespannt, wer hier als
nächster stirbt."

„Nun jagen Sie mir mal keine Angst ein, und Gisela,
Gisela ist ja am Leben geblieben."

„Stimmt, was gibt es denn Neues von Gisela?"

„Setzen wir uns doch erst einmal. Was wollen Sie
trinken, Bier oder Cuba Libre?"

„Bier."

„Hab' ich nicht."

„Warum fragen Sie dann?"

„Hätte ja klappen können."

„Was haben Sie denn?"

„Cuba Libre.“

„Eh ich zusage, Sie haben wirklich Rum, Cola, Zitronen und Eis?“

„Ja, bis auf ...“

„Bis auf?“

„Eis.“

„Also kein Eis?“

„Stimmt; und keine Zitronen.“

„Also kein Eis und keine Zitronen!“

„Exakt. Allerdings, die Cola ist auch fast alle, aber ansonsten ist alles da.“

„Ich verstehe“, Kalle lachte jetzt. „Das Spiel kenne ich schon. Also, ich geh' runter zum Vietkong und besorge was zum Trinken und Sie können ja schon einmal das Schachbrett aufbauen. Soll ich sonst noch etwas mitbringen?“

„Vielleicht etwas zum Präpeln.“

„Mach ich, bis gleich dann.“

Zehn Minuten später erschien Kalle und übergab Waldek eine Plastiktüte. Der ging damit in die Küche und packte aus: Einen Packen Eiswürfel, eine Flasche Rum, zwei Flaschen Cola, drei Zitronen und … eine Büchse serbische Bohnensuppe.

„O Boże mój!“, murmelte Waldek, „wo bin ich hier reingeraten?“

„Was nicht in Ordnung?“, rief Kalle aus dem Wohnzimmer.

„Doch, doch, alles o.k.“

„Ich befürchtete schon, dass ich zwei Büchsen bringen sollte.“

„Um Gottes willen, nein! Alles o.k.!“

„Was haben Sie denn nun Neues?“, fragte Kalle, als sie sich gegenüber saßen.

Waldek nahm zwei Bauern in je eine Hand.

„Rechts oder links?", fragte er.

„Rechts."

Waldek streckte ihm seine linke Hand entgegen und öffnete sie. Ein schwarzer Bauer kam zum Vorschein.

„Ich sagte doch ‚rechts'!"

„Na ja! Von Ihnen aus." Waldek griente.

„Ihr seid doch alles Gauner", sagte Kalle.

„Na, na!", sagte Waldek. „Komm, Kalle, erst trinken wir einen, es spielt sich dann besser."

Woraufhin er Kalle und sich eine Fifty-fifty-Mischung anmixte und seinen ersten Zug tat.

„Mein lieber Herr Gesangsverein", sprach Kalle, „der hat es aber in sich!", und tat seinen Gegenzug.

Nach ein paar Zügen sah Kalle Waldek irritiert an: „Sie spielen ja genauso wie Andrzej – ich denke, Sie können kein Schach spielen, jedenfalls nicht gut?"

„Stimmt ja auch."

„Aber Sie spielen hier ein perfektes Damengambit in der Eröffnung."

„Ach was. Das lernen wir in der Schule."

„In der Schule, im Unterricht?"

„In den Pausen."

„Wir sollten nicht so viel trinken, das könnte eine spannende Partie werden."

„Na, einen noch", sprach Waldek und schüttete noch Rum in Kalles Glas.

„Was haben Sie denn nun Neues?", fragte Kalle wieder.

„Also erst einmal vielen Dank für die SMS mit der Adresse der Frau Brauer. Ich vermute einmal, dass sie nach der Scheidung wieder ihren Mädchennamen angenommen hat, korrekt?"

„Korrekt. Das hat die Suche erheblich verkürzt."

„Gut! Ich war also bei Giselas Schwester, Charlotte

und habe diese Karte hier mitgebracht."

Waldek gab Kalle die Karte.

Kalle betrachtete sie.

„Ja, und?"

„Na, nix weiter. Die Karte ist der Schlüssel."

„Schlüssel, wofür?"

„Womöglich für alles. Fällt Ihnen denn an der Karte gar nichts auf?"

„Es sieht so aus, als wäre sie nass geworden."

„Mehr nicht?"

Kalle hielt die Karte gegen das Licht und drehte sie.

„Nö."

„Kalle, jetzt enttäuschen Sie mich aber. Betrachten Sie doch einmal die Briefmarke!"

„Ich werd' verrückt", rief Kalle aus. „Die ist ja aus Mexiko."

Waldek schmunzelte nur und fragte:

„Haben Sie denn nicht auch Interesse daran, Gisela zu finden?"

„Hmm, wieso haben *Sie* denn so einen Jieper?"

„Mit ihrer Aussage vor Gericht würde ich diesen Anatol hinter Schloss und Riegel bringen und ..."

„Und?"

„Und vielleicht noch mehr von diesen Strolchen, aber die wohnen dann eine Etage höher."

„An wen denken Sie?"

„Ich denke da an einen speziellen Beamten beim Zoll."

„Oh, oh!"

„Ich weiß, leicht wird das nicht. Aber wenn es leicht wäre, dann könnte es schließlich jeder. – Na, Kalle? Komm, einen noch", und goss Kalle und sich ein.

„Sie machen mich ja besoffen", sagte Kalle.

„Wir sollten auf das förmliche ‚Sie' verzichten", erwiderte Waldek. „Sie waren schließlich Andrzejs

Freund und sind damit auch meiner, in Ordnung?"

„In Ordnung", lallte Kalle.

„Prost!"

„Prost oder wie sagt man bei Ihnen: ‚Nasstroffje!"

„Wie sagt man bei ‚*dir*'!"

„Nischt, nur prost!", Kalle war jetzt betrunken.

Waldek war amüsiert.

„Sag, Kalle, wollte der Milan von dir eine Hausnummer wissen?"

„Stimmt, die aus der Kurfürstenstraße, er war neulich auf meiner Arbeit."

„Dacht' ich's mir doch."

„Ist doch nicht schlimm, schließlich haben wir ihm ja auch einiges zu verdanken."

„Das kann man so oder so sehen."

„Dann sehen wir es eben so. – Wollen Sie nicht endlich den nächsten Zug machen?"

„Ich verbessere dich nur ungern, aber willst *du* nicht deinen Zug machen."

„Scheiße, bin ich denn dran?"

„Kalle! Ich denke, wir sind beim *du*?"

„Ach, entschuldige, ich hatte heute einen schweren Tag und bin nun nicht mehr ganz auf der Höhe und deine Mischungen hier, die geben mir den Rest."

„Kalle, das tut mir leid, ich hatte es nur gut gemeint, wir können die Partie ja aufheben und vertagen, aber einen Anschlag habe ich schon noch auf dich vor."

„Jederzeit zu Diensten", knurrte Kalle mit halb geschlossenen Augen.

„Es geht darum, Gisela jetzt in Mexiko zu suchen."

„Verstehe."

„Du hast doch Know-how und Kontakte. Solltest du was herausbekommen, werde ich selbstverständlich allein dorthin fliegen, aber zurzeit stehe ich mit leeren

Händen da."
„Ich mache alles, was ich kann, aber jetzt muss ich ins
Bett, kannst du mir ein Taxi rufen?"
„Selbstverständlich, aber würdest du noch einen Blick
auf diesen kurzen Video-Clip hier werfen?"
Waldek stellte sein Notebook auf den Tisch und spielte
den Film ab.
„Was hältst du davon?"
„Der linke ist dieser Gangster Anatol."
„Und der rechte?"
„Sagt mir nichts. Können wir morgen weitermachen?"
„Aber klar, Kalle."
Zehn Minuten später fuhr Kalle mit dem Taxi davon.
Waldek war wieder allein und ging schlafen.

*

Gar nicht schlafen konnte Inspektor Berger. Er sah
das drohende Unheil über sich hereinbrechen. Das
sahen seine beiden Vereinskameraden Friedrich und
Dr. Heribert Nackel-Dabergotz genauso. Sie saßen im
Club beim Cognac und tauschten sich aus.
„Keine schöne Geschichte ist das, keine schöne
Geschichte", sagte Dr. Nackel-Dabergotz. „Wenn nun
wirklich dieses Video existiert, dann kann das für
Reinhardt aber sehr, sehr unangenehm werden."
„Ich frage mich, inwieweit das auf uns abfärben
könnte."
„Die Gefahr sehe ich nicht", meinte Heribert
beruhigend.
Friedrich kratzte sich am Kopf. „Ich weiß nicht, ich
weiß nicht. Nehmen wir einmal an, dieser Anatol
schickt das Video an die Polizei oder, noch schlimmer,
an die Presse, dann steht Berger mit dem Rücken zur

Wand und packt womöglich aus, um sein Strafmaß zu verringern, dann sind unsere Namen erst einmal im Spiel."

„Er hat doch aber nichts, aber auch gar nichts gegen uns in der Hand."

„Und wenn doch?"

„Quatsch, der doch nicht."

„Aber selbst, wenn nicht, kein Rauch ohne Feuer. Das Gerede geht dann los. Und lass einmal so einen übereifrigen Beamten in den alten Zollpapieren stochern und herausfinden, dass alle Lieferungen an uns immer von Reinhardt abgesegnet wurden, dann kommt es richtig dicke. Na, und wenn Bergers Vorgesetzte, diese Schmidt-Eisleben, erst einmal von der Sache Wind bekommt und ihre scharfen Krallen ausfährt, dann ist Kacke am Dampfen und die Stelle des Vizepräsidenten kannst du vergessen."

Heriberts Miene verfinsterte sich.

„So weit darf es nicht kommen."

„Wie willst du das verhindern?"

„Berger muss unter allen Umständen die Klappe halten, aber das macht er nur, solange es ihm gut geht. Der muss schleunigst vom Zoll weg, dann ist er auch für diesen Anatol nutzlos. Er könnte doch Bezirksstadtrat werden, ich spreche mal mit meinen Parteifreunden."

„Und wenn Anatol dennoch das Video preisgibt, weil er nämlich nun erst recht sauer ist, was dann? Dann zieht das ganze noch größere Kreise. Stell dir die Überschrift in der Zeitung vor: ‚Korrupter Zollbeamter erhält zur Belohnung Stadtratsposten!'

Da werden deine Freunde nicht mitspielen. Das beste wäre, Anatol würde von diesem Planeten verschwinden und …", Richter Friedrich stockte.

„Und nimmt Reinhardt gleich mit. Sprich es doch aus!"

„Er geht mir halt in letzter Zeit auf die Nerven."

„Wem nicht?"

„Wir werden ihn dazu überreden, einen längeren Urlaub zu machen oder besser, eine Kur, dann ist er erst einmal aus der Schusslinie, alles Weitere wird sich zeigen."

„Nimmst du mich noch ein Stück mit?"

„Bist du nicht mit deinem Jaguar hier, oder ist der schon wieder kaputt?"

„Nein, ich habe mich diesmal nicht getraut. Beim letzten Mal bin ich doch prompt in eine Mausefalle geraten, und nur, weil der Polizist mich kannte, durfte ich weiterfahren. Das war eng."

5. Kapitel

Gegen zehn Uhr klopfte es an Zollinspektor Bergers Tür.

„Herein!"

„Einen schönen, guten Tag, sind Sie Zollinspektor Berger?"

„Gestern war ich es noch", antwortete der belustigt, obwohl ihm beim Anblick dieses Mannes eigentlich nicht nach Scherzen zumute war.

„Und wer sind Sie, bitte sehr?"

„Ich bin der, den Sie in wenigen Minuten wohl als Ihren Freund bezeichnen werden."

„Soso, als meinen Freund. Meine Freunde haben aber alle einen Namen oder sind Sie etwas Besonderes?"

„Sogar etwas ganz Besonderes. Aber wenn unsere Freundschaft davon abhängt, dann sage ich Ihnen meinen Namen. Ich heiße Radenković, wie der berühmte Torwart."

„Radenković? Nie gehört! Meinen Sie vielleicht Stojanović? Das war mal ein Torwart."

Der Besucher guckte nun dumm aus der Wäsche.

„Sogar jugoslawischer Nationaltorwart."

Der Besucher bekam den Mund nicht zu und nahm ungefragt auf dem vor dem Schreibtisch stehenden Stuhl Platz und musste sich erst einmal sammeln.

„Was haben Sie denn? Darf ich Ihnen ein Wasser anbieten?"

„Ja, danke."

Nach dieser kleinen Erfrischung, fand er seine Sprache wieder.

„Ey, da kennen Sie jeden Scheiß, aber von Radenković haben Sie noch nie was gehört?"

„Nö."

„Ich fass' es nicht! Mensch, der Mann ist eine Legende! Den kennt ja sogar jeder Nicht-Fußballer. Petar Radenković war ‚bestes Torwart von Welt'. Der hat bei 1860 München gespielt und war auch deutscher Meister."

„Und wenn er bei Wormatia Worms gespielt hätte … ich kenne ihn nicht."

„Was soll man dazu sagen? Aber vielleicht kennen Sie ja den hier!", dabei holte der Fremde sein Smartphone aus der Tasche und zeigte Berger ein kleines Video."

Berger, noch eben belustigt, erstarrte beim Anblick des kleinen Filmes.

„Was wollen Sie? Wer sind Sie? Kommen Sie von Anatol?"

„Ey, Alter, wie kommst du darauf? Ich habe dir doch gesagt, dass ich dein Freund bin."

Radenković griente. Berger goss sich selbst Wasser ein. Es klopfte kurz, die Tür öffnete sich und Milan registrierte mit aufgerissenen Augen, wie eine Dame hereintrat und mit den Worten: „Verzeihung, ich möchte nicht stören", Berger eine Akte auf den Tisch legte und wieder verschwand.

Milan stieß einen bewundernden, langgezogenen Pfeifton aus. „Was war das denn für ein heißes Gerät? Habt Ihr hier noch mehr davon?"

„Nein, hier nicht", gab Berger irritiert zur Antwort.

„Was wollen Sie? Wollen Sie mich erpressen?"

„Wer redet denn von Erpressung? Machen denn Freunde so etwas? Aber da wir schon beim Thema sind, ist der andere hier dein Freund? Ich meine nur … weil er dir doch so viel Geld schenkt."

Berger war mittlerweile käseweiß im Gesicht und musste wieder trinken.

„Nein, kein Freund."

„Verstehe. Also eher so eine Art Bänker, ja?"

„Ja, ein Bänker."

„Verstehe. Und die Sicherheit?"

„Sicherheit?"

„Ja, Alter. Keine Bank verleiht etwas ohne Sicherheit, es sei denn, es geht um faule Geschäfte mit Politikern. Du bist doch kein Politiker, oder?"

„Nein."

„Na bitte! Du machst doch auch keine faulen Geschäfte, oder?"

„Nein, natürlich nicht."

„Na, dann kannst du ja einem Freund verraten, was du dem Bänker als Sicherheit geboten hast."

Pause.

„Sag schon, von Freund zu Freund!"

Erst schwieg Berger, dann quetschte er heraus:

„Ich hatte keine Sicherheit ..."

„Sondern?"

Schweigen.

Milan schaute auf seine Uhr (auffällig lange) und sagte dann, schon ein klein wenig ungehalten:

„Hör zu, Alter. Meine Zeit ist knapp und zu teuer, um sie hier mit dir zu verplempern. Freunde müssen zueinander aufrichtig sein. Wenn du mich jetzt hier also verarschen willst, dann ist unsere Freundschaft zu Ende, ehe sie angefangen hat. Kapierst du das? Ich kann nämlich auch anders."

Dabei erhob er sich in gebückter Stellung über dem Schreibtisch.

„Er wollte die Freigabe für einen Container haben."

„Na also. Und die hast du ihm gegeben?"

„Nein, konnte ich nicht mehr."

„Aha, verstehe. Dann kürzen wir das Ganze mal hier ab, denn, wie gesagt, meine Zeit ist knapp. Das war doch nicht etwa der Container, der an die Filut gehen sollte?"

„Doch, das war er."

„Gut. Den konntest du ihm also nicht geben. Bevor ich dir die nächsten Fragen stelle, will ich dich daran erinnern, dass ich als Freund gekommen bin, um dir zu helfen, denn ich kann mir gut vorstellen, dass du zurzeit nicht viele Freunde hast."

„Das ist wohl wahr", dachte Berger.

„Dann wollen wir doch auch dafür etwas zur Hilfe beitragen. Ich benötige von dir noch ein paar kleine Informationen, bevor ich dir dann helfen kann."

„Wie würde diese Hilfe denn aussehen?"

„Wie die aussieht? Wir werden diesen kleinen Spielfilm verschwinden lassen."

„Das ist alles?"

„Ist das nicht genug? Dir ist doch wohl hoffentlich klar, dass, wenn dieser Clip hier an die Öffentlichkeit gelangt, du erledigt bist. Job weg, Bezüge weg, Pension geht flöten und eine fette Strafe droht dir ebenfalls. Danach darfst du dann nicht mal mehr als Taxifahrer arbeiten und kannst von Glück reden, wenn du noch 'ne Stelle als Klofrau bekommst."

„Kommen Sie vom BGS?"

Milan spielte mit seinem ausgestreckten Arm auf dem Schreibtisch abwechselnd mit einem Briefbeschwerer und seinem Handy herum.

„Ich sehe, du bist am Begreifen. Das ist gut. Wir behandeln diese Sache aber noch inoffiziell, sonst würdest du hier schon nicht mehr sitzen. Das ist deine letzte Chance, also nutze sie."

„Und welche Informationen brauchen Sie?"

„Frage eins: ‚Wie war das mit dem Container?‘"

„Für die Freigabe sollte ich 500.000 € bekommen. Die

50.000 waren eine Anzahlung. Es lief auch gut an. Mit den 50.000 habe ich Schulden bezahlt, dann ist hier aber ein Mann namens Czybulsky aufgetaucht und von da an ging alles schief."

„Das heißt, dein Bänker, also dieser Sejmotam – du siehst, den kennen wir bereits – sitzt dir im Genick, weil du ihm die Anzahlung schuldig bist."

Berger nickte nur, gesenkten Hauptes.

„Aber solange er in Untersuchungshaft saß, hattest du doch Ruhe vor ihm, ja?"

„Nein, da kam so ein Türke, der verlangte von mir, dass ich für das Geld etwas für Anatol tun soll."

„Und das hast du getan?"

„Ja."

„Ich höre."

„Ich habe einen alten Schulfreund, der ist Richter …"

„Richter und?"

„Der hat dann mit dem Vorsitzenden Richter dafür gesorgt, dass die Urteile nicht ganz so streng ausfallen."

Milan spielte jetzt etwas aufgeregter mit dem Briefbeschwerer und dem Handy.

„Das ist aber sehr ungewöhnlich. In der Regel macht doch ein Richter so etwas nicht oder nicht nur aus alter Kameradschaft."

Berger sagte nichts.

Milan stieß wieder einen Pfeifton aus und fuhr fort:

„Mann, ich begreife. Wie heißt es doch: ‚Eine Hand wäscht die andere.' Vögelt er deine Frau dafür?"

„Ach wo, die gefällt ihm ja noch nicht einmal."

„Was hat er dann von dir bekommen?"

Berger schwieg und überlegte.

„Toilettenfrau!", sang Milan.

„Ich habe ihm bei der Einfuhr von Goldschmuck ein

bisschen geholfen."

„Geholfen, die Einfuhrzölle zu senken, ja?"

„Ja, es sind doch meine Vereinskameraden."

„Na, das wird ja immer schöner! Die Richter betreiben Steuerhinterziehung und begnadigen im Gegenzug die Gangster. Kommen wir damit zu Frage drei: ‚Wie heißen die Richter?'"

Als Berger wieder schwieg, fuhr Milan fort: „Wir bekommen das auch so raus, die Prozessakten kann man ja nachlesen. Aber du verstößt gerade gegen unsere Abmachung." Dabei wedelte er mit dem Handy. „Der eine heißt Friedrich Römer und der andere ist Dr. Heribert Nackel-Dabergotz."

„Na bitte, ist es denn nicht schön, wenn man sich mal so richtig mit einem Freund aussprechen kann? Dieser Anatol, lässt der dich jetzt wenigstens in Ruhe?"

„Nein."

„Was will er also von dir?"

„Ich soll herausbekommen, wer hier beim Zoll seine Geschäfte stört."

„Etwas präziser, bitte!"

„Neulich war eine Razzia bei ihm und er denkt, dass dafür einer meiner Mitarbeiter verantwortlich ist. Den sollte ich für ihn aufspüren."

„Und wer ist das?"

„Ich denke, meine Chefin."

„Die Schnalle von eben?"

„Ja."

„Und das weiß er schon?"

„Ja."

„Du bist ja ein richtiger Judas! Dir ist doch klar, was der mit ihr anstellen wird, falls er sie in die Finger kriegt?"

Schweigen.

„Wir müssen den Kerl schnappen, bevor er weiteres Unheil anrichten kann und du wirst uns dabei helfen. Hast du von dem die Adresse?"

„Nur die Handynummer."

„Schreib auf!"

Berger holte sein Handy hervor und schrieb eine Nummer auf einen Zettel.

„Wenn du schon einmal dabei bist, die Nummern der ehrenwerten Herren Richter hast du doch auch. Aufschreiben! So ist es gut. Und deine eigene auch, dann brauche ich nicht jedes Mal herzukommen, wenn es etwas zu besprechen gibt."

Milan nahm den Zettel an sich und steckte sein Handy ein.

„Und jetzt, da du dein Gewissen erleichtert hast und wieder zu den Guten gehörst, wirst du kaum abwarten können, bis wir uns wieder bei dir melden, um mit diesem Anatol einen Treffpunkt auszumachen, damit wir ihn festnehmen können. Wir werden das gut vorbereiten. Du hörst von uns."

Damit verließ er den Raum.

Milan setze sich in sein Auto und fuhr zum verabredeten Treffpunkt, ein kubanisches Restaurant ganz in der Nähe der Zollbehörde. Waldek saß beim Bier an einem Tisch und wartete schon.

„Na, wie lief es?", fragte er Milan.

„Echt super! War übrigens 'ne gute Idee von dir, nicht selbst dorthin zu gehen. Die Olle ist tatsächlich einmal kurz aufgekreuzt. Die sieht ja wirklich echt scharf aus."

„Hab' ich dir doch gesagt. Wann kam sie denn, zu Anfang oder mehr am Ende der Besprechung?"

„Ziemlich zu Anfang."

„Dann hätte sie mir das gesamte Konzept vermasselt. Wie hätte ich meine Anwesenheit dort ihr gegenüber erklären sollen? Aber dennoch bewundere ich deinen Mut, sie hätte dich schließlich gerne in die Finger bekommen, wie sie einmal zu Andrzej sagte."

„Halb so wild. Sie hat mich kaum beachtet, die weiß wahrscheinlich nicht einmal, wie ich aussehe."

„Wollen die Herren auch speisen?", fragte die gerade erschienene Camarera. Beide bejahten, bestellten noch zwei Bier und studierten die Karte."

„Was soll man denn hier essen?"

„Ich nehme eine Empanada."

„Probier ich auch mal."

Kurz darauf kamen die Getränke und sie gaben die Bestellungen auf.

„Nun sag mal, was du hast", meinte Waldek.

Milan holte sein Smartphone aus der Tasche, tippte kurz drauf und legte es vor Waldek auf den Tisch.

„Einen schönen, guten Tag, sind Sie Zollinspektor Berger?", klang es dumpf aus dem Handy.

„Warte mal kurz", sagte Waldek, „ich schließe meinen Ohrhörer an."

Danach hörte er sich das Gespräch an. Dann verzog er seinen Mund und musste lachen.

„Nicht zu glauben, der kennt Radi nicht."

„Ja, aber dafür Stojanović, ist das nicht irre?"

„Das hat er von Andrzej gelernt, alle Achtung! ... Hier ist jetzt ein Sprung, ich nehme an, da hast du ihm den Video-Clip gezeigt."

„Genau, und als dann deine Flamme eintrat, konnte ich ganz gemütlich wieder auf Aufnahme stellen und danach hatte er das Micro direkt vor seiner Nase, schnatterte drauflos und hat nichts gemerkt", meinte Milan amüsiert.

Waldek hörte wieder sehr interessiert zu und nahm dann am Ende die Ohrstöpsel wieder heraus.

„Milan", sagte er, „das ist ja allererste Klasse! Du bist ja ein echtes Naturtalent; und nicht nur das, jetzt arbeitest du auch noch inoffiziell für den Bundesgrenzschutz."

„Ich wollte schon immer ..."

Milan unterbrach seine Rede. Ihre Speisen kamen. „Ich wollte schon immer für die Bundespolizei arbeiten, schon seit meiner Kindheit", meinte er belustigt und begann zu essen.

„Oarrr! Was ist das denn?", schimpfte er. „Ist ja echt ungenießbar. Das schmeckt ja wie alte Frau unterm Arm."

„Find' ich gar nicht", wandte Waldek ein. Ist doch mal was anderes als serbische Bohnensuppe."

Milan stocherte im Essen herum.

„Und alles mit Mais, Pfui Deibel!" Milan warf seine Gabel hin.

„Dann bestell dir halt was anderes, vielleicht ein Steak, ich gebe heute einen aus."

„Steak ist gut, da können sie nichts falsch machen – Fräulein!"

Während Waldek es sich schmecken ließ und Milan auf sein Steak wartete, knüpften sie an ihr Thema an.

„Ich habe jetzt Angst um Edeltraut ", sagte Waldek sorgenvoll.

„Edeltraut? So heißt also die Schönheit vom Zoll, ja? Wie weit seid Ihr eigentlich? Hast du sie schon ..."

„Milan, halt lieber die Schnauze! Ich bin gerade dabei, dich sympathisch zu finden, also verdirb nicht alles."

„Mann, bist du empfindlich."

Milans Steak kam.

„Wir müssen so schnell wie möglich diesen Anatol aus

dem Verkehr ziehen", sagte Waldek, während nun Milan es sich schmecken ließ.

„Ist doch easy! Wir weisen unseren Chorknaben an, einen bestimmten Anruf zu tätigen, kommen zum Treffpunkt und schnappen ihn."

„Und dann, bumm, bumm, schießen wir ihn einfach um! Oder wie stellst du dir das vor?"

„So in etwa. Ist doch nur ein unnützer Esser."

„Nicht einmal mehr das! Der ist ein Schädling, aber da denken diese selbsternannten Gutmenschen in diesem Staat, die auch noch das Sagen haben, anders darüber, zum Schluss bist du der Böse, obwohl du der Gesellschaft eine gewaltige Last abgenommen hast. Doch danach fragt dann keiner. Nein, so geht das nicht. Wir müssen den schon der Justiz zuführen."

„Damit sie ihn wieder laufen lassen? Das Thema hatten wir doch schon."

„Diesmal kriegen wir ihn. Ich fliege nach Mexiko und versuche, diese Gisela zu finden. Ich bin da auch guter Hoffnung, denn ich habe schon recherchiert; ob ich sie allerdings zu einer Aussage bewegen kann, steht auf einem anderen Blatt. – Schmeckt's denn wenigstens?"

„Na, super!"

„Siehste!"

„Sag mal, Waldek – haste gemerkt? Ich habe nicht mehr ‚Alter' gesagt – soll ich mitkommen nach Mexiko?"

„Hmm ..."

„Ich meine, vielleicht brauchst du Unterstützung."

„Ich brauche hier jemanden, der sich um Edeltraut kümmert."

„Mach' ich, mach' ich!" Milan war ganz begeistert.

„Ja, aber nicht so, wie du denkst."

„Nicht so?"

„Nein!"

„Schade!"

Als beide mit dem Essen fertig waren und Waldek nach der Rechnung verlangte, schaute Milan (auffällig lange) auf seine Armbanduhr und meinte: „Es wird langsam Zeit für mich. Ich muss jetzt noch zu einer geschäftlichen Besprechung."

In der Nähe der Gedächtniskirche befand sich nämlich eine Lokalität, eine Art Vereinslokal, die als Tagungsraum der Expertengruppe „Fußball" – der auch Milan angehörte – genutzt wurde, und es trafen sich heute die Vertreter der oberen und die der unteren Ligen, um noch einmal das gesamte Konzept zu besprechen und den Wirtschaftsplan für die Spiele am Wochenende abzusegnen. Anschließend erfolgte noch eine Abstimmung, die als Ergebnis eine 70:30 Mehrheit zugunsten der Außenseiter hervorbrachte. Und tatsächlich gab es, wie sich später zeigen sollte, an diesem Spieltag doch einige faustdicke Überraschungen.

*

Waldek rief Hauptkommissar Wörnitz an.

„Ja?"

„Scheffzik hier."

„Ja, Herr Scheffzik, schön, dass Sie anrufen. Haben Sie wieder ein Gefühl für mich?"

„Für Sie? Ich habe viele Gefühle, aber die wollte ich nicht mit Ihnen ausleben. Vor meinem geistigen Auge erscheint da etwas ganz anderes."

„Und das ist gut so! Ich habe hier schon genug am A..., aber weshalb rufen Sie an?"

„Wenn es Ihre wertvolle Zeit erlaubt, würde ich gern

mit Ihnen unter vier Augen sprechen."

„Das klingt ja spannend. Wollen Sie zu mir in die Keithstraße kommen?"

„Diesmal wäre es mir wirklich lieber, wenn Sie wieder zu unserem letzten Treffpunkt kämen."

„Also gut, in einer halben Stunde, ist recht?"

„Ist recht, bis dann."

Als Wörnitz vor dem Lokal auftauchte, klingelte sein Handy.

„Gehen Sie über die Straße zum Interconti, ich komme Ihnen entgegen."

Waldek und Wörnitz gingen aufeinander zu.

„Warum so geheimnisvoll?", fragte Wörnitz.

Waldek sah sich um.

„Ich möchte sicher gehen, dass wir allein sind. Ich möchte nicht verhaftet werden. Lassen Sie uns spazieren gehen."

Wörnitz machte ein erstauntes Gesicht.

„Warum sollte ich Sie verhaften, haben sie denn etwas verbrochen?"

„Nein, ich nicht, aber diejenigen, die etwas verbrochen haben, würden mich jetzt wahrscheinlich liebend gern im Gefängnis sehen."

„Sie sprechen in Rätseln."

„Wenn Sie jetzt eine, von einer Behörde beglaubigte, eidesstattliche Erklärung der Frau Gisela Brauer in der Hand hielten, in der sie Azrael Sejmotam als ihren Attentäter bezichtigt, reichte das für einen Haftbefehl aus?"

„Ich denke, schon, aber da die Sache schon einmal eingestellt wurde, ist sie ein klein wenig komplizierter. Das hängt dann vom Staatsanwalt ab; grundsätzlich müsste er mir aber zustimmen. Nur, wie wollen Sie das anstellen? Ich denke die Frau Brauer ist in

Brasilien verschollen."

„Für ihre Gesundheit und ihr Leben ist es auch gut,
dass das alle denken. Ich habe aber nachgeforscht, und
ich denke, ich werde sie finden."

„Donnerwetter! Wo ist sie denn?"

„Haben Sie bitte Verständnis dafür, dass ich es Ihnen
nicht sagen kann. Mit dem Spruch: ‚Aber bitte nicht
weitersagen!' brauche ich Ihnen ja nicht zu kommen,
denn es ist ja wohl Ihre Pflicht, alles zu protokollieren
und in einer Akte festzuhalten. Dann hat Ihre
Abteilung darauf Zugriff und bald darauf die
Staatsanwaltschaft usw."

„Wieso fürchten Sie die?"

Waldek schaute sich zur Vorsicht noch einmal um, zog
sein Handy aus der Tasche und suchte darauf etwas,
während er von Wörnitz interessiert beobachtet wurde.

„Sagt Ihnen der Name Römer etwas?", fragte er ihn.

„Momentan nicht."

„Und … ", Waldek überlegte kurz, „Dackel-Nabelglotz
oder so ähnlich?"

„Nackel-Dabergotz – der ist Richter am Landgericht.
Ja, natürlich, Römer ebenfalls", entgegnete Wörnitz.

„Dann hören Sie sich einmal bitte das folgende
Gespräch an."

Waldek spielte ihm den letzten Teil des kleinen
Mitschnittes Milans vor. An dessen Ende fragte er den
höchst erstaunten Kommissar:

„Verstehen Sie jetzt, warum ich so vorsichtig sein
muss?"

„Nun, das ist allerhand brisantes Material. Wer sind
denn die beiden Gesprächspartner?"

„Der eine ist ein alter Bekannter, und der andere führt
nur die Befragung durch und ist unwichtig."

„Was denken Sie, mit der Aufnahme erreichen zu

können? Hatte denn der Befragte ausdrücklich erklärt, dass er dem Mitschnitt zustimmt?'"

„Nein."

„Dann ist das Material auch vor Gericht nicht verwendbar."

„Das ist mir schon klar, aber die Aussagen beruhen doch auf Fakten, die nachprüfbar sind, insofern ist die Aufnahme doch wertvoll. Außerdem muss es ja nicht zu einer Gerichtsverhandlung kommen; ein internes Verfahren gegen die Richter hätte für die schon genügend unangenehme Folgen."

„Sie denken dabei an eine Dienstaufsichtsbeschwerde? Dann können Sie genauso gut eine Bananenschale auf die Schienen legen, um den Zug zum Entgleisen zu bringen. So etwas ist in der Regel erfolglos."

„In der Regel haben die Germanen rote Bärte", setzte Waldek dagegen. „Es wird etwas haften bleiben und der Ruf ist angekratzt."

„Dazu müsste dieser Zöllner – ich gehe einmal davon aus, dass es sich um Zollinspektor Berger handelt – aber seine Aussage vor einer Kommission wiederholen oder zumindest schriftlich vortragen. Das halte ich für unwahrscheinlich. Es sei denn, Sie haben gegen den auch noch mehr in der Hand."

„Das ist auch nicht mein primäres Problem, sondern die Tatsache, dass es hier eine Klüngelei zwischen diesem Verbrecher Anatol und Zollbeamten bis hin zu Richtern gibt, und darin sehe ich eine große Gefahr für Gisela Brauer. Verstehen Sie nun meine Vorsicht?"

„Vollkommen! Ich sehe sogar noch eine weitere Gefahr, die der Chefin Bergers drohen könnte."

„Darauf wollte ich gerade zu sprechen kommen. Solange Anatol frei herumläuft, ist diese Frau ihres Lebens nicht sicher."

„Und Sie glauben, der Berger hilft uns dabei, Anatol zu schnappen?"

„Er hat gar keine andere Wahl."

„Offensichtlich hat Anatol etwas gegen Berger in der Hand, womit er ihn erpressen kann, dann wird der uns nicht helfen."

„Abwarten!"

„Aber, selbst wenn, viel haben wir gegen ihn ja nicht in der Hand."

„Deshalb brauche ich ja auch Giselas Zeugenaussage."

„Ich bespreche das Ganze so schnell wie möglich mit dem Staatsanwalt."

„Kommen Sie auch an die Gerichtsakten heran, um festzustellen, ob diese beiden Richter beim Prozess gegen Anatol und seine feinen Freunde vor einem Jahr den Vorsitz hatten?"

„Das kann ich Ihnen spätestens am Montag sagen. Zweifeln Sie noch daran?"

„Nein!"

„Herr Scheffzik, ich bewundere Ihren Spürsinn und Ihre Hartnäckigkeit, deshalb fällt es mir schwer, Ihnen den Bauingenieur abzunehmen, arbeiten Sie bei der Bundespolizei?"

„Nein, das würde ich wissen." Waldek lachte.

„Sondern?"

„Beim ABW."

„Der Arbeiterwohlfahrt?"

„ABW heißt Agencja Bezpieczeństwa Wewnętrznego und ist der polnische Geheimdienst."

„Und was hat der polnische Geheimdienst für ein Interesse an der ganzen Sache?"

„Na, gar keins."

„Gar keins?"

„Nein."

„Warum ermitteln Sie dann?"

„Weil Sie das offensichtlich alleine nicht hinbekommen und deshalb Hilfe brauchen."

„Hilfe – ausgerechnet aus Polen!"

„Aus Polen, genau."

„Na, Sie machen mir ja Spaß."

„Wieso Spaß? Das wäre doch nicht das erste Mal, dass Deutschland Hilfe aus Polen erhält."

„So? Wann denn noch?"

„Jedes Jahr zu Weihnachten. Ohne die polnischen Gänse gäbe es doch auf jedem zweiten Teller nur Rotkohl und Klöße." Waldek griente.

„Sie wollen mich jetzt verarschen!"

„Was bleibt mir denn übrig? Den Bauingenieur nehmen Sie mir ja nicht ab."

„Scheffzik, das wird mir jetzt zu viel. Ich rufe Sie spätestens morgen an."

„Danke, Herr Hauptkommissar."

Waldemar ging noch etwas im Tiergarten spazieren. Es war nicht kalt und die Sonne schien – ein schöner, milder Wintertag. Er schlenderte an der spanischen Botschaft vorbei und fand dann, wo er es gar nicht erwartet hätte, ein großes Café an einem See, das er betrat und sich einen Cappuccino und ein Stück Mohnkuchen bestellte.

„Mohn macht dumm", hatte seine Mutter immer gesagt, dabei hatte sie selbst oft Mohnpielen gemacht; Vater nannte sie nur Makówki. Wenn er nach Hause kam, war die Schüssel mit den Makówki noch am selben Tag leer.

Durch den Anblick der spanischen Botschaft, wurde Waldemar aber an sein Vorhaben erinnert. Er nahm sein Handy, schaute im Internet nach und entdeckte, dass sich die mexikanische Botschaft ganz in der Nähe befand.

Kaffee und Kuchen wurden gerade serviert, als sein Telefon bimmelte.

„Vielleicht hat ja Kalle schon etwas herausbekommen", dachte er.

„Hallo?"

„Edeltraut hier."

„Ach, Edeltraut."

„Na, das klingt ja nicht gerade begeistert. Ich störe wohl?"

„Nein, überhaupt nicht."

„Ich bin mir da aber nicht so sicher."

„Doch, es ist so. Ich sitze hier im Tiergarten im Café und genieße die letzten Sonnenstrahlen."

„Die genieße ich auch gerade; ich bin nämlich draußen und gönne mir eine kleine Zigarettenpause. In welchem Café sind Sie denn?"

„Keine Ahnung, hier ist ein See und die spanische Botschaft ist gleich um die Ecke."

„Dann sind Sie bestimmt im Café am Neuen See. Da war ich schon lange nicht mehr."

„Dann würde ich Sie gerne heute Abend dorthin einladen, hier kann man nämlich auch zu Abend essen."

„Ich komme gern, aber diesmal übernehme ich die Rechnung."

Pause.

„Sie sagen ja nichts."

„Ich möchte mich mit Ihnen nicht streiten."

„Dann sind Sie also einverstanden?"

„Überhaupt nicht!"

„Also doch streitsüchtig."

„Ich bin nicht streitsüchtig sondern altmodisch, und ein altmodischer Mann hat gefälligst die Dame einzuladen und nicht umgekehrt."

„So ist das?"

„Ja, so ist das. Wir sind schließlich noch nicht verheiratet."

„Verheiratet?" Edeltraut lachte. „Allerdings, einen Antrag habe ich ja schon erhalten."

„Antrag reicht nicht aus, ich zahle; oder wollen wir schnell heiraten? Dann dürfen Sie bezahlen."

„Das sind ja richtige Erpressermethoden. Sie sind ja ein ganz Schlimmer."

„Das stimmt, schlimmer, als Sie denken. Viel schlimmer. Um Sie zu gewinnen, würde ich sogar morden."

„Erpresser!"

„Ich bin verliebt in Sie."

Pause.

„Ich bin in Sie verliebt!"

„Ich habe es gehört."

„Dann ist ja gut. Ich dachte schon, ich müsste es wiederholen."

„Ich muss jetzt wieder nach oben, die Pflicht ruft. Holen Sie mich um 19.00 Uhr ab?"

„Liebend gerne, tschüs, Frau Doktor."

Waldek geriet ins Träumen. Wenn jemand bei seiner Abfahrt aus Chorzów ihm diese Entwicklung seiner Reise prophezeit hätte, er hätte ihn für verrückt erklärt.

Aber auch ihn rief die Pflicht. Er trank aus, zahlte und machte sich auf den Weg.

Keine viertel Stunde später erreichte er die Vertretung Mexikos in der Klingelhöferstaße. Als er endlich von einer Botschaftsangestellten empfangen wurde, bekam er zu hören:

„Die Besucherzeiten enden um 13.00 Uhr. Wir schließen in zehn Minuten, kommen Sie doch morgen wieder."

„Ist ja besucherfreundlich, dass Sie auch samstags arbeiten."

„Ach ja! Nein! Dann müssen Sie am Montag kommen."

„Hören Sie, meine Dame, ich bin extra aus Polen angereist und sitze seit einer halben Stunde hier rum. Ich wäre Ihnen sehr verbunden, wenn ich jetzt und hier Ihnen oder einem höhergestellten Botschaftsangehörigen mein Anliegen vortragen dürfte."

„Dann kommen Sie bitte mit."

Sie führte Waldek in ihr Büro.

„Worum geht es?"

„Ich bin von meiner Bekannten, Frau Brauer, beauftragt worden, ihre Schwester Gisela Brauer, die seit Jahresanfang als verschollen gilt, zu suchen. Bisher nahm man an, sie wäre in Brasilien, kürzlich stellte sich aber heraus, dass ihr letztes Lebenszeichen aus Mexiko kam. Welche Behörde kann mir helfen, sie zu finden?"

„Hat denn die Schwester schon einen Suchantrag gestellt?"

„Ja, aber in Brasilien und ohne Erfolg. Ich weiß auch erst seit vorgestern, dass sie in Mexiko war."

„Wir können uns zwar an die Meldebehörde in Mexiko wenden, aber ich empfehle Ihnen trotzdem, da es sich ja bei der Frau um eine deutsche Staatsangehörige handelt, sich an das deutsche Auswärtige Amt zu wenden."

Waldemar sah die Aussichtslosigkeit seiner

Bemühungen ein:

„Hier nicht! Versuchen Sie es einmal nebenan!", las er einmal auf einem dieser Ulk-Schilder, die überall an Touristenplätzen verkauft werden. Dieses und noch ein anderes hatte ihm damals gefallen, weil es ihn amüsiert hatte. Das andere lautete:

„Der schönste Fall ist der Beifall – der schönste Schlaf ist der Büroschlaf!"

„Sollte ich hier noch einmal herkommen, dann bringe ich dieser Gans so ein Schild mit, am besten, beide", dachte er. Mit den Worten:

„Danke für Ihre Bemühungen", verließ er die Botschaft.

Was nützt so ein imposantes, schönes Gebäude, wenn es vollkommen zweckfrei ist? Waldemar war stinkig! Trotzdem rief er das Auswärtige Amt an. Er wurde auch sogleich verbunden.

„Was kann ich für Sie tun?"

Waldek sagte seinen Spruch auf.

„Ich verbinde Sie mal mit Herrn Nimmerguth."

„Nimmerguth?"

Waldek sagte seinen Spruch auf.

„Wie, sagten Sie, heißt die Frau, Brauer?"

„Ja."

„Und *Ihr* Name ist ..."

„Scheffzik."

„Herr Scheffzik, würde es Ihnen etwas ausmachen herzukommen? Ich bin heute noch bis 15.00 Uhr da. Schaffen Sie das?"

„Ich denke schon."

„Die Adresse kennen Sie? Ja? Werderscher Markt?"

„Ja."

„Sagen Sie am Empfang, Sie möchten zu Herrn Nimmerguth, ich komme dann herunter."

Waldeks Laune verbesserte sich. Die Stimme des Herrn Nimmerguth hatte etwas Positives, Vielversprechendes in sich.

Waldek fuhr mit der Taxe am Außenministerium vor und verlangte am Empfang nach dem besagten Herrn, der auch wenige Minuten später erschien.

„Sie sind Herr Scheffzik?", begrüßte er ihn. Als Waldek nickte, fuhr er fort: „Nimmerguth, gehen wir in mein Büro."

„Wie kommt es, dass Sie meinen Namen sofort verstanden haben?", fragte Waldek.

„Ich hatte einmal eine Nachbarin, die so hieß. Sie wissen doch, die wahren Berliner kommen alle aus Ostpreußen oder Schlesien."

Wusste er nicht, aber auch gut!

In Nimmerguths Büro angelangt, eröffnete der auch sogleich das Gespräch:

„So, Sie sind also auf der Suche nach einer Frau Gisela Brauer, ja?"

„Exakt."

„Darf ich einmal Ihren Ausweis sehen?"

Waldek zeigte ihm seinen Pass.

„Da haben Sie extra die weite Reise in Kauf genommen, wie stehen Sie denn zu Frau Brauer?"

„Ich bin mit Frau Brauer, also Charlotte, befreundet, und sie vermisst ihre Schwester Gisela."

„Vielleicht habe ich da was für Sie. Das Leben zeigt sich ja manchmal von seiner kuriosen Seite. Es war im Frühling, ja, im Frühling dieses Jahres schaute ich auf meinen Führerschein und beim Anblick des Ausstellungsdatums, bemerkte ich, dass er nun 40 Jahre alt war, auf den Tag genau. Und wissen Sie, wie mein Fahrlehrer hieß?"

„Tegtmeier?"

„Falsch! Brauer. Fahrschule Brauer in Berlin Tegel, ich glaube, die war in der Schlieperstraße, jedenfalls, in der Nähe der Feuerwehr. Und wissen Sie, was zehn Minuten später auf meinem Schreibtisch gelandet ist?"

„Der Führerschein?"

„Quatsch! Den hatte ich doch schon 40 Jahre. Nein, ein Antrag einer Frau Brauer aus Mexiko, weiterzuleiten an das Standesamt in Berlin Charlottenburg auf Ausstellung einer beglaubigten Geburtsurkunde für eine bevorstehende Hochzeit. Was sagen Sie nun?"

„Ich könnte Sie knutschen", hätte er am liebsten geantwortet, aber die Erfahrung mit dem Berliner Amtspersonal, hatte ihn vorsichtig gemacht.

„Etwa Gisela Brauer?"

„Gisela Brauer! Sie wollte sich in Mexiko verehelichen, allerdings ..."

„Allerdings?"

„Allerdings ist der Name nicht so selten, vielleicht führe ich Sie ja auf eine ganz falsche Spur."

„Aber das Datum passt, und ich werde die kleinste Spur verfolgen. Das bin ich ihrer Schwester schuldig. Kennen Sie die Tragödie der Frau Brauer?"

„Tragödie? Nein."

Waldemar erzählte nun Herrn Nimmerguth alles über Giselas schweres Schicksal, soweit es ihm bekannt war.

„Das ist ja furchtbar, einfach unglaublich, die arme Frau! Hoffentlich führt sie jetzt in Mexiko ein besseres Leben", meinte der, tief betroffen.

„Das könnte jetzt auch von Ihnen abhängen."

„Von mir, wieso?"

„Weil Frau Brauer eine große Gefahr droht, solange hier in Deutschland sich noch ein gewisser Azrael Sejmotam frei bewegen darf. Wenn er es schafft, Frau

Brauer vor mir aufzuspüren, dann hätte er die Justiz nicht mehr zu fürchten, aber Frau Brauer …"

„Frau Brauer?"

„Frau Brauer muss um ihr Leben fürchten."

Nimmerguth sagte nichts. Er überlegte.

„Das ist … ", sagte er. „Mein lieber Scholli! Wie können wir da helfen?"

„Indem Sie die Informationen, die Sie mir geben, auf keinen Fall an zwielichtige Gestalten weiterreichen."

„Sehen Sie, da geht es schon los! Welche Referenzen haben *Sie* denn? Vielleicht haben Sie mir ja etwas vorgespielt – gut, ich habe Ihren Ausweis gesehen – aber eine hundertprozentige Sicherheit ist das auch nicht."

„Da haben Sie Recht und ich bin Ihnen auch dankbar dafür, weil ich selbst ein sehr großes Interesse daran habe, dass Gisela Brauer nichts zustößt, damit sie ihre Zeugenaussage machen kann."

„Was können Sie mir also noch anbieten?"

So sympathisch, wie Waldek Herrn Nimmerguth auch fand, er sah sich in die Enge getrieben, schließlich waren dessen Argumente einleuchtend. Waldek zog – schweren Herzens – die Notbremse.

„Erkundigen Sie sich beim Berliner Landeskriminalamt nach einem Hauptkommissar Wörnitz, falls Sie noch Zweifel haben."

„LKA? Wörnitz?"

„Genau. Darf ich Ihnen die Handynummer geben?"

„Bitte!"

Waldek gab sie ihm.

Nimmerguth wählte.

„Wörnitz."

„Spreche ich mit Hauptkommissar Wörnitz vom LKA?"

„Richtig, LKA 1."

„Hier ist das Auswärtige Amt, mein Name ist Nimmerguth, und ich habe einen Besucher hier, der sich auf Sie beruft."

„Auf mich?"

„Ja, ein Herr Scheffzik."

„Scheffzik? Können Sie mir den mal geben?"

„Sicher! – Herr Scheffzik, für Sie!"

„Ja?"

„Was machen Sie den im Auswärtigen Amt?"

„Ich leiste dem deutschen Staat Unterstützung."

„Können Sie sich vielleicht ein klein wenig genauer ausdrücken?"

„Ich erkundige mich nach Gisela Brauer."

„Aha. Geben Sie mir noch mal den Botschaftsbeamten?"

„Ja?"

„Also, Hauptkommissar Wörnitz noch einmal hier, wie kann ich nun helfen?"

„Herr Scheffzik, der bei mir sitzt, benötigt da ein paar Informationen, die ich nicht jedem X-Beliebigen aushändigen kann, ich brauche quasi eine Referenz."

„Worüber Informationen?"

„Über eine Frau Gisela Brauer."

„Geht in Ordnung. Geben Sie ihm die; aber anschließend geben sie die auch mir an meine Dienststelle, ja? Ich danke da schon einmal im Voraus."

„Darf ich noch einmal um Ihre Durchwahl bitten, man kann schließlich nicht vorsichtig genug sein."

Wörnitz gab ihm die Nummer seiner Amtsleitung und Nimmerguth schrieb sie auf.

„Wollen Sie die nicht überprüfen?", fragte Waldek.

„Nicht nötig. Die Nummer stimmt", meinte Nimmerguth. „Die kenne ich. Das ist eine typische

Amtsnummer. Wenn Sie die anrufen, dann geht keiner ran."

„So was kenne ich von zu Hause. Sie haben also etwas über Frau Brauer?"

„Ja, und das müsste Ihnen weiterhelfen. Die Geburtsurkunde sollten wir nämlich auf dem schnellsten Wege nach Mexiko schicken und der führte über unser Haus direkt an die Deutsche Botschaft dort. Dabei habe ich erfahren, dass Frau Brauer an der Deutschen Schule in Mexiko-Stadt arbeitet. Ob sie allerdings noch so heißt, weiß ich nicht, das könnten Sie aber, wenn nötig, auf der dortigen Botschaft erfahren. Falls es nötig sein wird, gebe ich Ihnen von mir ein Empfehlungsschreiben mit."

„Das ist sehr freundlich von Ihnen, vielen Dank."

Waldek und Herr Nimmerguth erhoben sich.

„Dann viel Spaß in Mexiko und buen viaje!"

Erleichtert fuhr Waldek nach Hause und buchte sogleich einen Flug für Sonntagabend. Dann legte er sich auf sein Bett und schlief ein.

Gegen 18.00 Uhr erwachte er, duschte, zog sich um und fuhr zur Eislebener Straße.

Waldek stand vor ihrer Haustür und klingelte. Der Türöffner summte. Er lief die Treppe hinauf und stand vor ihrer Wohnungstür. Sie war nur angelehnt. Er klopfte.

„Kommen Sie rein, es ist offen", ertönte es.

Waldek betrat die Wohnung und sah sich um. Sie kam ihm nicht entgegen.

„Hallo?"

„Ich bin hier, nur zu!"

Waldek lief durch den Korridor. „Edeltraut?"

„Treten Sie näher, ich bin im Bad."

„Im Bad? Baden Sie etwa?"

„Was macht man denn so in einem Bad? Kommen Sie schon! Es gibt nichts zu sehen."

Von wegen, ‚es gibt nichts zu sehen'!

Waldek bot sich ein Anblick wie im Film dar. In einem geschmackvoll ausgestatteten Raum mit gedämpfter Beleuchtung lag Edeltraut in einer riesigen Badewanne über und über mit Schaum bedeckt. Nur ihr Kopf, um den sie ein Tuch für die Haare gewickelt hatte, und ihr rechtes Knie ragten hervor. Der Rand der Wanne war mit zahlreichen brennenden Teelichtern gesäumt. Über dem Ganzen schwebte ein betörender exotischer Duft.

Waldek machte ein dummes Gesicht, damit hatte er nicht gerechnet.

„Was gucken Sie so? Oder sehen Sie schon wieder etwas, was ich nicht sehe?"

„Allerdings", dachte Waldek. Neben ihrem Knie hatte sich nämlich der Schaum verflüchtigt und die kleine, klare Wasserstelle gab gerade den Blick frei auf das schräg darunter befindliche Körperteil. Edeltraut bemerkte dies und verteilte sofort den Badeschaum über der Stelle. Aber sie lachte.

„Prüde ist sie ja nicht gerade", dachte Waldek, aber er war trotzdem verlegen.

„Schön idyllisch, haben Sie es hier", meinte er, auf die Lichter zeigend. „Man könnte direkt neidisch werden."

„Wieso neidisch? Sie können doch zu mir in die Wanne kommen. Platz ist doch genug."

Das kam jetzt hammerhart.

„Ich? Jetzt? Zu Ihnen in die Wanne? Aber … aber, dann muss ich mich ja ausziehen."

Edeltraut schmunzelte.

„Das wäre zu empfehlen, oder gehen Sie bei sich zu Hause mit Kleidern in die Wanne? Vielleicht haben Sie ja auch einen speziellen Badeanzug für diese Zwecke, so einen gestreiften."

Edeltraut kicherte.

Waldek war jetzt völlig durcheinander.

„Nein, natürlich nicht, keinen gestreiften … und auch sonst keinen. Aber das ist ja auch etwas anderes. Also, ich bin jetzt doch überrascht."

„Das merke ich."

„Ich meine … ich will sagen, ich mag Sie ja sehr, das haben Sie vielleicht schon bemerkt, aber das mit der Badewanne haut mich schon um, schließlich sind wir ja auch noch per ‚Sie'."

„Na, das kann man doch ändern", und dabei tauchte sie nun das rechte Knie ein, streckte ihr Bein aus und hob es an. Dabei betrachtete sie die fünf, mit Schaumkrönchen verzierten, rot lackierten Fußnägel, die nun zum Vorschein kamen, und wieder bildete sich eine durchsichtige Stelle im Wasser, und wieder geriet Waldek durcheinander.

„Ändern? Darf ich jetzt ‚du' zu Ihnen sagen?"

„Ganz so einfach mache ich es Ihnen aber nicht. Wir müssen schließlich darauf anstoßen."

Sie sah, wie Waldek ratlos dastand, also fuhr sie fort: „Gehen Sie doch bitte in die Küche und holen aus dem Kühlschrank eine Flasche Sekt. Gläser stehen daneben."

Waldek befolgte, was ihm aufgetragen wurde und erschien dann wieder mit einer Flasche Champagner nebst Gläsern.

„Jetzt wird es ernst", dachte er.

„Stellen Sie es hier unten vor der Wanne ab, sonst kommen wir ja nicht ran."

Waldek machte, wie ihm geheißen wurde. Er schaute
sie noch einmal an. Sie blickte erwartungsvoll. Er zog
seine Jacke aus und sah sich hilflos um.
„Sie können Ihre Sachen dort über den Stuhl hängen",
sagte sie, schon etwas ungehalten.
Er tat, wie ihm geheißen wurde. Danach fingerte er
auffällig langsam an den Knöpfen seines Hemdes
herum.
„Waldemar!" Edeltraut wurde energisch, „wenn Sie so
weitermachen, wird das Badewasser so warm sein wie
der Sekt!"
Waldek drückte nun etwas aufs Gas. Er öffnete seinen
Gürtel, die Knöpfe und den Reißverschluss der Hose …
da klingelte es.
„Oh nein!", rief Frau Doktor.
Waldek machte seine Hose wieder zu.
„Soll ich öffnen?"
„Ach, machen Sie doch, was Sie wollen!"
Waldek ging zur Tür und öffnete.
Zwei Männer standen sich nun gegenüber und
betrachteten sich wie Außerirdische. Waldek hinterließ
mit seinem offenen, über der Hose hängenden Hemd,
auch nicht gerade einen seriösen Eindruck.
„Sie wünschen?", sprach er den Besucher an.
„Ich habe jetzt hier eigentlich meine Frau erwartet",
kam zur Antwort.
„Dann haben Sie sich sicher in der Tür geirrt, denn
Ihre Frau ist nicht hier."
„Gestern wohnte sie hier aber noch."
„Wer sind Sie überhaupt?"
„Ich heiße Schmidt und wer sind Sie?"
„Scheffzik."
Unterdessen war Edeltraut, mit einem Bademantel
bekleidet, hinter Waldek aufgetaucht.

„Lassen Sie ihn eintreten, er ist mein Exmann." Sie führte beide ins Wohnzimmer, stellte eine angebrochene Flasche Rotwein und zwei Gläser auf den Tisch und sagte, auf den Besucher zeigend: „Ich werde euch mal bekannt machen: Mein Exmann Siegfried und das ist Waldemar. Trinkt schon einmal, ich ziehe mich unterdessen an."

Edeltraut verschwand in ihrem Boudoir.

„Na, dann machen wir das", sagte Siegfried", und goss den Wein ein. „Prost! Sie sind also Trautes neuer Freund."

„Ich wünschte, es wäre so."

„Ihr Wunsch? Aber Sie wissen doch, wen die Götter hassen, dessen Wünsche erfüllen sie."

„Klingt ja nicht gerade ermutigend. Sie haben offensichtlich Ihre Erfahrungen gemacht. Wollen Sie mir vielleicht ein paar Ratschläge mit auf den Weg geben?"

(Wie zum Beispiel: „Nehmen Sie sich lieber eine junge Doofe!")

„Ich werde mich schön hüten, hier in der Höhle des Löwen."

Das war auch besser so, denn Edeltraut erschien wieder.

„Nun, habt Ihr euch schon angefreundet?"

Als keiner der Männer so recht den Mund aufmachen wollte, holte sie sich ein drittes Glas, setze sich zu ihnen und goss sich ebenfalls ein.

Exmann Siegfried betrachtete den Ring, der nun an ihrer Hand funkelte.

„Hast du einen besonderen Grund, dass du hier so unangemeldet hereinschneist? Konntest du nicht vorher anrufen?", lautete die wenig charmante Frage an Siegfried, der seinen Blick gar nicht vom Ring abwenden konnte.

„Es tut mir ja leid, dass ich eure Zweisamkeit gestört habe, aber ich war gerade in der Nähe und habe auch nur ein dienstliches Anliegen."

„Ach ja? Ein dienstliches?"

„Wir sind mehr oder weniger durch Amtshilfe der Kollegen vom LKA 1 auf ein Heroindepot gestoßen, das offensichtlich mit einem alten Bekannten in Zusammenhang steht. Erinnerst du dich noch an einen Czybulsky, der für diese Filut gearbeitet hat, oder besser, gearbeitet haben soll?"

„Ja, natürlich."

„Der ist doch damals mit einem Typen aneinandergeraten, der Azrael Sejmotam hieß und der dann freigesprochen wurde. Du weißt noch?"

„Ja, und?"

Edeltrauts Gesichtsausdruck wurde ernster.

„Ich habe doch schon damals vermutet, dass die Staatsanwaltschaft sich auf den Falschen einschießt, schließlich hatte ich Czybulsky auch befragt und er machte auf mich überhaupt nicht den Eindruck eines Verbrechers. Erinnerst du dich noch? Er wollte dir doch mit Blumen einen Heiratsantrag machen?"

„Ja doch, ich weiß", antwortete Edeltraut genervt, „die Blumen habe ich sogar bekommen, worauf willst du hinaus?"

Waldemar hörte sich alles mit großem Interesse an.

„Ich wollte schließlich nur zum Ausdruck bringen, dass es *deine* Abteilung war, die den Ausschlag für seine Verurteilung gab."

„Da bist du extra zu mir gekommen, um mir das zu sagen? Also, wenn du jetzt nur auf mir herumhacken willst …"

„Nein, natürlich nicht, ich will auf etwas ganz anderes hinaus. Mit großer Wahrscheinlichkeit gehört das Heroin diesem Sejmotam, alias Anatol."

„Ach ja? Und woher habt Ihr diese Erkenntnis"

„Weil ein Zeuge ihn dort direkt gesehen hat.'"

„Soso, ein Zeuge."

„Na ja, Zeuge ist vielleicht zu unpräzise. Wörnitz, also der vom LKA 1, also der Mordkommission …"

„Ja, ich weiß, was das LKA 1 ist." Traute wurde jetzt richtig ungehalten.

„Nun, Wörnitz – der ist übrigens gerade zum Hauptkommissar befördert worden …"

„Sag einmal, willst du mich auf die Palme bringen?" Edeltraut explodierte jetzt.

„Ich freue mich auf meinen verdienten Feierabend und möchte den Rest des Tages genießen, und dann kreuzt du hier auf, holst mich aus der Wanne und laberst mir die Ohren voll. Du weißt doch, dass mir mein Bad heilig ist."

„Entschuldige bitte, Madam, ich bin ja gleich wieder weg. Also, Wörnitz hat mir unter der Hand gesteckt, dass er diesen Zeugen für einen Ermittler hält. Ihm ist nur noch nicht ganz klar, für wen der arbeitet, aber er hat die Bundespolizei im Verdacht. Der Typ wollte natürlich damit nicht rausrücken, aber er hätte erstaunlich viele Informationen und alles weist nun darauf hin, dass er jetzt deine Behörde unter die Lupe nimmt."

Traute nahm jetzt die Flasche und schenkte noch einmal ein.

Schmidt fuhr fort:

„Wörnitz ist der Meinung, dass er sich nun den Berger vorknöpfen wird."

„Ist ja interessant.“

„Deshalb bin ich hier, aber du musst ja gleich wieder mit mir rumzicken.“

„Ich zicke überhaupt nicht rum.“

„Hattest du mal was mit dem Berger?“

„Bist du von allen guten Geistern verlassen, wie kommst du darauf?“

„Ich dachte nur, weil Ihr doch per „du“ seid und er dich Mausi nennt.“

„Das ist doch Unsinn! Er hat es mal gemacht, aber ich habe mir das sofort verbeten.“

„Ist ja auch egal, jedenfalls wollte ich dich schon einmal vorwarnen und hoffe, dass ich deinen Gast damit nicht allzu sehr gelangweilt habe.“ Dabei warf er Waldemar einen Blick zu.“

„Ganz im Gegenteil“, antwortete der. „Ich fand das sehr interessant.“

Jetzt war doch eine leichte Betroffenheit in Schmidts Gesicht zu erkennen. Seine eigene Redseligkeit gab ihm zu Denken.

„Dann werde ich euch zwei Turteltäubchen mal wieder allein lassen.“ Dabei erhob er sich und ließ sich von Traute an die Tür bringen.

„Gehen wir diesen Monat noch einmal in die Oper?“, fragte er, schon halb draußen stehend.

„Ich denke, das Abo ist abgelaufen.“

„Wir könnten doch trotzdem gehen.“

„Nein, lass mal gut sein. Ich war auch gerade, das genügt erst einmal.“ Dabei schaute sie vielversprechend zu Waldemar hinüber.

„Ah, ich verstehe. Dann, tschüs!“

„Tschüs, Siegfried und danke für deine Warnung.“ Sie schloss die Tür. Als sie wieder ins Wohnzimmer gehen wollte, stand Waldemar schon an der Tür.

„Wollen Sie schon gehen?"

„Ich fürchte, das Badewasser ist nicht mehr warm genug."

„Dafür aber der Sekt", sagte sie lachend. Setzen Sie sich doch wieder, ich schau mal nach, was noch im Kühlschrank ist."

„Das ist das einzig Kalte, das ich gefunden habe", sagte sie beim Wiederkommen und hatte eine vereiste Flasche Żubrówka und zwei Schnapsgläser dabei.

Waldemar lachte laut.

„Ja oszaleję – ich werd' verrückt! Wo haben Sie *die* denn aufgegabelt?"

„Gut, was? Die ist schon ein Jahr im Kühlschrank. Wollte ich mal als originelles Gastgeschenk mitnehmen, habe sie dann aber vergessen."

„Dann kann ich mir denken, wer die kriegen sollte", dachte er.

Sie stellte die Flasche und die Gläser auf den Tisch.

„Meine Hand ist eiskalt, fühlen Sie mal!" Dabei legte sie ihre Hand an seine Wange.

„Schrecklich kalt", sagte er, nahm die Hand, und küsste sie ein Dutzend Mal.

„Ist sie nun wärmer?"

„Ein bisschen. Wollen wir nun das Versäumte nachholen?"

„Sie meinen das Brüderschafttrinken oder das Baden?"

„Waldemar! Ersteres natürlich, zum Baden dürfte das Wasser wohl inzwischen zu kalt sein. Wollen Sie das Eingießen übernehmen?"

Waldemar übernahm.

Sie tranken und sie küssten sich.

„Jetzt darfst du ‚Traute' zu mir sagen."

„Und du zu mir ‚Waldi'."

„So heißen doch aber Hunde."

„Ist doch egal, solange du mich nicht an die Leine nimmst und mir einen Maulkorb verpasst. Einen noch!"

Waldi goss ein. Beide kippten das Zeug in einem Zug hinunter.

„Und was ist mit Küssen?", fragte Waldi enttäuscht.

„Hatten wir doch schon."

„Ja, vorhin! Und was ist jetzt?"

Traute stand auf, ebenso Waldi. Jetzt küssten sie sich schon etwas leidenschaftlicher als beim ersten Mal. Danach füllte er die Gläser.

„Wollen Sie mich betrunken machen?", fragte Traute, schon etwas gelöst.

„Wer hat denn die Flasche angeschleppt? Und außerdem haben die beiden scheinbar nicht gereicht, du hast nämlich eben ‚Sie' zu mir gesagt."

„Oh!", sagte Traute und kippte den dritten weg.

„Wieder küssen?"

„Naturalnie! Wieder und wieder und wieder."

Als Waldi nach dem Küssen wieder einschenkte, meinte Edeltraut, dass sie von dem Zeug schon einen Schwips bekäme.

„Ich glaube, ich kann davon nichts mehr trinken. Wir sollten den Sekt wieder kalt stellen."

Sie stand auf und wankte ein wenig, aber Waldek nahm sie an den Arm und führte sie ins Bad.

„Der Schaum ist weg", sagte er enttäuscht und hielt seine Hand ins Wasser. Auch sie hielt ihre Hand hinein. Beide fanden, dass das Wasser doch gar nicht so kalt war, wie befürchtet.

Als Waldek am nächsten Morgen erwachte, fühlte er leichte Kopfschmerzen.

Ein lieber Gruß von Doktor Żubrówka!

Er wollte aufstehen, aber eine Hand hielt ihn fest.

„Wo willst du hin?", vernahm er eine wohlklingende Stimme hinter sich. Er drehte sich um und schaute in ein verschlafenes, verliebt lächelndes Gesicht.

„Mich anziehen."

„Ist dir kalt?"

Waldek sah an sich hinunter, er hatte nichts an, aber kalt war ihm nicht. Im Gegenteil, ihm war eher warm. Sogar sehr warm.

Edeltraut war anscheinend auch warm. Offensichtlich auch sehr warm, denn sie warf die Bettdecke von sich und spitzte ihren Mund. Er küsste sie.

„Du stinkst nach Schnaps!", bekam er zu hören. Viele Grüße von Doktor Żubrówka!

„Das tut mir leid. Du hast doch aber auch getrunken. Wie kommt es, dass du gut riechst?"

„Ich war heute Nacht dreimal draußen, um mir die Zähne zu putzen. Das ist ja ein tödliches Gesöff."

„Dann mache ich das auch. Darf ich deine Zahnbürste benutzen? Ich kaufe dir auch eine neue."

„Darfst du – aber nicht jetzt."

Waldek ließ sich das nicht zweimal sagen.

„Wollen wir zusammen frühstücken?", fragte er sie später.

„Gute Idee. Ich koche Kaffee und du holst uns Gebäck von unten. Weißt du wo?"

Waldek wusste.

„Soll ich auch Eier mitbringen?"

Waldek grinste. „Die wir dann kalt werden lassen", hätte er am liebsten angefügt.

„Habe ich im Hause. Wie willst du sie?"

„So wie Wotan."

„Wotan?"

„Genau, Wotan.“

„*Der* Wotan aus dem Ring?“

„Exakt!“

„Wann hat der Eier gegessen?“

„Im Rheingold.“

„Nie im Leben! Ich kenne die Oper in- und auswendig.“

„Aber hallo! Wenn er die Erda fragt, ob sie wüsste, welche Eier er am liebsten mag, was antwortet sie dann?“

Während Edeltraut überlegte, schaute sie Waldek ungläubig an, bevor der Groschen fiel:

„Weiche, Wotan! Weiche! Is mir schlecht! Woher hast du den Kalauer?“

„Ist eine Anekdote, die man sich in Sängerkreisen erzählt.“

„Du bist doch aber kein Sänger, oder?“

„Ich nicht, aber meine Exfrau.“

„Ist sie hübsch?“

„Sicher, aber nicht so schön wie du.“

„Singt sie noch?“

„Keine Ahnung. Sie lebt in Amerika.“

„Warum seid Ihr geschieden?“

„Was du alles wissen willst!“

„Du kennst doch jetzt auch meinen Exmann.“

„Wir haben uns nicht mehr verstanden. Sie ist eine richtige Diva und ihre Allüren sind mir auf den Sack gegangen. Also, koch du Eier, ich geh' Brötchen holen.“

„Nimm die Schlüssel mit!“

Als Waldek später mit seinen Einkäufen zurückkehrte, kam ihm schon im Flur der Kaffeeduft und Edeltrauts Stimme entgegen:

„Hast du auch an Milch gedacht?“

„Davon war doch gar nicht die Rede, aber ja, habe ich

und an Zahnbürsten."
Waldek schaute vorsichtig ins Schlafzimmer hinein
und raschelte mit seiner Brötchentüte. Edeltraut saß
aufrecht im Bett, bis zum Hals mit der Decke
bekleidet, und streckte erwartungsvoll ihre mit dem
Ring geschmückte Hand aus. Das Frühstückstablett
hatte sie auf ihrem Schoß.
„Was hast du Feines mitgebracht?"
„Croissants, Brezeln und Rosinenbrötchen." Dabei
stellte er die Milch und die Zahnbürsten auf das
Tablett und hielt ihr die Tüte unter die Nase.
„Die duften ja noch. Ich nehme ein Croissant", und auf
die Zahnbürsten zeigend: „Was haben die für Borsten?"
„Welche wolltest du denn haben?"
„Weiche, Wotan! Weiche!" Edeltraut lachte.
„Dann muss ich noch einmal losgehen, die
umzutauschen. Die sind leider hart."
„Hart geht auch", sagte sie, griff nach dem Gebäck und
betrachtete dabei ihren Ring. „Der Text geht aber
leider noch weiter."
„Der Text?"
Während Waldek Milch und Kaffee eingoss, biss
Traute ein Stück ab und sprach mit vollem Munde:
„Der Text aus dem Rheingold.

Weiche, Wotan! Weiche!
Flieh' des Ringes Fluch!"

Dabei krümelte sie ihr Bett voll.
(„Ist ja diesmal dein eigenes", dachte sich Waldek.)
„Hoffentlich ist das kein böses Omen", sagte Traute.
„Hoffentlich!" Waldek dachte an den armen Juwelier.
Während sie schließlich gemütlich ihr Bettfrühstück
einnahmen, sagte Edeltraut spontan:

160

„Die ganze Zeit hatte ich doch das Gefühl, dass hier etwas fehlt."

„Der Sekt!", riefen beide wie aus einem Munde.

„Ich geh' schon", meinte Waldek, ging in die Küche und öffnete die Flasche. Als er stolz mit zwei gefüllten Gläsern wiederkam, stand das Tablett auf der Erde und Edeltrauts Zudecke lag zusammengeschoben am Fußende.

„Her mit dem Schampus!", sagte sie mit einem verführerischen Lächeln.

Und die Eier wurden wieder kalt.

6. Kapitel

Edith hatte gerade ihr Lokal abgeschlossen, als es laut
klopfte. Sie ging noch einmal zur Tür.

„Komm schnell rein!", sagte sie zu Milan. „Hier muss
dich keiner sehen, wir gehen nach hinten."

„Was ist los? Erwartest du den Kuckuckskleber?"

„Nein, aber die Polizei. Platzki hat dich angezeigt."

„Mich? Warum das denn? Hat der Matsch in der Birne?
Woher weißt du das?"

„Von den Polizisten, die hier waren. Wir sind nämlich
ganz gut ... ich meine, wir kennen uns ganz gut."

„Und weswegen? Soweit ich mich erinnern kann, hatte
der ja nicht einmal etwas eingezahlt, also hatte er doch
auch keinen Schaden davongetragen."

„Das hat der Polizist ihm auch gesagt, aber Platzki
war früher bei der Stasi, der kann scheinbar nicht
anders."

„Dieser Halunke, wenn ich den in die Finger kriege! –
Sag, Schnuckelchen, tust du mir einen Gefallen?"

„Alles, was du willst."

„Alles? Das ist gut, aber da komm ich später drauf
zurück. Jetzt geht es erst einmal um die Obligationen.
Es hat nämlich so eine Art Börsenkrach gegeben, das
heißt, die Aktien sind ins Bodenlose gefallen. Weil aber
der liebe Milan so eine gute Nase hat, konnten gerade
noch rechtzeitig alle Einsätze gerettet werden. Es wäre
nun deine Aufgabe, anhand der Liste, die Leute
auszuzahlen. Als Lohn für deine Bemühungen darfst
du den Gewinn, den ich dir schon voreilig gegeben
habe, behalten. Außerdem steigen deine Umsätze in
der Kneipe. Was sagst du dazu?"

„Klar doch. Die werden sich aber freuen. Viele von
denen haben nämlich schon täglich nach dir gefragt

und einige haben ihre Einsätze auch schon abgeschrieben."

„Hier ist also die Liste und hier in der Tüte ist das Geld, und wenn du alles fein erledigt hast, bekommst du noch eine Prämie extra."

Er küsste sie und ging zur Tür.

„Bleibst du nicht über Nacht hier?", fragte sie enttäuscht.

„Kann ich nicht. Leider, leider! Ich habe noch dringend etwas Geschäftliches zu erledigen."

Edith guckte jetzt sehr enttäuscht.

„Na, komm, meine Süße", sagte Milan. „Zehn Minuten können wir uns noch gönnen."

*

Als Milan wieder in seinem Wagen saß, griff er nach seinem Handy.

„Mirko? Hier ist Milan. Hast du was herausbekommen?"

„Teils, teils. Also, der Penner wollte doch tatsächlich wieder bei uns mitmischen. Aus alter Freundschaft und so 'nem Gequatsche."

„Freundschaft hat er gesagt? Hast du dich da auch nicht verhört? Ich denke nur daran, was er mit Mustafa angestellt hat. Wenn du den zum Freund hast, dann brauchst du keine Feinde mehr."

„Jedenfalls habe ich ihm gesagt, dass zurzeit nichts geht, weil Spieler und Schiedsrichter gerade besonders beäugt werden."

„Hast du gut gemacht. Wir hätten mit dem doch nur Schwierigkeiten. Der kann doch den Kanal nicht voll kriegen. Hat er sonst noch was gesagt?"

„Dass er eine Bleibe sucht, weil die Bullen ihm seine

Wohnung versiegelt haben."

„Warum pennt er nicht bei seinen Nutten?"

„Habe ich ihm auch gesagt, aber er meinte, das ginge dort nicht."

„Scheiße! Da hätte ich ihn mir schnappen können. Mehr hast du nicht?"

„Warte doch ab, jetzt kommt's. Ich habe mal Valery nach Weißensee geschickt, um nachzusehen, ob Anatols Bude wirklich versiegelt ist, und er hat zufälligerweise gesehen, dass zwei Männer dort ein Bett und 'nen Fernseher hochgeschleppt haben. Da das Büro aber tatsächlich noch versiegelt ist, müssten die das noch höher, also auf den Dachboden getragen haben."

„Na, das ist doch eine Ansage! Jetzt kaufe ich mir das Schwein."

„Soll ich nicht lieber mitkommen? Der ist heimtückisch."

„Nee, lass mal. Ich mach' mit dem kurzen Prozess."

Milan fuhr zur Liebermannstraße, stellte seinen Wagen in einer Nebenstraße ab, nahm die Pistole aus dem Kofferraum und begab sich zum Fabrikgelände. Ohne große Umschweife betrat er das Gebäude der EYLÜL Consulting, ging in das oberste Stockwerk und drückte die Klinke der ersten Tür hinunter. Die Tür war verschlossen. Er versuchte es an der gegenüberliegenden Tür. Sie ließ sich öffnen. Sogleich empfing ihn ein kalter Wind. Er stand im Freien. Hinter der Tür befand sich kein Lagerraum, sondern eine Laderampe, an der nach unten führende Eisenträger befestigt waren, wohl die Rudimente eines früher einmal vorhandenen Lastenaufzuges. Milan ging an den Rand und schaute sich um. Bis nach unten waren es etwa 10 Meter, für einen eventuellen Rückweg also keine Option, aber es bot sich ihm ein guter Rundumblick auf das Fabrikgelände und einen Teil der Straße. Er beschloss, hier auf Anatol zu warten. Draußen war es schon dunkel und es war kalt und zugig. Milan fing an zu frieren. Er wartete nun schon über eine Stunde, als ein dunkler Audi Q8 direkt auf das Gebäude zufuhr.

„Das ist das Schwein", murmelte Milan. „Jetzt gibt es langen Hafer!"

Er hielt seine Waffe in der Hand, entsicherte sie und wartete hinter der nur angelehnten Tür. Jetzt hörte er Schritte. Die Schritte wurden lauter. Dann verstummten sie mit einem Mal. Nach einer kurzen Pause waren die Schritte wieder zu hören, aber diesmal ging es nach unten.

„So eine Scheiße!", ging ihm durch den Kopf. Vorsichtig schaute er vom Rand der Rampe nach unten. Anatol kam aus dem Haus, ging an seinen Wagen und setzte sich hinein. Aber er fuhr nicht fort. Nach einer kurzen Weile stieg er doch aus, warf die Tür zu, ohne abzuschließen, und betrat wieder das Gebäude.

„Auf ein Neues", freute sich Milan, drückte die gerade angesteckte Zigarette aus und verfolgte wieder die aufsteigenden Schritte.

Oben angekommen, wollte Anatol bei sich aufschließen. Milan riss die Tür auf und hielt dem erschrockenen Ankömmling seine Pistole entgegen.

„Überraschung!" Milan grinste.

„Milan! Was soll der Unsinn? Nimm die Waffe runter!"

„Geht nicht. Wie soll ich dich dann erschießen?"

„Red keinen Scheiß! Warum solltest du mich erschießen?" Dabei machte er einen Schritt auf Milan zu.

„Wenn du noch einen Zentimeter näher kommst, drücke ich ab."

„Sachte, sachte! Ist ja gut. Können wir nicht reden wie vernünftige Menschen?"

„Nein! Ich sehe hier nämlich keinen vernünftigen Menschen außer mir, und dir zuliebe halte ich keine Selbstgespräche."

„Was willst du dann? Willst du Geld? Ich kann dir sofort Hunderttausend geben."

„Ist ja lächerlich, nur hunderttausend? Ich habe an einem Wochenende schon fünfhunderttausend verdient."

„Dann eine Million, ich gebe dir eine Million."

(„Du Arsch willst mich ja nur hinhalten", dachte Milan, „du hast dort im Leben keine Million in deiner Bude, andererseits würde der Hall eines Schusses hier im Flur womöglich bis nach draußen dringen und Leute aufscheuchen.")

„Dann zeig doch mal die Kohle!"

Anatol schloss auf und öffnete die Tür. Milan ging mit vorgehaltener Pistole hinterher. Jetzt standen sie in einem Raum, der einem Ersatzteillager glich.

„Willst du nicht die Tür zumachen?", fragte Anatol.

Milan bemerkte ein Blitzen in dessen Augen, drehte sich um und vernahm nur noch das Blitzen des Feuerscheines, der vor seinen Augen aufleuchtete.

Milan sank zusammen.

„Das hat ja ewig gedauert! Wo warst du denn so lange? Der Typ war gerade dabei, mich abzuknallen."

„Entschuldige, Anatol, aber ich hatte einen Knoten im Schnürsenkel, ich musste doch meine Schuhe ausziehen, damit er mich auf der Treppe nicht hört."

„Deshalb stinkt das hier auf einmal so", sagte Anatol.

„Was machen wir nun mit ihm, wollen wir ihn vom

Balkon runterschmeißen?"

„Und dann? Damit die Bullen ihn hier bei uns finden? Haben wir hier nicht schon genug Ärger? Wir schaffen den weg."

„Aber wohin? Wieder in den Landwehrkanal?"

„Gefällt mir auch nicht – nicht zweimal dasselbe! Wir schaffen den in den Grunewald."

„Aber wie kriegen wir den dahin? Der wiegt mindestens drei Zentner, den bekommen wir ja nicht einmal die Treppe runter."

„Pass auf! Du fährst jetzt los und holst deinen Pickup und parkst den unterm Balkon. Dann schmeißen wir den da auf die Ladefläche. So hinterlassen wir keine Spuren."

„Aber ich habe auf dem Laster schon alles voller Gemüse für morgen."

„Dann fällt er halt ein bisschen weicher. Wo ist das Problem? Und jetzt mach dich vom Acker, ich passe hier solange auf, dass den keiner wegnimmt."

Während Mustafa den Pickup holte, kümmerte sich Anatol um den Toten, das heißt, er durchsuchte dessen Taschen. Neben Zigaretten und Feuerzeug, förderte er ein Portemonnaie und seinen Pass zutage. Der Name Radenković amüsierte ihn.

„Dann können die Bullen, wenn sie dich finden, sich ja an dir die Zähne ausbeißen", brummte er, nahm Portemonnaie und Feuerzeug an sich und steckte den Pass zurück. Er suchte noch weiter, fand aber nichts mehr, auch keinen Autoschlüssel. Da er aber auch kein Handy bei sich hatte, vermutete Anatol, dass Milan es im Auto gelassen hätte. Der fehlende Autoschlüssel bereitete ihm Kopfzerbrechen. Vielleicht wartete unten noch jemand auf ihn? Da Mustafa bis zu seiner Rückkehr ohnehin noch eine Weile brauchen würde, beschloss er das nachzuprüfen.

Unten auf dem Fabrikgelände befand sich kein fremdes Fahrzeug. Er suchte die Straße ab. In keinem der parkenden Wagen, befand sich eine Person. Das beruhigte ihn, außerdem kam auch gerade Mustafa mit dem Pickup um die Ecke gefahren. Er dirigierte ihn direkt unter die oben befindliche Laderampe.

„Was hat denn jetzt wieder so lange gedauert?", wollte Anatol wissen, während beide wieder die Treppe hinaufgingen.

„Ich habe noch 'n paar Schippen und 'ne Hacke besorgt."

„Schippen und Hacke? Hast du 'ne Macke? Glaubst du, ich beerdige dieses Schwein auch noch? Womöglich noch mit einem Kruzifix? Den schmeißen wir irgendwo hin."

„Weggenommen hat den leider keiner", sagte Mustafa und betrachtete missmutig den Toten.

„Pack mal mit an!"

Unter großen Mühen zogen sie den leblosen Körper vom Lagerraum bis an die Rampenkante.

„Mann, ist der schwer", schnaufte Anatol. „Der muss mehr wiegen als drei Zentner", und beugte sich über Milan. Dabei stach ihm dessen Armbanduhr ins Auge, die er daraufhin vom Arm löste.

„Wäre doch schade um die schöne Automatik", meinte er lakonisch, an einem Toten läuft die ja nicht lange."

„Pah", entgegnete Mustafa, „ist ja nicht einmal 'ne Rolex!"

„Du Blödmann hast doch keine Ahnung, so eine suche ich schon lange", meckerte Anatol, steckte sie in seine eigene Tasche und machte nun Anstalten, den leblosen Körper über die Kante zu stoßen.

„Halt, warte mal!", sagte Mustafa.

„Was ist?"

„Wenn wir den hier runterwerfen, dann fällt er genau in meine Erdbeeren."

„Scheiß auf deine Erdbeeren."

„Du hast gut reden, die sind jetzt teuer. Wenn wir den noch ein Stück nach hinten ziehen, fällt er auf Kartoffeln und Radieschen. Dort ist es nicht so schlimm."

„Von mir aus! Dann kann er sich die Radieschen noch ein letztes Mal von oben ansehen. Hau – ruck!"

„Hau – ruck!"

Stückchenweise wurde der schwere Körper nach hinten gezerrt.

„Pass auf!", rief Anatol. „Da ist eine Blutlache, dass du darauf nicht ..."

Er stockte. Mustafa trat genau dort hinein, rutschte aus und fiel auf die Kante der Rampe und von dort mit einem Aufschrei nach unten, wo er mit einem dumpfen Aufprall in seinen Erdbeeren landete.

„Ausrutscht", beendete Anatol seine Warnung und schaute nach unten.

„Mustafa!", rief er. „Alles in Ordnung? – Mustafa! Hast du dir wehgetan? – Mustafa, sag doch was!"

Mustafa sagte nichts mehr.

„Mustafa!", rief Anatol.

Da traf ihn ein Lichtschein im Gesicht. Ein Wachmann, der planmäßig nach der schräg gegenüberliegenden Kfz-Werkstatt schauen wollte, war durch den Lärm auf Anatol und den Kleinlaster aufmerksam geworden und leuchtete nun mit seiner Taschenlampe.

„Verdammte Scheiße!", zischte Anatol, sprang auf und rannte die Treppe hinunter. Unten wurde er sogleich von einem Lichtkegel empfangen. Er zog seine Waffe und schoss auf den Wachmann. Er traf zwar nur ein vor der Werkstatt stehendes Auto, dessen Scheibe sofort zersprang, aber der Wachmann nahm lieber Reißaus. Anatol schoss ihm noch dreimal hinterher, jedoch ohne zu treffen. Der Wachmann rannte um sein Leben. Anatol wollte mit dem Laster flüchten, der war aber verschlossen und zum Suchen der Schlüssel war die Zeit vielleicht zu knapp, also rannte auch er, wenn auch nicht um sein Leben, aber mit Sicherheit um seine Freiheit. Freiheit in einer von einer demokratischen Grundordnung geprägten Gesellschaft.

Da der Wachmann bereits Alarm gegeben hatte, erschien auch schon die Polizei. Zuerst eine Zivilstreife und dann zwei Funkwagen. Nun konnte auch der Wachmann sich wieder zeigen und verwies die Polizisten auf die obere Etage mit der Plattform. In welche Richtung Anatol getürmt war, hatte er leider nicht mitbekommen.

Zwei Polizisten kümmerten sich um das Opfer auf dem Pickup, die anderen beiden liefen nach oben und betrachteten dort das Unheil.

„Au, Backe, der sieht tot aus", sagte der eine. Der andere, der sich über Milan beugte, schrie erregt: „Du, der lebt noch, hier muss ein Arzt her. Der Erste sprach in sein Funkgerät:

„Angeschossene Person. Wir brauchen dringend einen NAW. Der verblutet uns!"

„Hol Verbandszeug – schnell!", rief der Zweite dem nun dritten erschienenen Polizisten zu, der verblutet uns."

Kurz darauf erschien der Notarztwagen. Der Sanitäter begab sich zum Laster.

„Dem kann keiner mehr helfen", sagte der Polizist, zeigte auf den in den Erdbeeren liegenden Mustafa,

aus dessen Hals eine Spitzhacke herausragte und schickte die Rettungskräfte nach oben. Milan wurde notdürftig versorgt und abtransportiert.
Da nun immer mehr Polizei auftauchte, stieg auch die Zahl der Zuschauer, die an dem Spektakel teilnehmen wollten.
So etwas Interessantes gab es hier lange nicht.

„Der mutmaßliche Mörder von Weißensee ist weiterhin flüchtig", so die Nachrichten am nächsten Morgen.

*

Waldemar begab sich ins Sekretariat der Deutschen Schule.
„Mein Name ist Scheffzik, ich komme aus Deutschland und würde gerne den Schulleiter sprechen", sagte er zu der Dame, die ihn empfing.
„Der Herr Generaldirektor ist nebenan in seinem Büro", bekam er zur Antwort und wurde zur Tür geführt, welche sie öffnete.
„Herr Kalauer, Besuch für Sie!"
Ein freundlicher, relativ junger Mann trat ihm entgegen.
„Mein Name ist Kalauer wie der Witz, was kann ich für Sie tun?"
„Ich heiße Waldemar Scheffzik, komme aus Deutschland und bin hier auf der Suche nach einer Frau Gisela Brauer, die hier arbeiten soll."
„Nun, ich vermute einmal, dass Sie Frau Álvarez meinen."
„Álvarez? Wieso Álvarez, Herr …"
„Kalauer, wie der Witz. Wollen Sie mal einen hören?"
„Bitte!"

„Da kommt ein Mann zum Arzt und sagt: ‚Herr Doktor, ich werde ständig übergangen.‘ Darauf der Doktor: ‚Der Nächste, bitte!‘, gut gell?“

„Ja. Ich kenne auch einen: ‚Da kommt 'ne Frau beim Arzt ...‘“

„Und weiter?“

„Weiter weiß ich nicht.“

„Schade!“

„Ich hätte da noch einen anderen aus meiner Heimat. Also, Antek und Franzek wollen verreisen. Antek geht also am Bahnhof zum Fahrkartenschalter und sagt: ‚Bitteschön, hätte ich gerne Fahrkarte auf Kattowitz.‘ ‚Nun‘, sagt der Mann am Schalter, ‚ich kann Ihnen eine Fahrkarte nach Kattowitz verkaufen.‘ ‚Auch gut‘, sprach Antek, ‚laufe ich eben das kleine Stück zurück!“

„Ha!“

„Na, einer geht noch. Treffen sich zwei Gedankenleser auf der Straße und der eine begrüßt den anderen mit den Worten: ‚Ihnen geht es gut, und wie geht es mir?‘“

„Hahaha, der ist gut! Hahaha, wie geht es mir? Hahaha ...“

Der Generaldirektor schüttete sich nun förmlich aus vor Lachen, als sich die Tür öffnete und die Sekretärin erschien:

„Ach, Herr Kalauer, es tut mir ja leid, dass ich diese fröhliche Runde stören muss, aber Ihre Frau hat angerufen, und Sie möchten auf dem Heimweg noch neue Orangen mitbringen. Der Kleine hat alle in die Toilette geworfen.“

„Ja, das macht der. – Der Schlingel!“

„Ach, und den Hauswirt sollen Sie auch noch informieren, damit er jemanden schickt, wegen der Rohrverstopfung, die Küche steht wohl schon unter Wasser.“

„Eijeijeijeijei! – Dieser Gauner. Ja, so isser!"

„Ach, noch etwas", sagte die Sekretärin beim Rausgehen, „Vielleicht können Sie noch einen Tierarzt bestellen!"

„Einen Tierarzt?"

„Ja, wegen des Hundes."

„Wegen Pippi?"

„Ja, der Mops."

„Was ist denn mit Pippi?"

„Der liegt krank in Ihrem Bett, aber Ihre Frau kümmert sich um ihn. Er hat wohl zu viel von dem Abwasser in der Küche getrunken. Ihre Frau sagte, der arme Hund müsse andauernd brechen."

„Eijeijeijeijeijeijeijeijeijeijeijeijeijei!"

Als die Sekretärin wieder verschwunden war, wiederholte Waldek seine Frage:

„Sie sagten ‚Álvarez'?"

„Ja, sagte ich. Wir haben hier keine Frau Brauer. Ich weiß aber, dass Gitta mit Geburtsnamen so heißt."

„Gitta?"

„Ja, Gisela, sie arbeitet als Lehrerin hier und ihre Kollegen sagen alle ‚Gitta' zu ihr. Was wollen Sie denn von Frau Álvarez, wenn ich mal fragen darf?"

„Das Ganze ist eine komplizierte Angelegenheit, aber kurzum, ich möchte Frau Álvarez dazu bewegen, in einem Mordprozess auszusagen. Aber was noch wichtiger ist, ich möchte Sie sehr dringlich bitten, Herr Generaldirektor, falls nach mir sich noch jemand nach Frau Brauer, also Álvarez, erkundigt, die Auskunft zu verweigern oder sogar die Polizei einzuschalten, ansonsten könnte sie in eine lebensbedrohliche Lage geraten."

„Eijeijei!" Der Generaldirektor der deutschen Schule sah auf seine Uhr. „Der Unterricht ist gleich vorüber.

Ich bringe Sie am besten zu Gittas Klasse, weil ich mich jetzt noch um andere Dinge kümmern muss."
Als sie vor dem Klassenzimmer standen, hörte man schon die Kleinen ein deutsches Kinderlied singen. Der Generaldirektor klopfte artig an die Tür und trat ein. Der liebliche Gesang des Liedes vom Kuckuck und dem Esel wurde jäh beendet. Alle Schüler sprangen auf und es ertönte im Chor:
„Guten Morgen, Herr Kalauer!"
„Guten Morgen, Kinder! Gitta, hier ist Besuch für dich aus Deutschland", und zu Waldek gewandt: „Sie können dort hinten Platz nehmen. Der Unterricht ist gleich zu Ende." Der Direktor entschwand, um sich um andere Dinge zu kümmern und Kuckuck und Esel konnten ihre Streitigkeiten wieder aufnehmen.
Fünf Minuten später befanden sich Waldek und Gisela allein in der Klasse.
Gisela stand vorn und wirkte verunsichert, sogar unglücklich. Waldek ging auf Sie zu.
„Guten Tag, Frau Álvarez. Mein Name ist Waldemar Scheffzik und ich bin der Cousin von Andrzej Czybulsky, den Sie ja noch kennen müssten, wenn Sie vormals Brauer hießen."
„Klar, kenne ich Andi noch, wie geht es ihm denn?"
„Er ist tot."
„Nein!"
„Leider doch, er hat sich erschossen."
Gisela musste schlucken.
„Aber deswegen habe ich nicht die weite Reise hierher unternommen, das heißt, natürlich besteht da ein Zusammenhang. Wo können wir uns unterhalten?"
„Gehen wir am besten in die Cafeteria. Ich habe jetzt eine Freistunde und die Kinder sind im Unterricht. Ich lade Sie ein, heute gibt es Hühnchen. – Gucken Sie

nicht so, ist alles biologisch."

„Logisch!"

Als sie später beim Essen waren, kam Waldek zu seinem Anliegen:

„Wie kommt es, dass Sie sich bisher nicht bei Ihrer Schwester gemeldet haben?"

„Wollte ich ja die ganze Zeit machen, aber ..."

Sie zögerte.

„Aber?"

„Wissen Sie, ich war doch in Brasilien, in Rio, und da habe ich Hugo kennengelernt. Er war dort auf Montage und es war auch sofort eine unsterbliche Liebe."

„Sie sagten ‚war', nun nicht mehr?"

„Mein Mann ist tot. Zwei Monate nach unserer Hochzeit ist er bei einer Explosion ums Leben gekommen."

Gisela fing an, zu weinen.

„Das tut mir wahnsinnig leid."

Als Gisela sich wieder gefasst hatte, setzte sie fort:

„Zuerst war ich damals so glücklich und habe mich nicht getraut, es meiner Schwester mitzuteilen, die ja gerade von ihrem Mann verlassen wurde, na, und nach Hugos Tod wollte ich sie nicht auch noch zusätzlich mit meinem Leid belasten, zumal mir Hugo, als er noch lebte, auch noch geraten hatte, aus Sicherheitsgründen in Deutschland nicht mehr in Erscheinung zu treten. Er war der Meinung, da ich jetzt Álvarez heiße, würde mich hier niemand finden."

Ein Kollege ging an ihrem Tisch vorbei.

„Hola, Gitta, schmeckt's?"

„Geht so."

„Das schmeckt doch lecker", sagte Waldek.

„Na, nicht gerade, wie bei Luigi, aber geht so."

„Jedenfalls habe *ich* Sie ja schließlich auch gefunden, wenn es auch nicht ganz leicht war. Zum Glück für mich hatten Sie die Postkarte an Ihre Schwester ja erst in Mexiko aufgegeben. Und Ihre Schwester ausfindig zu machen, war auch nur durch Herrn Gallas Hilfe möglich."

„Heinzi?"

„Ja, Karl-Heinz Galla."

„Der Liebe. Ihm hatte ich mein neues, wenn auch nur kurzes Glück zu verdanken, er hatte für mich nämlich gesammelt, damit ich mir die Reise hierher überhaupt leisten konnte."

„Sind Sie denn nun versorgt?"

„Ja, mir geht es finanziell gut. Hugo hat mir neben dem Haus einiges hinterlassen und von meinem Job hier kann ich leben. Außerdem sind die Kinder hier so reizend."

„Das ist gut, aber Sie können sich hier nicht in absoluter Sicherheit wiegen. Der Gangster, der Ihnen das damals angetan hat, läuft frei herum, und Sie sind so etwas wie eine tickende Zeitbombe für ihn. Wenn Sie nämlich vor Gericht Ihre Aussage machen, dann ist der fällig."

„Aber ich habe doch bei der Polizei schon ausgesagt, wieso ist der dann frei?"

„Weil Sie der Polizei nur erzählt haben, dass Sie, als Sie zum Fenster hinaus um Hilfe gerufen haben, von hinten einen Stoß bekamen, der dann zum Sturz führte. Vor Gericht hat dieser Sejmotam alles auf den anderen, diesen Junkie, geschoben, und der war ja tot. Das hätten Sie mit Ihrer Aussage widerlegen können, aber Sie sind ja nicht erschienen. Und das war wirklich ein Fehler! Sie können ihn aber korrigieren, wenn Sie diesmal aussagen."

„Woher kann ich dann aber heute so genau wissen, wer es war?"

„Weil Sie damals so kurz nach dem Sturz traumatisiert waren, aber nun ist Ihre Erinnerung wiedergekehrt, verstehen Sie?"

„Irgendwie schon. Aber wenn es nun doch der andere war?"

„Völlig ausgeschlossen! Da kann ich Sie beruhigen. Der Typ wog zum Schluss keine 40 kg und war zum damaligen Zeitpunkt schon mehr tot als lebendig, außerdem hätte der in seinen zerstochenen Armen gar nicht genügend Kraft gehabt, um Ihnen das anzutun. Nein, der wurde nur als Galionsfigur vorgeschickt. Vielleicht fällt Ihnen ja noch irgend ein kleines Detail ein, an das Sie sich vorher nicht erinnern konnten, etwas, das mit Sicherheit auf Sejmotam als Täter schließen lässt. Damit würden wir dieses Subjekt hinter Gitter bringen."

„Und wenn ich einfach hierbleibe?"

„Dann, ja, dann müssten Sie wohl oder übel mit seinem Aufkreuzen hier rechnen, was ich Ihnen natürlich nicht wünsche, aber ..."

„Aber was?"

„Nun, die mexikanische Polizei ist nicht so zimperlich wie die deutsche. Wenn er Ihnen wieder etwas antut, und sie schnappt ihn daraufhin, dann kann er für den Rest seines Lebens in einem mexikanischen Gefängnis schmoren."

„Nur, dass ich ihn dann nicht einmal besuchen kann, weil ich dann tot bin. Oh, Gott, was soll ich denn nur tun?"

„Ich schlage einmal folgendes vor: Sie machen Ihre Aussage hier in Mexiko an Eides statt bei der deutschen Botschaft. Diese geht dann beglaubigt auf

diplomatischem Weg nach Deutschland. Bis zum
Prozess lassen Sie alles, wie es ist und arbeiten hier
weiter wie bisher. Ich denke, zurzeit sind Sie außer
Gefahr, denn sobald Ihre Aussage auf dem Gericht
eingegangen ist, zieht dieser Verbrecher aus Ihrem
Tod keinen Nutzen mehr, es sei denn, Sie widerrufen
Ihre Aussage. Und bis zur Verhandlung wird der ja
wohl in Untersuchungshaft sitzen."
„Geht das überhaupt, ein neuer Prozess? Ich denke,
der ist freigesprochen!"
„Nicht ganz. Sein Verfahren wurde eingestellt, was
aber jederzeit wieder geändert werden kann, sobald
sich die Beweislage ändert oder neue Zeugen
auftauchen und das könnte nun der Fall sein."
„Verstehe, aber ich muss eine Nacht darüber schlafen."
„Sicher!"
„Warum hat sich Andi denn umgebracht? War er
psychisch krank?"
„Schon möglich. Jeder, der sich umbringt, ist irgendwie
psychisch krank oder er kann es in dieser Welt nicht
mehr aushalten."
„Aber er war immer so fröhlich und so gut gelaunt. Ich
kann das alles gar nicht glauben!"
„Er hatte fürchterlichen Liebeskummer, weil er sich
von der Frau seines Lebens verraten fühlte. Obendrein
verlor er seinen Job, galt dann wegen eines
Dummejungenstreiches als vorbestraft und musste
auch noch mit ansehen, wie dieses Schwein Anatol den
Gerichtssaal als freier Mensch verließ. Das war alles
zu viel für ihn. Ich frage Sie: Da soll man nicht krank
werden?"
„Der Ärmste!"
„Deshalb war ich in Berlin und in Bielefeld und nun
hier. Mein Verlangen steht nach Aufklärung und

Abrechnung! Denn dieser Anatol oder Sejmotam ist noch nicht die Spitze des Eisberges. Der Typ hat Verbindungen nach oben und diese Kerle möchte ich packen. Ohne die, hätten Sie hier nichts zu befürchten. Aber diese Strolche in relativ hohen Positionen kommen an alle Informationen heran, die sie benötigen und dann sind Sie gefährdet."

„Ich habe Angst."

„Natürlich! Solange dieser Anatol frei herumlaufen kann, ist Ihre Angst berechtigt; aber wenn es Sie tröstet, er hat auch Angst vor Ihnen. Sie müssen sich gegenseitig fürchten. Um es ganz deutlich zu sagen: Für Sie beide ist nicht genug Platz auf diesem Planeten. Einer muss gehen. Und falls Sie nun wieder nicht aussagen wollen, dann wird nicht er es sein, der geht."

„Hören Sie auf damit!"

„Ich warne Sie doch nur vor der Gefahr, die Ihnen droht, falls Sie wieder nicht aussagen. Schließlich möchte ich auch, dass Sie am Leben bleiben. Sie haben doch wohl genug durchmachen müssen. Aber ich bitte Sie um etwas Unterstützung."

„Verzeihung, aber ich muss hier noch zum Duschen rüber gehen, bei mir zu Hause gibt es mal wieder kein Wasser."

„Dann will ich Sie nicht aufhalten. Wir sehen uns morgen."

Waldemar rief im Sekretariat die Deutsche Botschaft an, ließ sich für den nächsten Tag einen Termin geben und fuhr dann zurück in sein Hotel.

*

179

Hauptkommissar Wörnitz saß grübelnd an seinem Schreibtisch und blätterte in den Akten.

„Herein!"

„Guten Tag, Herr Hauptkommissar. Meinen Glückwunsch zur Beförderung."

„Ah, der Herr Galla! Wir haben uns ja lange nicht gesehen, aber Sie kommen mir wie gerufen."

„Dann ist ja die Freude beiderseits. Betrifft uns dasselbe Thema? Ich sage nur Weißensee."

„Ganz genau, Weißensee. Dann komme ich mal gleich zur Sache. Kennen Sie zufällig einen Herrn Scheffzik?"

„Waldemar? Na klar – Sie offensichtlich auch."

„Woher kennen Sie den?"

„Er hat sich bei mir als Andrzejs Cousin vorgestellt, weil ich doch dessen Freund war und er sein Erbe antreten sollte."

„Und glauben Sie das?"

„Warum nicht? Ich habe keinen Grund, daran zu zweifeln. Ist mit dem irgend etwas nicht in Ordnung?"

„Doch, doch, sicher alles in Ordnung, aber ich werde aus dem nicht so ganz schlau. Der verfügt über zu viele Informationen für einen normalen Sterblichen."

„So etwas Obskures umgibt ihn schon, trotzdem kann ich ihn gut leiden. Wir wollten doch aber über Weißensee reden. Wissen Sie schon etwas über den Täter?"

„Anhand der mir vorliegenden Fakten und Zeugenaussagen kann ich nur mutmaßen. Deshalb bleibt auch alles, worüber ich jetzt mit Ihnen spekuliere, erst einmal unter uns. Wenn ich mich nicht auf Sie verlassen könnte, würde ich es Ihnen nicht erzählen."

„Geht klar."

„Der Tote auf dem Kleinlaster mit der Spitzhacke im

Hals ist Mustafa Üstgül – exakt derselbe Mustafa, der schon einmal für tot gehalten werden wollte. Nun ist sein Wunsch endlich in Erfüllung gegangen."

„Mustafa, der Gemüsehändler?"

„Genau der."

„Das war doch der beste Freund von diesem Anatol."

Wörnitz schaute Kalle nur belustigt an.

„Und der andere? Wie geht es dem eigentlich?"

„Schwebt immer noch in Lebensgefahr. Ist scheinbar ein unbeschriebenes Blatt, jedenfalls liegt mir über den nichts vor, ist ein Serbe und heißt Radenković oder so ähnlich."

„Radenković? Na, das ist ja komisch."

„Was ist daran komisch?"

Kalle sang: „Bin i Radi, bin i König. – Sie müssen doch Radenković kennen!"

„Nein, wer soll denn das sein?"

„Also, Herr Inspektor!'"

„Hauptkommissar, bitte!"

„Also, Herr Hauptkommissar! Der Mann ist eine lebende Legende. Bestes Torwart von Welt! Hat sogar ein Lied gesungen:

‚Ball kommt wie der Blitz, dass i manchmal schwitz', doch ich fang' sie alle mit Humor und Witz.' Kennen Sie das wirklich nicht?"

„Nein, vielleicht liegt das daran, dass ich als Kind immer ins Bett musste, wenn die Schlager der Woche kamen."

„Wie heißt der denn mit Vornamen?"

„Milan."

„Hätt' ich mir denken können."

„Wieso?"

„Milan Stojanović ist auch ein alter Bekannter und Stojanović war ebenfalls jugoslawischer

Nationaltorwart. Also, bei mir klingelt da was."

„Wenn Sie Recht haben ... das würde einiges erklären, aber eben nicht alles."

„Liegt gegen den eigentlich etwas vor? Ich meine, wegen der Liste, Sie erinnern sich doch noch?"

„Die Liste habe ich nicht vergessen, und nein, soweit ich weiß, liegt nichts gegen ihn vor. Sein eigener Name erschien auf der Liste ja nicht. Und die Sache mit dem Container, also die Waffen und das Rauschgift, konnte ihm ebenfalls nicht angelastet werden, denn a) hatte er nach den Frachtpapieren nur Computerzubehör bestellt und b) den Container nie in seinen Besitz gebracht oder versucht, in Besitz zu bringen. Damit ist er fein raus."

„Falls er überlebt."

„Falls! Sobald ich aus dem Krankenhaus grünes Licht erhalte, werde ich mich um ihn kümmern. Nehmen wir jetzt einmal an, beide Torhüter sind ein und dieselbe Person, dann ist Stojanović also von Mustafa angeschossen worden, das hat die Spurensicherung ergeben. Das Projektil passte zur Waffe, die man bei Mustafa gefunden hat. Er war es auch nicht, der Mustafa von der Plattform gestoßen hat, denn auf ihn wurde im Lager nebenan geschossen und sein Körper dann zur Rampe hinübergezogen."

„Vielleicht ist er kurz zu sich gekommen und hat Mustafa geschubst."

„Möglich aber unwahrscheinlich, ich tippe da eher auf den Dritten, den Flüchtigen.'"

„Und bei dem tappen Sie im Dunkeln!"

„Nicht ganz, denn das ganze Szenario spielte sich vor bzw. in den Räumen der Firma Eylül ab. Die gehörte zwar dem toten Mustafa, ein Zeuge hatte aber vor kurzem dort diesen Anatol herauskommen sehen. Und wissen Sie, wer dieser Zeuge ist?"

„Nun?"

„Waldemar Scheffzik."

„Donnerkeil! Jetzt verstehe ich Ihre Frage von vorhin. Was hatte der dort zu suchen?"

„Er hat sich in den Kopf gesetzt, Anatol zur Strecke zu bringen. Wie er aber an diese Adresse gelangt ist, weiß ich nicht. Jedenfalls hat er wirklich vor, nach Mexiko zu fliegen, um die Frau Brauer ausfindig zu machen. Er hat schon bei der Botschaft recherchiert."

„Au, Scheiße! Das habe ich total vergessen. Ich sollte ihm doch dabei behilflich sein."

„Ich denke, das ist jetzt überflüssig. Wie ich ihn einschätze, ist er schon dort."

„Wie kann er sie dort finden? Mexiko ist groß."

„Schwein gehörte natürlich auch dazu. Vom Auswärtigen Amt hat er gesteckt bekommen, dass Frau Brauer an der Deutschen Schule in Mexiko Stadt arbeitet. Die Auskünfte des Beamten vom Außenministerium liegen mir vor."

„Donnerkeil! Der Junge hat ja was drauf!"

„Aber zurück zu Anatol. Wenn er der dritte Mann ist oder war, welchen Grund sollte er gehabt haben, seinen liebsten Kumpel in den Tod zu stürzen? Das ergibt für mich keinen Sinn."

„Da pflichte ich Ihnen bei."

„Und genau das bereitet mir Kopfzerbrechen. Vielleicht liegt die Lösung ja im Auto."

„Auto?"

„Ja, in Mustafas Taschen befanden sich nicht nur die Autoschlüssel für den Kleinlaster, sondern auch noch welche, die zu einem SUV Marke Audi Q8, der bis jetzt noch nicht auffindbar ist, gehören müssen. Den Besitzer konnten wir aber anhand des Schlüssels auch noch nicht ermitteln."

„Anatols Schlüssel?"

„Das vermute ich ganz stark. Des Weiteren vermute ich, dass Anatol mit Milans Wagen abgehauen ist. Wir konnten nämlich bei ihm weder ein Handy noch einen Autoschlüssel finden. Also keinen Autoschlüssel lasse ich ja noch durchgehen, aber kein Handy? Also bitte! Wer läuft denn heute noch ohne Handy herum? Ich vermute ganz stark, dass er es in seinem Wagen gelassen hatte, mit dem dann dieser Anatol getürmt ist."

„Da haben Sie Recht. Wer läuft heute noch ohne Handy rum?"

„Und nicht nur das. Wer läuft ohne Schuhe herum?"

„Ohne Schuhe? Wer läuft denn ohne Schuhe?" Dabei schaute Karl-Heinz an seinen Hosenbeinen hinunter. Seine Schuhe waren noch an Ort und Stelle.

„Na, der Gemüsehändler. Der hatte keine Schuhe an. Warum wohl?"

„Sicher nicht mit Rücksicht auf die Erdbeeren", meinte Kalle. „Vielleicht wollte der Gemüsehändler ja seinen Fußpilz kühl halten oder ..."

„Oder?"

„Oder sich einfach nur die Treppe hochschleichen, um dann Radenković hinterrücks zu ermorden."

„Der Schuss kam aber von vorn."

„Mustafa und Radenković stehen sich also gegenüber. Mustafa zieht die Waffe und schießt auf ihn. Eigentlich hätte es umgekehrt sein müssen, wenn wir mit den beiden Torhütern Recht haben. Ich denke da an Vergeltung für den anderen Mustafa aus dem Landwehrkanal."

„Der Serbe hatte aber keine Waffe dabei. Jedenfalls hat man bei ihm keine gefunden."

„Hat sich eben auch Anatol geschnappt, so wie die Autoschlüssel und das Handy. Gibt es einen Zeugen, der Milans Wagen gesehen hat oder wenigstens die Automarke erkannt hat?"

„Nein, absolut keine Spur."

„Vielleicht existiert ja kein Wagen."

„Schon möglich."

„Dann ist es jetzt wahrscheinlich zu spät, um in Mustafas Umgebung, irgendwo muss er ja schließlich seinen Gemüsehandel betreiben, nach dem SUV zu suchen. Der ist sicher mit dem Zweitschlüssel schon über alle Berge."

„Davon gehe ich aus, aber wir suchen trotzdem."

„Nun wissen wir aber immer noch nicht, warum die drei sich gegenseitig umbringen wollten. Sind denn alle Spuren ausgewertet?"

„Zum Glück noch nicht, ich warte noch ..."

Die Tür öffnete sich, eine Dame erschien und legte Wörnitz eine Kladde auf den Tisch.

„Das ist eben für Sie gekommen, Herr Hauptkommissar."

„Danke, Frau Schröder."

Wörnitz überflog die Akte.

„Aus dem Labor", meinte er. „Na, das ist doch schon einmal etwas. Mustafas rote Socken haben ihre Farbe nicht nur von den Erdbeeren, wie oberflächlich angenommen wurde, sondern vom Blut des Serben. Vielleicht ist er darauf ausgerutscht und in den Tod gestürzt. Ist das nicht skurril? Dann hätte der tote oder fast tote Kerl seinem Mörder noch aus dem Jenseits eine verpasst. Dinge gibt's!"

„Was ich seltsam finde", sagte Kalle, „wozu braucht ein Gemüsehändler auf seinem Erdbeerlaster eine Spitzhacke und Schaufeln? Geht er damit zum Bauern aufs Feld, um Erdbeeren zu klauen? Im Winter? Hier in Berlin?"

„Ich würde ja sagen, die hatten vor, ihren Freund umzubringen und anschließend zu begraben und haben sich vorsorglich entsprechend gerüstet, und damit alles so unauffällig wie möglich ist, haben sie die Werkzeuge unter den Erdbeeren versteckt. Nur, was suchte dieser Radenković überhaupt in der Liebermannstraße?"

„Vielleicht wurde er in eine Falle gelockt, oder ..."

„Oder?"

„Oder er hatte die Adresse von Waldemar Scheffzik. Sagten Sie nicht, der war auch vor kurzem dort?"

„Mann, Mann, dieser Scheffzik wird langsam zum Phantom."

„Was darf ich denn nun von dem ganzen Zeug auswerten?"

„Lassen mich noch nachdenken. Es ist noch alles zu ungewiss. Falsches in der Öffentlichkeit zu verbreiten, könnte für unsere Aufklärungsarbeit schädlich sein. Hoffentlich erwacht dieser Milan wieder. Dann werden wir vielleicht schlauer sein. Ich melde mich bei Ihnen."

*

„Herr Galla, Besuch für Sie."

„Ach, wie schön! Wer denn?"

„Eine Frau Schmidt. Schmidt-Eisleben."

„Wie bitte?"

„Ja, Frau Dr. Schmidt-Eisleben! Können Sie herunterkommen?"

„Ich komme!"

Im Foyer des Zeitungsverlages ging Karl-Heinz Galla auf die Besucherin zu.

„Ich grüße Sie, Frau Doktor! Wie komme ich zu der zweifelhaften Ehre Ihres Besuches?"

Edeltraut blitzte ihn aufgrund der Begrüßung an.

„Herr Galla, entschuldigen Sie, dass ich Sie hier bei der Arbeit störe, aber ich sah keine andere Möglichkeit, mit Ihnen in Kontakt zu treten. Sie könnten mir helfen."

„Setzen wir uns doch. Warum sollte ich Ihnen behilflich sein?"

„Ich verstehe ja den Groll, den Sie auf mich haben, aber können Sie den nicht noch etwas aufbewahren?"

„Nun, was haben Sie für ein Anliegen?"

„Ich mache mir Sorgen um Waldemar Scheffzik."

„Ach!?"

„Ich glaube, ich muss Ihnen etwas erklären."

„Dann lassen Sie mal hören!"

„Ich kann ihn seit Samstag nicht mehr erreichen."

„Sie kennen sich also auch? Das ist ja interessant. Wie gut kennen Sie sich denn?"

„Ist das jetzt so wichtig?"

„Für mich schon."

„Wir sind gut befreundet."

„Aha, gut befreundet."

„Herr Galla, ich verstehe ja, dass Sie auf mich nicht gut zu sprechen sind, aber können Sie Ihren Sarkasmus nicht einmal unterdrücken?"

„Ich werde es versuchen."

„Waldemar und ich sind uns näher gekommen, man könnte auch sagen, dass wir ein Verhältnis haben, aber seit Samstag habe ich von ihm nichts mehr gehört. Deshalb habe ich am Montag einmal dort, wo er wohnte, nachgefragt ..."

„In Charlottenburg?"

„Ja, in seinem Hotel, und dort erhielt ich die Auskunft,

dass er schon am Dienstag ausgecheckt hatte. Aber, man hat mir auf meine Anfrage hin ein Buch übergeben, das er im Nachtkasten seines Zimmers vergessen hatte, mit der Bitte, es ihm nachzureichen, wenn ich ihn sehe."

„Die China-Maus!"

„Exakt! Zuerst habe ich darin aus Neugier geblättert. Dann habe ich es in einem Zug ausgelesen, die ganze Nacht hindurch."

„Deshalb sehen Sie so müde aus."

„Danke! Verstehen Sie nun, warum ich hier bin?"

„Und?"

„Erst war ich total verwirrt. Doch dann wurde mir klar, wenn Waldemar das alles gelesen hat, dann kennt er auch Sie. Deshalb bin ich hier. Was für ein Spiel wird hier gespielt?"

„Hier wird kein Spiel gespielt. Waldemar ist Andrzejs Cousin und soweit ich es beurteilen kann, hat er lautere Absichten. Das mit Ihnen, allerdings, ist auch mir neu."

„Sein Cousin? Das heißt, er hat mich die ganze Zeit nur benutzt?"

Kalle schaute auf ihre Hand.

„Das kann ich nicht glauben, denn, wie ich nämlich sehe, hat er Ihnen den Ring schon ausgehändigt."

Edeltraut zog ihre Hand zurück und versuchte, den Ring zu verbergen.

„Das wissen Sie also auch schon. Alle hier scheinen Bescheid zu wissen, nur ich nicht."

„So wird es wohl sein."

„Dann war der Ring also von Andrzej?"

„Den hatte er für Sie gekauft."

„Und woher wissen Sie das?"

„Weil ich ihm den Juwelier empfohlen hatte. Ich habe

ihn allerdings für verrückt erklärt, Ihnen ein so teures Geschenk zu machen. Der Ring hatte, glaube ich, zwanzig Riesen gekostet. – Aber wie ich sehe, steht er Ihnen gut."

Sie schaute Karl-Heinz nur ungläubig an. Ihre Augen wurden feucht, die ersten Tränen liefen die Wange hinunter. „Selbst wenn sie weint", dachte Kalle, „dann haben ihre Augen einen besonderen Reiz."

Sie nahm das Taschentuch, das Kalle ihr reichte, und sprach mit bewegter Stimme:

„Herr Galla, hat es noch einen Sinn, wenn ich Ihnen sage, wie leid mir das alles tut, was ich mir für Vorwürfe mache, und wie sehr ich mir wünschte, das Ganze ungeschehen machen zu können? Seien Sie jetzt nicht unbarmherzig zu mir."

„So unbarmherzig wie Sie zu Andrzej waren? Durch Ihre Hartherzigkeit habe ich meinen besten Freund verloren."

Frau Doktor Edeltraut Schmidt-Eisleben hielt sich die Hände vors Gesicht und war nun gänzlich aufgelöst.

„Warten Sie bitte hier einen kleinen Augenblick", sagte Kalle zu ihr, „ich bin gleich wieder zurück."

Wenig später erschien er mit zwei Kaffee. Frau Doktor erschien jetzt etwas gefasster.

„Danke", sagte sie, nahm einen Schluck und bemerkte: „Da ist ja was drin!"

„Das wird Ihnen guttun. Schlimmer kann es ja wohl nicht werden."

Edeltraut trank. Sie war der gleichen Meinung: Schlimmer konnte es nicht werden.

„Lieben Sie Waldemar?"

„Ich weiß nicht."

„Aber Sie machen sich Sorgen um ihn!"

„Ja. Ich fürchte, er kommt nicht wieder." Und dabei

tropften wieder ein paar Tränen in den veredelten Kaffee.

„Er wird wiederkommen. Er ist nur verreist."

„Nach Polen?"

„Nein, nach Mexiko."

„Mexiko?"

„Ja, nehme ich an."

„Was macht er denn in Mexiko? Und warum hat er mir davon nichts erzählt?"

„Vielleicht sollte es eine Überraschung werden."

„Überraschungen erlebe ich zurzeit genug. Wissen Sie denn, in welchem Hotel er dann wohnen wird, wenn er wiederkommt?"

„Wieso Hotel? Er hat doch eine Wohnung."

Im selben Augenblick wurde Kalle aber klar, dass sie ja davon nichts wissen konnte.

„Wenn er eine Wohnung hatte, warum wohnte er dann im Hotel?"

„Soweit ich weiß, wohnte er nur so lange im Hotel, bis er seine Wohnung beziehen konnte."

„Sie kennen die Adresse der Wohnung?"

„Ja, Sie auch."

„Ich? Ich habe nicht die leiseste Ahnung."

„Dann denken Sie einmal nach! Wo könnte das wohl sein?"

„Nein!"

„Doch! Genau dort!"

„Wozu brauchte er dann aber noch das Hotelzimmer?"

„Davon weiß ich auch nichts. Das müssen Sie ihn schon selbst fragen."

Edeltrauts Gesicht verfinsterte sich.

„Ich beginne, zu begreifen."

„Dann sind Sie mir ja schon einiges voraus, ich begreife zurzeit gar nichts."

„Wissen Sie, was Waldemar beruflich macht?"

„Sie sind sich näher gekommen und wissen nicht einmal, welchen Beruf er hat?"

„Ja, Herr Galla, so ist es. Er hatte ja nach meinem auch nicht gefragt. Er wollte so gut wie nichts über mich erfahren. Mir ist jetzt allerdings klar, warum. Er wusste schon alles.

Mein Gott! Er wusste schon alles über mich."

Edeltraut schnäuzte in ihr Taschentuch. In ihrem rot angelaufenen Gesicht vermischten sich Wut, Trauer und Enttäuschung."

Kalle sah sie an und schwieg.

„Sie wollten mir noch seinen Beruf verraten, allerdings glaube ich, das wir uns das schenken können."

„Glauben Sie?"

„Ich weiß es. Es passt jetzt alles zusammen."

„Was passt, bitteschön, alles zusammen?"

„Ich kann nicht mit Ihnen über Dinge spekulieren, die dann womöglich morgen in der Zeitung stehen, aber soviel verraten, dass Waldemar Scheffzik, wenn das überhaupt sein richtiger Name ist, für eine Behörde, wohl gar für den Verfassungsschutz arbeitet."

„Frau Doktor Schmidt-Eisleben, merken Sie überhaupt, wie verletzend Sie sein können? Sie treten an mich heran, um alles Mögliche zu erfahren, aber mir gegenüber sind Sie verschlossen, da ich es morgen in die Zeitung setzen könnte. Ich würde niemals ohne Ihre Zustimmung etwas von unserem Gespräch veröffentlichen. So gut müssten Sie mich doch einschätzen können."

„Es tut mir leid! Nehmen Sie meine Entschuldigung an?"

„Ja."

„Danke."

„Bitte."
Jetzt sah Edeltraut Kalle lächelnd an, der dann
fortfuhr:
„Mir hat Waldemar gesagt, dass er Bauingenieur sei,
als ich ihn fragte, ob er für einen Geheimdienst
arbeitet. Es ist doch bemerkenswert, dass wir beide
von ihm den gleichen Eindruck gewonnen haben, aber
er versicherte mir, dass es ihm nur um die Aufklärung
der Hintergründe, die schließlich zu Andrzejs Tod
führten, ginge. So, wie er sich ausdrückte, sah er in
Ihnen nicht den alleinigen Sündenbock, deshalb
vermute ich auch, dass er demnächst noch weitere
Leute, wahrscheinlich in Ihrer näheren Umgebung,
ableuchten wird."
„Das hat er bereits getan."
„Ach was!"
Edeltraut zögerte und schaute Kalle fragend an.
„Frau Doktor ..."
„Hören Sie auf mit ‚Frau Doktor'. Nennen Sie mich
einfach Edeltraut!"
„Gut, Edeltraut, dann sagen Sie Karl-Heinz zu mir.
Also, Edeltraut, entweder trauen Sie mir, oder Sie
schweigen jetzt besser."
Traute atmete tief durch.
„Nach einem Jahr der Stille fängt plötzlich ein Kollege
an, sich wieder für die Filut-Akte zu interessieren, wie
ich bisher glaubte, vollkommen grundlos. Und nicht
nur das, offensichtlich wird das ganze Kollegium von
ihm beobachtet und mein Name steht auf seiner Liste
an erster Stelle."
„Eine Liste?"
„Eine Aufzählung aller Mitarbeiter meiner
Dienststelle. Ich habe nun den Verdacht, dass er
Informationen für Waldemar bzw. seinen Dienstherrn

sammelt.“

„Das kann ich einfach nicht glauben. Das passt nicht zu ihm. Sehen Sie, er ist extra nach Mexiko geflogen, um Gisela zu finden, damit durch ihre Zeugenaussage diesem Anatol der Prozess gemacht wird. Warum sollte er also nun gerade *Sie* ausspionieren? Womöglich geht es um einen Ihrer Kollegen, der nicht ganz sauber ist, und das kann ich mir sehr wohl vorstellen. Drehen Sie den Spieß doch um und beäugen doch einmal diesen Herrn mit seiner Liste. Ich halte in dem Fall Waldemar für unschuldig.“

„Ich wünschte, es wäre so. Aber es ist schon bemerkenswert, dass alle diese Ereignisse hier mit dem Erscheinen Waldis zusammenfallen.“

„Das halte selbst ich nicht für einen Zufall. Wollen wir ihn nicht fragen, wenn er zurück ist?“

Edeltraut erhob sich.

„Das werde ich tun. Darauf können Sie sich verlassen, das werde ich. – Sie sagten, er sei in Mexiko. Ich habe doch aber gelesen, dass sich Gisela aus Brasilien gemeldet hatte, oder wurde das auch geändert, so wie die Namen in dem Buch?“

„Nein, das stimmt. Dass sich Gisela nun aber in Mexiko aufhält, hatte er vorige Woche erst in Bielefeld bei ihrer Schwester erfahren.“

„Dass er in Bielefeld war, hatte er mir sogar erzählt. Ich dachte, er flunkert nur. Die Schwester wusste also die ganze Zeit über Bescheid und hat das nicht dem Gericht gemeldet?“

„Nein, so ist das nicht. Die Schwester wusste gar nichts bzw. weiß womöglich immer noch nichts. Waldek hat das mit seinem Spürsinn herausbekommen, aber das führe jetzt zu weit.“

„Ich weiß nun nicht, was ich von all dem halten soll,

jedenfalls vielen Dank, Karl-Heinz, dass Sie mir Gehör geschenkt und Ihre Zeit geopfert haben. Vielleicht sehen wir uns ja noch einmal unter freundlicheren Bedingungen."

„Das bleibt abzuwarten. Adieu, Edeltraut."

*

Bergers Handy klingelte. Ein Unwohlsein überkam ihn. Er ahnte nichts Gutes. Er sah auf das Display: Seine Befürchtungen wurden bestätigt.

„Hast du die Adresse?"

„Welche Adresse?"

„Stell dich jetzt nicht dämlich an, sonst komm' ich bei dir vorbei. Wo wohnt die Schlampe?"

„Anatol, so hör doch mal ..."

„Du Penner, wirst mir jetzt zuhören! Durch dieses Miststück stecke ich in einem riesengroßen Schlamassel. Ich habe Ärger ohne Ende, und der reißt einfach nicht ab. Wenn du nicht augenblicklich die Adresse rausrückst, komme ich zu euch und erledige das vor Ort. Dann fange ich aber bei dir an."

„Ich weiß es noch nicht, irgendwo am Zoo, aber ... Anatol? ... Anatol?"

Mit hochrotem Kopf, Schweißperlen auf der Stirn und mit zittriger Hand holte er aus seinem Schreibtisch eine Flasche Magenbitter hervor und goss sich ein Glas ein. Just, als er zum Trinken ansetzte, öffnete sich die Tür. Das Anklopfen hatte er gar nicht vernommen.

„Ich wollte nur ..."

Frau Doktor Schmidt-Eisleben stockte, als sie sah, wie ihr Kollege Reinhardt Berger ein Glas zu Munde führte und dabei die Hälfte des Inhaltes über sein Hemd goss.

„Ist etwas passiert? Du machst keinen guten
Eindruck."

„Nein, alles in Butter. Nur mit meinem Magen stimmt
etwas nicht."

„Na dann! Ich wollte nur sagen, dass ich jetzt wieder
im Hause bin. Gute Besserung!"

Sie schloss die Tür.

„Mit dem stimmt überhaupt nichts", dachte sie. „Aber
das bekomme ich noch heraus."

Nachdenklich ging sie in ihr Büro.

7. Kapitel

„Ja bitte? Galla am Apparat."

„Wörnitz hier. Ich hätte da was für Sie und Ihre Zeitung."

„Prima, lassen Sie hören!"

„Der Audi Q8 ist aufgetaucht."

„Ach was! Hat der in einem See gelegen?"

„Das nicht, aber er hat ein ähnlich schweres Schicksal erlitten. Der Wagen ist nur noch Schrott. Ein 17-jähriger Türke hat ihn auf dem Ku'damm zuerst gegen eine Laterne und dann in ein Toilettenhäuschen gefahren."

„Da gehört er auch hin", meinte Kalle lachend.

„Na, na! Sie vergessen wohl, dass ich auch einen Audi habe bzw. meine Frau."

„Wollte ich gerade sagen. Ich habe doch noch nie bei Ihnen einen Audi gesehen."

„Fahren Sie immer noch Ihren alten Saab?"

„Was denken *Sie* denn? Der sucht sich schließlich vornehmere Parkplätze. Wie kommt denn der Bengel an den Wagen, hatte er den geklaut?"

„Hat er nach eigener Aussage am selben Morgen für 25.000 Euro in bar einem Herrn Sejmotam abgekauft."

„Um ihn dann kurz darauf zu zerschroten, ist das komisch! Da fragt man sich doch, woher hat so ein junger Kerl so viel Kohle, auch wenn der Kauf vielleicht ein Schnäppchen war."

„Was fragen Sie mich? Jedenfalls haben wir jetzt Klarheit, nicht beim Auto, aber was den dritten Mann aus Weißensee betrifft, allerdings ist er weiterhin flüchtig. Wir werden uns bei seiner Suche aber verstärkt auf die Beusselstraße konzentrieren, da war er nämlich zuletzt als Untermieter gemeldet und in der

Gegend wohnt auch dieser minderjährige
Klamottenkutscher. Sie können doch in Ihrer Zeitung
ein wenig Reklame machen. Ein Bild von ihm schicke
ich Ihnen rüber. Vielleicht bekommen wir ja ein paar
Hinweise."

„Werde ich sofort bearbeiten. Wie viel aus Weißensee
kann ich einbringen?"

„Ich würde einmal sagen, eigentlich nun alles, bis auf
Radenković – bei dem stellen wir uns noch dumm, das
könnte noch nützlich sein – und den Scheffzik lassen
Sie auch draußen, aber ansonsten: Grünes Licht!"

„Verstanden, aber bei dem Q8 gibt es noch
Ungereimtheiten?"

„So würde ich es ausdrücken. Zurzeit wird er noch
untersucht. Nach den Papieren und der
Fahrgestellnummer hatte der Wagen vor drei Monaten
einen Totalschaden erlitten."

„Dann wurde er also von unseren osteuropäischen
Künstlern wieder sorgfältig aufgebaut."

„Ein ausgebrannter Wagen, der sich zuvor mehrmals
überschlagen hatte?"

„O ha! Ja, das kriegt kein Künstler mehr hin, es
müsste schon ein osteuropäischer Zauberer gewesen
sein. Ein Zauberer braucht aber Kaninchen. Wie viele
Karnickel, ich meine Q8, sind denn in den letzten
Monaten verschwunden?"

„Wird gerade untersucht. Einer, der vor zwei Monaten
einem Dr. Soundso in seiner Tiefgarage abhanden
gekommen ist, könnte der Kandidat sein. Wir werden
ihn bitten, sich sein gutes Stück bzw. das, was davon
noch übrig ist, einmal genau anzusehen. Vielleicht
erkennt er ja anhand spezieller Details seinen Liebling
wieder. Ich werde Sie unterrichten."

„Haben Sie etwas von unserem polnischen Batman

gehört?"

„Nichts besonderes. Ich denke, der sucht gerade in
Mexiko diese Gisela und wie ich die Sache einschätze,
hat er sie bereits gefunden."

„In Mexiko! Ich werd' irre! Herr Wörnitz, danke für
Ihren Anruf, ich muss Schluss machen."

*

Mit nur einer einstündigen Verspätung kam Waldek
am Flughafen Tegel gegen 21.00 Uhr müde und
erschöpft an und bestieg, da er nur Handgepäck bei
sich hatte, sogleich nach dem Ausstieg aus dem
Flugzeug eine Taxe.

„Bitte zur Knobelsdorffstraße."

„Das isse Hohescheenehause?"

„Nein, Charlottenburg."

„Wo? Hier, Schalottebug? Gleich in Nähe?"

„Ja, ist nicht weit. Wenn Sie bald losfahren, kriegen
Sie das in zehn Minuten hin."

„Zehn Minute? Wieder aussteige! Nehme andere Taxi.
Ich nur fahre Neuköll, das ich kenne."

„Fahren Sie endlich los. Ich bin müde. Ich zeige Ihnen
den Weg."

„Ich nix fahre. Schalottebug gleich um Ecke. Du könne
laufe oder nehme andere Taxi."

„Sagten Sie eben laufen, oder habe ich mich da
verhört?"

„Ja, laufe! Ich hier gewarte eine Stunde und nun nix
fahre um Ecke."

„Jetzt hör mir einmal zu, du miese Kreatur! Wenn ich
nach Charlottenburg will, dann wirst du mich dorthin
fahren, und wenn einer von uns beiden jetzt hier
aussteigt und zu Fuß gehen wird, dann bist du das!

Hast du das gerafft? Wenn du mir jetzt nämlich
weiterhin auf den Sack gehst, dann sorge ich dafür,
dass du nie wieder in einem Taxi sitzt, nicht vorne und
auch nicht hinten, geht das in deinen Affenschädel
hinein oder muss ich noch deutlicher werden?"
Der Taxifahrer zeigte sich zwar beeindruckt, fuhr aber
immer noch nicht los, woraufhin Waldemar in seine
Tasche griff, ihm einen polnischen Ausweis unter die
Nase hielt und sagte:
„Kannst du das lesen oder hattest du damals gefehlt,
als Höhlenmalerei dran kam? – Zeig mir mal deinen
Taxischein!"

Zehn Minuten später war Waldek zu Hause. Er war
wirklich müde, müde und erschlagen. Im Flugzeug
hatte er kaum schlafen können. Im Hausflur wurde er
schon durch lautes Hundegebell aus der
Parterrewohnung, die offen stand, begrüßt. Eines der
niedlichen Tierchen sprang ihn laut kläffend an. Er
machte mit Händen und Füßen abwehrende
Bewegungen und rief:
„Hau von mir ab, du Dreckstöle!"
„Aber der Kleine hat Ihnen doch gar nichts getan",
sagte eine verlottert aussehende Frau, die nun in
Erscheinung trat.
„Nein, aber ich tu ihm gleich was, wenn er noch einmal
seine mistige Sabberschnauze an meiner Hose
abwischt."
„Sie Tierquäler! Ich zeige Sie beim Tierschutzverein
an. – Komm rein, mein Murzelchen!" Die Tür flog zu.
Er quälte sich die Treppen hoch. Nur noch zwei Etagen
bis zu seiner Wohnung.
„Überall nur noch Mistköter, nichtswürdige! Mistköter
und Taugenichtse!", schimpfte er leise, immer noch

wütend auf den Taxifahrer, als sich in der ersten Etage die Tür öffnete.

„Ach, Herr Scheffski, schön, dass ich Sie mal wieder sehe!"

„Guten Abend, Frau Neumann."

„Ich war doch eine Woche weg. Auf Reisen! Hat Frau Zepernick organisiert. Frau Zepernick von drüben! Übers Internet! So eine Art Butterfahrt, aber keine Sorge, eine Heizdecke musste ich nicht kaufen. Und die Glückskekse schmecken gar nicht so schlecht. Kriege ich jetzt jeden Monat vier XXL-Packungen und muss nicht mehr runter zum Vietkong, um welche zu kaufen. – Sie hatten Besuch."

„Ich Besuch? Frau Neumann, wir reden morgen miteinander, ja? Ich bin sehr, sehr müde."

„Da wollte eine Dame zu Ihnen."

„Eine Dame? Zu mir? Hat sie ihren Namen genannt?"

„Nein, aber ich kenne den."

„Das ist ja interessant! Wie heißt sie denn?"

„Das darf ich Ihnen nicht sagen."

„Wieso das? Hat Sie es Ihnen verboten?"

„Nein, sie nicht, aber der Herr Andreas."

„Jetzt ist die Alte vollkommen verrückt geworden", dachte Waldemar, „jetzt hört sie schon die Toten reden." Trotzdem fragte er nach:

„Mein Cousin Andrzej hat Ihnen verboten, mir zu sagen, wie die Dame heißt?"

„Nein, nicht so! Ihnen doch nicht! Er hat zu mir gesagt, ich dürfe den Namen nicht aussprechen, oder so ähnlich. Und er hatte auch Recht. Jedes Mal, wenn ich den Namen erwähnte, passierte etwas ganz Schreckliches."

„Was ist das hier für ein Geisterhaus!", murmelte Waldek und er wurde jetzt neugierig.

„Diesmal wird nichts passieren, versprochen. Nun sagen Sie schon!"

„Nein, ich trau mich nicht, außerdem bin ich abergläubisch."

„Frau Neumann, Aberglauben bringt Unglück. Wissen Sie das nicht?"

„Doch, schon."

„Na also! Dann können Sie jetzt Ihre Finger auf dem Rücken kreuzen und mir den Namen ins Ohr flüstern."

Frau Neumann ging ganz nahe an Waldek heran und flüsterte ganz leise:

„Schipetzka."

„Frau Neumann!!!", rief Waldek entsetzt aus. („Sie altes Ferkel!", hätte er am liebsten noch angefügt.)

„Sehen Sie? Ich hab's Ihnen ja gesagt."

„Frau Neumann, ‚Cipezka' sollten Sie nicht mehr sagen. Das ist polnisch und sehr, sehr uncharmant."

„Wollte ich ja auch nicht, aber Sie haben mich ja so bedrängt."

„Das tut mir leid, Frau Neumann."

„Hoffentlich passiert jetzt nicht wieder etwas Schlimmes."

„Hat denn die Dame nichts hinterlassen?"

„Nein, nur, dass sie zu Ihnen wollte."

„Na dann, gute Nacht, Frau Neumann."

„Da war auch noch ein Mann."

„Herrenbesuch hatte ich also auch noch?"

„Also ‚Herr' würde ich ihn nicht nennen. Er hatte ja keine Manieren."

Das war bestimmt Milan, dachte sich Waldek.

„So?"

„Als ich ihn fragte, wo er hin wolle, gab er mir zur Antwort: ‚Was geht dich das an, du neugierige, alte

Hexe!"'"

„Das war aber sehr unfein!"

„Besonders das mit dem ‚alt', das habe ich ihm sehr übel genommen. Bin ich vielleicht alt? Ich bin doch nicht alt. Gerade mal neunundsiebzig. Die Zepernick von drüben, die ist alt. Gestern hatte sie ihren Zweiundachtzigsten und mich noch nicht mal zum Kaffee und Kuchen eingeladen."

„Ja, die Menschen sind schlecht, Frau Neumann."

„Leider haben auch noch diese schlechten Menschen immer das meiste Geld."

„Wie kommen Sie darauf?"

„Der Mann trug eine sehr teure Armbanduhr. Das war eine Lange 1. Ich kenne mich da aus. Mein verstorbener Gatte war Uhrmacher."

(Milan, lautete Waldeks Schlussfolgerung.)

„Nehmen Sie es sich nicht so zu Herzen, gute Nacht!"

„Gute Nacht, Herr und schlafen Sie gut."

Waldemar schlief gut. Er schlief sogar sehr gut.

*

Am nächsten Vormittag fuhr Waldemar, nachdem er sich zuvor telefonisch über dessen Anwesenheit erkundigt hatte, direkt ins Kommissariat zu Wörnitz. Traute konnte er nicht erreichen, ihr Handy war abgeschaltet.

„Und? Was bringen Sie mir diesmal Schönes?", lautete die Begrüßung. „Keine Angst vor einer Verhaftung?"

„Nun wohl nicht mehr. Ich halte hier die Abschrift der eidesstattlichen Erklärung der Frau Gisela Álvarez, geborene Brauer, in meinen Händen, in der sie Azrael Sejmotam als den Mann identifiziert, der sie aus dem Fenster gestoßen hatte. Das Original wird Ihnen

demnächst auf dem Dienstweg zugestellt werden."
Dabei überreichte Waldek dem Kommissar ein
Schriftstück.
„Sie schaffen wohl alles, was Sie sich in den Kopf
setzen, was? Und wenn Sie bis an das Ende der Welt
reisen müssen!"
„War ja nur bis Mexiko."
„Na, dann! Sie sind also einfach bei der aufgekreuzt,
haben sie an die Hand genommen und zur Botschaft
geführt, damit sie ihre Aussage macht?"
„So in etwa."
„Wenn sie jetzt Álvarez heißt, was hat denn ihr Mann
dazu gesagt?"
„Der war natürlich dagegen, aber er konnte ja nichts
tun."
„Wieso nicht?"
„Weil er tot ist."
„Sagen Sie jetzt aber nicht, dass Sie ihn umgebracht
haben, um an Giselas Aussage heranzukommen!"
„Nein, es war ein Unfall."
„Ein Unfall?!"
Wörnitz griff nach unten und holte eine Flasche
Cognac hervor und goss sich ein.
„Den Film hast du schon einmal gesehen", dachte sich
Waldek. Jetzt wird er mich bestimmt fragen, ob ich
auch einen möchte.
„Was war das für ein Unfall? Ist er vor Ihren Augen
aus dem Fenster gefallen oder in den Popocatepetl
gestürzt?"
„Nein, er ist explodiert."
„Explodiert? Man explodiert doch nicht. Ich explodiere
vielleicht gleich. Möchten Sie auch einen?"
„Na, das hat ja gedauert – ein Spätzünder", knurrte
Waldek.

Der Kommissar goss Waldemar auch einen ein und sich selbst noch einmal nach.

„Ein Spätzünder?"

„Das weiß ich nicht. Die genauen Umstände kann ich Ihnen nicht sagen, nur, dass er bei einer Explosion ums Leben gekommen ist, hat mir jedenfalls Gisela erzählt, und deshalb ist sie nun Witwe."

„Wann ist er denn umgekommen? Hat sie Ihnen das auch erzählt?"

„Vor ein paar Monaten."

„Wie konnte er dann Einwände gegen ihre Aussage haben?"

„Hat mir Gisela erzählt."

„Na, lassen wir das."

Wörnitz brachte die Flasche und die Gläser wieder in Sicherheit.

„Haben Sie bald Feierabend", fragte Waldek.

„Wieso fragen Sie? Ich habe schon seit einer Stunde Dienstschluss."

(Den Alkohol wollte Waldek nun außen vor lassen.)

„Weil Sie noch hier sind."

„Erstens, musste ich ja schließlich auf Sie warten und zweitens, hoffe ich noch, dass das Krankenhaus sich meldet, der Arzt hat so eine Andeutung gemacht."

„Das tut mir leid, geht es um Ihre Frau?"

„Meine Frau? Wieso meine Frau? Meine Frau ist kerngesund, hoffe ich jedenfalls. Es geht um … ach ja, das wissen Sie womöglich noch gar nicht, es geht um diesen Radenković aus Weißensee."

„O Boże mój!" Waldek wurde blass. „Was ist mit dem?"

„Den kennen Sie also auch schon. Sie kennen wohl alle und jeden?"

„Schön wär's! Was ist denn nun mit Milan?"

„‚Milan'! Ist ja interessant! ‚Milan' wurde angeschossen

und liegt mehr tot als lebendig im Krankenhaus. Der hat jede Menge Blut verloren. Die Ärzte hatten ihn schon fast aufgegeben."

„Sie sagten Weißensee. Er ist also in Weißensee in eine Schießerei verwickelt worden?"

„Keine Schießerei, es war nur ein Schuss und der traf ihn in die Brust."

„Können Sie mir noch mehr verraten?"

„Sein Beinahe-Mörder, falls „Milan" durchkommt, ist aber richtig tot. Der ist aus zehn Metern Höhe auf seinen Erdbeerlaster gefallen und hat sich mit einer Spitzhacke aufgespießt."

„Ja oszaleję! Auf einen Erdbeerlaster? Etwa der Gemüsehändler Mustafa Üstgül?"

„Genau der. Mehr kann ich Ihnen aber nicht sagen."

„Aber unser Freund Anatol war vermutlich doch auch dort?"

„Vermutlich. Damit verrate ich Ihnen ja kein Geheimnis, aber eines dürfen *Sie* mir noch verraten: Woher kennen Sie Radenković und warum haben Sie ihm die Adresse in Weißensee gegeben? Damit er sich dort erschießen lässt?"

„Sie denken aber schlecht von mir. Warum sollte ich so böse sein? Nein, im Gegenteil, ich habe ihm sogar davon abgeraten, etwas Derartiges zu unternehmen und ihn ermahnt, diesen Strolch der Polizei zu überlassen, trotz der schlechten Erfahrungen vor einem Jahr. Schließlich möchte ich, dass die beiden Herren Richter auch noch ihr Fett abbekommen."

„Warum haben Sie ihm dann aber die Adresse gegeben?"

„Das habe ich nicht. Im Gegenteil, er gab mir sie."

„Und woher hatte er sie?"

„Die hat er irgendwie herausbekommen", beschönigte

Waldek Milans Befragungsmethoden.

„Und woher kennen Sie Radenković? Sie müssen doch zugeben, dass meine Frage nicht so ganz abwegig ist. Sie sind gerade einmal ein paar Tage in Deutschland, wissen über alles Bescheid und kennen bereits einen Kerl, dessen Namen ich zum ersten Mal gehört habe und nennen ihn bereits Milan."

„Er stand plötzlich vor meiner Haustür."

„Haustür?"

„Ja, Haustür. O Boże mój! Oh mein Gott!"

„Was haben Sie? Was ist mit Ihrer Haustür? Haben Sie vergessen, abzuschließen?"

„Meine Nachbarin hatte mir gestern erzählt, dass in meiner Abwesenheit ein Mann zu mir wollte, von dem ich glaubte, dass es sich um Milan handelte, wegen seiner Armbanduhr, die ist der Nachbarin, die sich damit auskennt, nämlich aufgefallen. Hat man bei Milan denn eine Armbanduhr gefunden?"

„Nein, außer seinem Pass und Zigaretten, hat man nichts bei ihm gefunden. Nicht einmal Feuer."

„Dann hat sie jetzt womöglich Anatol. Dann hat er sie verfolgt. Oh mein Gott!"

„Wen hat er verfolgt?"

„Edeltraut, ich meine Frau Doktor Schmidt-Eisleben. Die wollte nämlich auch zu mir, nach Aussage der Nachbarin."

„Soso! Edeltraut! Na, Geschmack haben Sie ja!"

„Wir müssen diesen Anatol so schnell wie möglich erwischen, bevor er ihr etwas antut. Der scheint zu allem fähig zu sein."

„Sind Sie sich denn bei der Uhr sicher? Ich meine, das war doch bestimmt kein Unikat?"

„Das nicht, aber eine Lange 1 finden Sie nicht an jeder Ecke, und dass Milan nun seine nicht mehr besitzt, ist doch kein Zufall."

„Was kostet denn so eine?"

„Unterschiedlich, aber Milans schätze ich auf mindestens 50.000."

Hauptkommissar Wörnitz riss die Augen auf.

„Alle Achtung! Ich glaube, ich habe den falschen Beruf. Selbst wenn ich noch einmal befördert werde, könnte ich mir so eine nicht leisten. Ich weiß nicht einmal, wie die aussieht. Egal! Jedenfalls werde ich die Sache anpacken. Diesen Mitschnitt der Unterredung mit dem Zollbeamten möchte ich mir gerne noch einmal vollständig anhören. Würden Sie mir den freundlicherweise geben?"

„Bekommen Sie. Hier, bitte!"

Waldek zog eine SD-Card aus seinem Portemonnaie und gab sie Wörnitz.

„Na, das nenne ich eine prompte Bedienung, danke sehr."

„Keine Ursache! Ich hab' noch mehr davon, wenn es Sie beruhigt."

„Dass Sie vorsichtig sind, habe ich mittlerweile begriffen."

„Vielleicht nicht vorsichtig genug! Könnte man nicht vor der Haustür der Frau Doktor einen Schutzpolizisten aufstellen, zur Sicherheit? Es besteht doch eine ernsthafte Gefahr."

„Das liegt nicht in meiner Macht. Der Objektschutz wird an anderer Stelle organisiert."

„Was heißt, an anderer Stelle? Kommen Sie! Zwei Querstraßen von ihrer Wohnung entfernt befindet sich ein jüdischer Delikatessenladen, da stehen Tag und Nacht gelangweilt ein bis zwei Polizisten davor und schaukeln sich die Eier. Da wollen Sie mir weismachen, das ginge nicht? In einem solch akuten

Fall, wenn vielleicht ein Menschenleben auf dem Spiel steht? Mir wird schon übel, wenn ich daran denke, wie viel Polizei aufgeboten wird, wenn irgend so ein Fatzke aus der Regierung von A nach B fährt, damit dem auch ja kein Haar gekrümmt wird."

„Das ist eben etwas anderes. Mit dem Thema rennen Sie bei mir offene Türen ein. Aber, was soll ich machen. Wir müssen sie eben anders beschützen."

„Eben anders, na toll! Eben anders! Doch vorher lassen Sie mich bitte noch schnell meine Steuern zahlen, ja? Ehe mich hier einer abmurkst."

„Sie klingen verbittert."

„Was heißt verbittert? Man braucht sich dann aber auch nicht zu wundern, wenn so einer wie Milan versucht, die Sache selbst in die Hand zu nehmen."

„Sie sehen doch, was er nun davon hat."

„Es hätte aber auch klappen können, dann hätten wir wenigstens mit diesem Schweinehund Anatol keinen Ärger mehr. Wo liegt Milan überhaupt?"

„Im Unfallkrankenhaus Berlin in Marzahn. Wollen Sie ihn besuchen?"

„Eventuell."

„Zurzeit lassen sie keinen an den ran."

„Der arme Kerl! Das wäre alles nicht passiert, wenn man diese Dreckskerle vor einem Jahr ordentlich weggesperrt hätte."

„Was erzählen Sie mir das! Ich habe sie schließlich verhaftet, was dann die Justiz anstellt, entzieht sich meiner Befugnis. Aber diese kleine Unterredung", dabei zeigte Wörnitz auf die Speicherkarte, „höre ich mir noch einmal genauer an."

„Tun Sie das, genau dazu ist sie da. So, Herr Hauptkommissar, ich mache mich jetzt wieder auf die Socken. Würden Sie mich anrufen, wenn Milan wieder ansprechbar ist?"

„Das werde ich tun. Doch noch eines, bevor Sie gehen:
Ist Ihnen bekannt, dass Radenković und Stojanović ein
und dieselbe Person sind?"

„Na sicher! Ihnen doch auch, oder?"

„Na sicher … na sicher', sagt er! Wie konnte ich auch
eine andere Antwort von Ihnen erwarten? Bis eben
war ich mir da überhaupt noch nicht sicher. Ich habe
nur auf den Busch geklopft, aber seit wann wissen Sie
es?"

„Seit ich ihn zum ersten Mal gesehen habe."

*

Waldemar hatte Sehnsucht nach Edeltraut, außerdem
machte er sich nun ernsthafte Sorgen um sie, aber ihr
Handy war immer noch aus, also müsste er sie in ihrer
Wohnung besuchen, aber dafür war es noch zu früh. Er
stieg in ein Taxi.

„Zur Liebermannstraße nach Weißensee!", lautete
seine knappe Ansage. Auf Taxifahrer war er nun nicht
gut zu sprechen.

„Ach, dit is aba schön", gab der Taxifahrer zur
Antwort.

„Was ist daran schön?"

„Da kann ick gleich zu mir nach Hause fahren, meine
Frau wird sich freuen. Ick wohne da nämlich um die
Ecke, in der Piesporter Straße, janz nahe beim
Friedhof, dann haben wir es später, wenn es mal so
weit ist, nicht so weit, sage ick immer zu meiner Frau."
Dabei lachte der Taxifahrer.

„Wenn Sie nicht bald losfahren, dann ist es vielleicht
wirklich bald so weit", antwortete der schlecht
gelaunte Fahrgast.

„Bin ja schon unterwejens. Sie sind wohl mit dit falsche Been uffjestanden? Hamse von dem Mord jehört?"

„Nein, erzählen Sie mal."

„Inne Liebermann hamse een vom Balkong jeschubst und der iss dann in seine Erdbeern jelandet und aus sein Hals hat ne Fleischjabel jekiekt oder sowat."

„Weiß man denn schon, wer der Täter ist?"

„Nee. Zeugen haben een davonrennen sehen, mehr hamse wohl nich. Den andern hat er wohl nich jeschafft."

„Geschafft?"

„Na vom Balkong zu schubsen. Der lag noch oben. War wohl zu schwer für den Mörder. Die Feuerwehr hat vier Mann jebraucht, um den runterzuschleppen. Den hamse erschossen. Jetz isser vielleicht ooch schon dot. Ick kiek mal morjen inne BZ rin."

Etwa eine halbe Stunde später waren sie am Ziel angelangt und fuhren gerade an dem besagten Gewerbegrundstück vorbei.

„So Meesta, wo wolln Se aussteijen?"

„Fahren Sie noch ein Stückchen, dort vorn um die Ecke, ich suche etwas."

„Soll ick mitkieken? Wat suchen Se denn?"

„Mein Auto. Habe ich hier neulich irgendwo abgestellt."

„Vielleicht hamse den ooch schon abjeschleppt, watt für een hamse denn?"

Waldek wusste aber die Marke nicht.

„Einen Amerikaner."

„Wattn, etwa der weiße Amischlitten?"

„Ja genau. Haben Sie den gesehen?"

„Der steht schon seit Sonntach bei mir vor de Türe. Die Karre nimmt zwee Parkplätze weg. Meene Frau hat sich schon jewundat, wem der jehört; 'n Knöllchen hatta ooch schon. So, da isser."

„Wieso Knöllchen? Hier ist doch gar kein Halteverbot."

„Nee, aba 'ne Parkzone – drei Stunden mit Parkscheibe für Fremdlinge. Hamse Glück, dassa noch nich abjeschleppt wurde."

„Was bekommen Sie?"

„Achtunzwanzichfuffzich!"

Waldek gab ihm fünfunddreißig.

„Hier bitte, für die nette Unterhaltung."

„Vielen Dank, ick warte noch, bis Sie weg sind, dann nehm ick Ihren Parkplatz."

„Nun, das wird nicht klappen. Ich sehe gerade, dass ich meine Autoschlüssel vergessen habe."

„Na sone Scheiße! Watt machen Se denn jetze?"

„Ich gehe ein bisschen auf dem Friedhof spazieren."

Der Taxifahrer fuhr davon, um einen anderen Parkplatz zu finden, während Waldemar auf dem Friedhof etwas Ruhe fand und sich seine Gedanken machte:

Milans Wagen steht also immer noch hier. Warum ist Anatol dann zu Fuß abgehauen? Er hätte doch, so wie die Uhr, auch Milans Autoschlüssel nehmen können. Das hat er vielleicht sogar, aber in der Eile den Wagen nicht gefunden. So eine auffällige Kiste? Aber selbst dann hätte er immer noch drei Tage Zeit gehabt, um sich den Wagen schließlich doch noch zu schnappen. Das passte alles nicht. Der Autoschlüssel ist woanders, aber wo? Ob Milan ihn aus Vorsicht versteckt hat? Womöglich hier auf dem Friedhof? Kaum zu glauben. Die Gefahr, dass ein anderer ihn findet, ist zu groß. Warum sollte er den Schlüssel auch nicht mitnehmen? Milan hatte bestimmt andere Sorgen. Gibt es bereits Autos ohne Zündschlüssel? Nein, und selbst wenn, er konnte sich erinnern, dass der Wagen einen Hupton abgab, als Milan an der Fernbedienung hantierte. Der Schlüssel muss irgendwo stecken! Nun befand sich Waldek wieder auf dem Fabrikgelände und schaute an der Fassade des Gebäudes, in dem sich die Eylül befand, nach oben. Tatsächlich, ganz oben war noch einmal eine Plattform zu erkennen, quasi eine Art Balkon ohne Seitenwände. Die ist ihm bei seinem ersten Besuch hier gar nicht aufgefallen. Aber noch etwas fiel ihm auf. Auf der Plattform bewegte sich etwas. Das war kein Vogel. Er schaute eine Weile starr nach oben. Da war es wieder. Waldek erkannte einen Arm und kurz darauf einen Kopf. Dort oben waren Menschen. Waldek ging zum Haus, öffnete die Tür und ging die Treppe nach oben, als ihm schon lärmend zwei Kinder bzw. Jugendliche entgegen kamen.

„Was sucht Ihr Bengel dort oben?", herrschte er sie an. Beide sprangen über das Geländer, um ihm auszuweichen, und als sie weit genug entfernt waren, rief der eine: „Verpiss dich lieber, Opa! Sonst fliegst du auch in die Erdbeeren."

„Rotzlöffel, nichtswürdige", knurrte Waldek und ging weiter die Treppe hoch. Oben angekommen, stand er vor zwei geschlossenen Eisentüren. Beide waren mit einem polizeilichen Siegel versehen, allerdings, das der einen Tür war mit einem sauberen Schnitt aufgetrennt worden.

„Diese Rabauken", ging ihm durch den Kopf. „Die haben sich jetzt also nach § 136 StGB strafbar gemacht." Das war nämlich deutlich auf dem Siegel zu lesen – wenn man lesen konnte.

Vorsichtig drückte er die Klinke herunter und öffnete die Tür. Nun stand er auf der Plattform und setzte sich auf den Boden, um nicht sogleich von unten gesehen zu werden. Er betrachtete die Örtlichkeit. Außer zwei Zigarettenkippen, die neben ihm lagen, fiel ihm nichts auf.

„Die stammen garantiert von den Bengeln", dachte er. „Milans wären sichergestellt worden, und das wurden sie bestimmt auch, denn der Kommissar sagte doch, dass Milan Zigaretten dabei hatte. Diese hier konnten also nur von den beiden Möchtegern-Halbstarken stammen. Waldek überlegte weiter. Vielleicht hat auch Milan hier, so wie er jetzt, gesessen und rauchend auf Anatol gewartet. Angenehm kann das auch für Milan nicht gewesen sein, denn der Boden war hart und Waldeks Hintern wurde kalt, sodass er sich bewegen musste. Da hörte er ein leises Klingen. Eine Zwei-Złoty-Münze, war aus seiner Hosentasche gefallen und blieb kurz vor einem Abwasserloch, dessen Rost fehlte, liegen.

„Mein Glücksbringer, um ein Haar wäre er weg gewesen", ging ihm durch den Kopf.

Aber auch noch etwas anderes!

Vorsichtig sah er von der Plattform hinunter. Ein Fallrohr führte von der Öffnung in der Rampe am Haus entlang bis nach unten und mündete dort in einen schmalen Regenwasserkanal, der in Richtung Straße führte. Aufgeregt rannte Waldek die Treppe hinunter und besah sich die Rinne. Sie war von einem Schutzgitter bedeckt. Waldek bückte sich und versuchte an dem Gitter zu wackeln. Es war fest und seine Finger wurden schmutzig. Er richtete sich wieder auf und trat dreimal kräftig auf eine Ecke des Gitters. Da gab es ein wenig nach. Jetzt versuchte er es wieder mit den Händen. Das Gitter löste sich. Fast wäre er durch den Schwung nach hinten gefallen. Jetzt betrachtete er sich die Schatzkammer: Jede Menge Zigarettenkippen, Einwegfeuerzeuge, Geldmünzen und, als er mit seiner Hand in die Rinne hineinfasste, Milans Autoschlüssel!

Ein Glücksgefühl überkam ihn.

„Was suchen Sie da?", hörte er eine Stimme hinter sich, als er das Schutzgitter wieder aufsetzte. Unwillkürlich dachte er an Anatol und ballte seine Fäuste. Dann drehte er langsam, noch am Boden hockend, seinen Kopf nach hinten und sah einen Mann in einer blauen Arbeitskombination neben sich stehen, der sprach:

„Was ist, wollen Sie mir jetzt eine verpassen?"

„Warum sollte ich?"

„Weil Sie Ihre Fäuste ballen."

„Tut mir leid, war wohl ein Reflex."

„Wäre Ihnen auch nicht gut bekommen." Er zog zur Hälfte aus der seitlichen Beintasche seiner Kombi einen etwa vierzig Zentimeter langen Montierhebel hervor.

„Und mit dem Kaventsmann hätten jetzt *Sie* mir eine verpasst?"

„Nur im Notfall!"

„Dann hätte es hier ja schon wieder einen Mord gegeben."

„Sind Sie deswegen hier?"

Waldemar richtete sich nun auf und schaute seinem Gegenüber ins Gesicht.

„Ist das Ihre Reparaturwerkstatt dort, Lachmann und Tröger?"

„Richtig, ich bin Tröger. Lachmann ist vor einem Jahr gestorben, aber ich wollte seinen Namen in Ehren halten."

Waldemar zeigte ihm seine dreckverschmierten Finger.

„Damit kennen Sie sich doch aus. Dürfte ich vielleicht Ihr Waschbecken benutzen und etwas von Ihrer Handwaschpaste haben?"

„Kommen Sie!"

Waldek betrat die große Halle und ließ sich zu einem Waschplatz führen.

„Bedienen Sie sich."

Nachdem er seine Hände und vor allem seine Fingernägel wieder, wie er fand, ausreichend gereinigt hatte, ging er zu Tröger, der an seinem Schreibtisch saß und auf seinen Monitor blickte, dann aber hochschaute.

„Und? Alles wieder schön sauber?"

„Ja, danke. Ich bin Ihnen ein Bier schuldig."

„Wo wollen Sie das hernehmen? Ich würde ja Ossi losschicken, welche zu besorgen, aber der ist schon zu Hause. Hier ist gerade wenig zu tun."

„Ja, ich sehe. In Ihrer Halle ist noch reichlich Platz."

„Vor Weihnachten ist das immer so. Da haben die Leute andere Sorgen, als ihre Autos reparieren zu lassen. Wenn der erste Schnee kommt, ändert sich das. Aber Sie haben mir immer noch nicht gesagt, ob Sie wegen des Mordfalles hier sind. Sie sind doch nicht von der Polizei!"

„Ja, das stimmt. Ich bin sozusagen privater Ermittler."

„Also doch, wegen des Mordfalles!"

„Ja, das stimmt."

„Und was war in der Regenrinne?"

„In der Regenrinne? Mein Glückspfennig."

„Ihr Glückspfennig?"

„Ja, ist mir da reingefallen."

Herr Tröger schüttelte nur den Kopf.

„Da machen Sie sich so eine Mühe und extra die Hände schmutzig wegen eines einzigen Pfennigs?"

„Ist ja kein gewöhnlicher Pfennig, sondern ein Glückspfennig, sogar ein Glückszłoty, ach was, ein Doppelglückszłoty."

„Glauben Sie etwa an so einen Scheiß?"

„Nö!"

„Und warum behalten Sie ihn dann?"

„Weil er auch hilft, wenn man nicht dran glaubt."

„Haben Sie polnische Wurzeln? Entschuldigen Sie, dass ich frage, aber ich hatte schon so einige polnische Schrauber, alles gute Männer, aber die waren auch alle furchtbar abergläubisch."

„Ich bin Pole."

„Das erklärt natürlich alles."

Tröger holte aus seinem Schreibtisch eine Flasche Bitter Lemon, eine Wodka-Pulle und zwei Whiskygläser hervor.

„Trinken Sie einen mit? Ich mach' für heute Feierabend."

„Da lass' ich mich nicht lange bitten."

„Prost!"

„Prost! Haben Sie Kinder?"

„Nein, warum fragen Sie?"

„Weil vorhin welche aus dem Haus dieser Eylül KG herauskamen und oben habe ich gesehen, dass das Polizeisiegel aufgeschnitten wurde."

„Diese Lauselümmel! Die treiben sich hier manchmal herum und haben nur Blödsinn im Kopf. Ich musste die schon einmal von meinen Autos wegscheuchen. Da waren die Miezen angenehmer, aber seit der letzten Polizeirazzia sind die weg."

„Sie meinen die Damen von dieser

Videoproduktionsfirma?"

„Genau die! Die sind ziemlich oft zwischen den Häusern hin und her gelaufen und hatten dabei meistens noch ihre Arbeitskleidung an, wenn Sie verstehen. Das war wenigstens mal 'ne Abwechslung zu verrosteten Auspufftöpfen."

„Verstehe. Und nun sind sie weg."

„Ja, leider."

Sie tranken.

„Vielleicht können wir beide ins Geschäft kommen."

„Ich höre."

„Ein Bekannter liegt im Krankenhaus und ich würde sein Auto gerne sicher unterbringen, zumal es momentan auch noch im Halteverbot steht. Sie haben doch noch reichlich Platz hier drin."

„Ja, momentan, das kann sich aber ändern. Wie lange denn?"

„Ich schätze zwei bis drei Wochen, geht da was?"

„Nur abstellen, oder ist an dem auch was zu machen?"

„Schauen Sie ihn sich doch an. Sie machen dann, was gemacht werden muss. Sind Sie mit einhundert pro Woche einverstanden?"

„Złoty oder Euro?"

„Euro, natürlich!"

„Das geht in Ordnung. Falls es hier aber wieder rund geht und ich die Halle brauche, müsste ich ihn aber bisweilen hinausschieben."

„Das dürfen Sie."

„Und wenn was zu reparieren ist, zahlen Sie für die Zeit auch keine Miete."

„Gut! Ich geh, ihn holen, dauert keine zehn Minuten."

„Ich mach schon mal das Tor auf."

Waldek schritt im Eiltempo zu Milans Auto. Er drückte auf den Schlüssel. Der Wagen öffnete sich.

Erleichtert stieg er ein. Das hätte ihm jetzt noch
gefehlt. Sogar der Motor startete. Na bitte! Vor der
Werkstatt wurde er schon erwartet und fuhr den
Wagen in die Halle hinein.
„Donnerwetter, ein Cadillac!", sagte Herr Tröger
anerkennend. „Wer hat, der hat."
Er schloss das Tor und bewunderte den Wagen.
„So neu, wie der ist, kann an dem nichts dran sein.
Allerdings ..."
Er bückte sich und betrachtete die Reifen.
„Vorn sind die Reifen einseitig abgefahren, da könnte
er Ärger bekommen. Ihr Bekannter hat wohl einen
heißen Fahrstil?"
„Ja, das stimmt."
„Die hinteren Reifen sind aber auch nicht mehr gut."
„Na bitte, dann haben Sie ja doch was zu tun. Geben
Sie ihm vier Neue."
„Sommerreifen?"
„Weiß nicht."
„Ich würde jetzt Winterreifen empfehlen, aber was ist,
wenn Ihr Bekannter bereits einen Satz zu Hause hat?
Diese hier müssen in jedem Fall ersetzt werden.
Nehmen Sie doch besser Sommerreifen! Hat der einen
Ersatzreifen?"
„Keine Ahnung."
„Machen Sie doch mal den Kofferraum auf."
Waldek fand keinen Knopf zum Drücken.
„Und wie?"
„Mit der Fernbedienung."
Jetzt wurde Waldek warm, ihm wurde richtig heiß.
Das hatte er nicht bedacht. Wenn Milan da nun die
Produkte seiner krummen Geschäfte aufbewahrte,
etwa Waffen oder Rauschgift? Oder vielleicht sogar
eine Leiche! Vielleicht liegt ja der tote Anatol im

Kofferraum.

„Hier müssen Sie drücken!" Tröger nahm ihm den Schlüssel ab. Der Deckel erhob sich langsam. Es kam keine Leiche zum Vorschein. Das war schon einmal gut. Waldek atmete durch.

„Der hat schon kein Reserverad mehr", sagte Meister Tröger. „Auch gut. Aber die Tasche hier, die nehmen Sie besser mit, und falls noch was im Handschuhkasten ist, das auch." Waldek wurde schon wieder heiß. Er öffnete die Klappe. Es kam nur ein Handy zum Vorschein, das er an sich nahm.

„Haben Sie den Kfz-Schein?", wurde er noch gefragt.

„Leider nein."

„Keine Papiere?"

„Also, *ich* habe keine."

Tröger rollte mit dem Auge. Sein noch bis eben an den Tag gelegter Frohsinn schlug um in Besorgnis.

„Also, dann weiß ich nicht ..."

Er trat von einem Bein aufs andere.

„Sehen Sie, woher soll ich wissen, dass der Wagen Ihnen oder Ihrem Bekannten gehört. Wenn der nun .. also, wenn der nun einem ganz anderen gehört, verstehen Sie mich nicht falsch, aber ..."

„Ich verstehe Sie schon ganz richtig. Sie befürchten, dass die Polen nun auch zu Ihnen kommen, um ihre geklauten Autos in Ihrer Halle erst einmal zu verstecken. Habe ich Recht?"

„Na ja, na ja ... schließlich will ich keinen Ärger."

„Wer will den schon. Ein Autodieb, der Ihnen seine Errungenschaft anvertraut, muss doch aber damit rechnen, dass er bei Abholung des Wagens verhaftet wird, weil Sie misstrauisch wurden und die Polizei eingeschaltet haben. Ich glaube kaum, dass so ein

Bandit Sie zum Mitwisser haben möchte; und mit Verlaub, nicht alle Polen sind Autodiebe! Hätte ich Ihnen nicht erzählt, dass ich Pole bin, wären Sie dann auch so vorsichtig gewesen?"

Tröger geriet in Verlegenheit, sagte aber: „Den Kfz-Schein lasse ich mir immer geben, außer vielleicht bei einfachen Reparaturen für Stammkunden, bei denen ich die Fahrgestellnummer nicht benötige."

„Dann muss ich wohl wieder wegfahren, denn ich kann Ihnen nicht einmal versprechen, den Schein nachzureichen, weil ich nicht einmal weiß, ob mein Bekannter ihn noch hat. Er ist nämlich bestohlen worden. Man hat ihm seine Uhr, sein Feuerzeug und sein Portemonnaie abgenommen, bevor er krankenhausreif zugerichtet wurde. Womöglich war in der Geldbörse auch der Kfz-Schein. Dann hat ihn jetzt dieser Verbrecher. Stellen Sie sich doch jetzt Folgendes vor. Der kommt also zu Ihnen und sagt: ‚Mein Wagen steht um die Ecke, ich habe meinen Schlüssel verloren, aber hier ist der Fahrzeugschein. Können Sie mir helfen?' Und? Würden Sie?"

Tröger guckte betroffen.

„Sehen Sie! Ich habe die Polizei nicht zu fürchten. Rufen Sie sie doch an und fragen nach, ob gerade ein Cadillac als gestohlen gemeldet wurde. Wenn das der Fall ist, bekommen Sie vielleicht eine Belohnung."

„Oder eine Kugel in die Brust, so wie dieser arme Kerl dort drüben am Sonntagabend."

Waldek machte Anstalten, in den Wagen einzusteigen, um loszufahren.

„Lassen Sie den Wagen hier, Sie haben mich überzeugt. Es muss auch einmal so gehen. Die Reifengröße habe ich ja. Falls ich dieselben nicht

bekomme, ist dann eine andere Premiummarke o.k.?"
„Ja, ich denke schon. Wollen Sie eine Anzahlung?"
„Das wäre nicht schlecht, denn diese Reifen sind selten
und teuer. Ich würde auf denen sitzenbleiben, falls Sie
nicht wiederkommen."
„Verstehe, was kosten die denn?"
„Ich schätze, mindestens dreihundert, das Stück, also,
einen Tausender hätte ich schon gerne vorab. Kann ich
auch Ihre Telefonnummer haben, falls doch noch etwas
sein sollte und vielleicht auch Ihren Namen?"
„Ich heiße Waldemar Scheffzik und hier ist meine
Handynummer, aber so viel Bargeld habe ich nicht
dabei. Ich werde es Ihnen morgen vorbeibringen."
Waldemar bekam im Gegenzug ein Kärtchen der
Werkstatt, nahm Milans Tasche und verabschiedete
sich.
Während er mit dem Taxi nach Hause fuhr, versuchte
er es noch einmal bei Traute:
„Der gewünschte Gesprächsteilnehmer ist
vorübergehend nicht erreichbar. The person you have
called …"
Waldek Sorgen wuchsen.
Zu Hause angekommen, warf er Milans Tasche in eine
Ecke, duschte und zog sich um. Dann fuhr er zu
Trautes Wohnung.

Er klingelte unten, doch sie war immer noch nicht zu
Hause. Also wartete er vor der Tür. Mittlerweile war
eine Stunde vergangen und seine Sorgen schlugen in
Angst um. Angst um sie. Angst, die ihn die Kälte nicht
merken ließ, die ihn umgab, als eine junge Frau mit
einer kleinen Plastiktüte in der Hand erschien und die
Tür aufschloss.
„Würden Sie mich auch eintreten lassen?", fragte er

sie, „ich möchte einer Dame eine Nachricht in den
Briefkasten werfen."
„Kommen Sie, zu wem möchten Sie denn, etwa zu
Schmidt-Eisleben?"
„Ja, woher wissen Sie das?"
„Sie werden staunen, was ich alles weiß. Sie sind
bestimmt Waldemar, richtig?"
„Ja, richtig."
„Gell, jetzt staunen Sie?"
„Und wie! Sie sind bestimmt Marleen!"
Die junge Dame guckte ihn überrascht an.
„Nun staunen *Sie*, was?"
„Sie hat Ihnen von mir erzählt, ja?"
„Gewissermaßen."
Sie schloss die Wohnung auf.
„Kommen Sie mit rein. Wir müssen uns aufwärmen.
Draußen ist es ja heute arschkalt!"
„Schauen Sie doch zuerst nach, ob sie wirklich noch
nicht zu Hause ist." Waldeks Sorgen waren noch lange
nicht ausgeräumt.
„Wozu? Dann würde sie sich doch jetzt spätestens
melden."
„Es könnte ihr doch etwas zugestoßen sein."
Marleen sah ihn nur verständnislos an.
„Ich meine, vielleicht ein Unfall. Die meisten Unfälle
passieren im Haushalt."
„Wenn es Sie beruhigt."
Daraufhin öffnete sie alle Türen.
„Keiner da!"
„Und Ihre Schwester hat nichts dagegen, wenn wir
einfach so in ihre Wohnung ohne ihr Wissen
eindringen?"
„I wo! Ich schau mal nach, was sie zu trinken im Haus
hat."

Sie verschwand in der Küche und kam mit einer Flasche Sekt zurück.

„Auf Traute ist Verlass", sagte sie und goss ein.

„Prost, Waldi!"

„Prost."

Waldek nahm gerade den ersten Schluck, als die Tür aufgeschlossen wurde. Eine höchst erstaunte Edeltraut stand am Eingang zum Wohnzimmer.

„Na, das ist ja eine illustre Gesellschaft. Wie ich sehe, habt Ihr es euch ja schon richtig gemütlich gemacht."

„Mecker nich!", sagte Marleen. „Ich kann doch diesen Herrn nicht draußen erfrieren lassen. Guck doch mal! Er zittert ja immer noch vom langen Warten vor der Tür."

„Was willst du überhaupt hier?", fragte Edeltraut, ohne Waldek weiter zu beachten.

„Nu sei mal nicht so zickig zu deiner kleinen Schwester. Ich wollte dir bloß deinen dämlichen Epilierer wiederbringen. Das ist ja eine Höllenmaschine."

„Was bist du zimperlich."

„Zimperlich? Eine Höllenmaschine ist das. Das hält man ja keine zehn Sekunden aus. Mir ist für zwei Tage der Appetit auf Sex vergangen. Ich rasiere lieber wieder."

„Du bist einfach nur zimperlich und hast keine Ahnung."

„Von wegen keine Ahnung! Ich bin doch nicht masochistisch veranlagt, aber du anscheinend."

Eigentlich hätte dieser freundliche Disput unter Geschwistern Waldek amüsieren müssen, doch in Trautes Gesicht war etwas Abweisendes, wenn er versuchte sie anzusehen. Da war etwas im Busch. Während seiner Abwesenheit muss sich etwas zugetragen haben.

„Ich geh' dann wieder", sagte Marleen, trank ihr Glas aus, stand auf und verließ mit einem „tschüs, Ihr beiden" die Wohnung.

„Wird es nicht nun Zeit, dass wir uns begrüßen?", fragte Waldek und stand auf.

„Setz dich wieder", sagte Traute. „Es wird Zeit, dass ich einige Erklärungen von dir erhalte."

Waldek schaute auf ihre Hand. Sie bemerkte das.

„Den Ring kannst du wiederhaben. Ich hole ihn." Dabei stand *sie* jetzt auf.

„Bitte, setz dich wieder, bevor noch Porzellan zerschlagen wird. Erklär mir doch erst einmal, was los ist."

Sie ging an einen Schrank, holte ein Buch hervor und knallte es vor ihm auf den Tisch.

„Hier bitte, mit lieben Grüßen von der Rezeption deines Hotels. Du hattest es im Nachtkasten vergessen."

„Du warst drüben an der Bar?"

„Um meinen Kummer zu ersäufen? Bilde dir da nicht zu viel ein. Du verschwindest einfach, sagst nicht, dass du eine größere Reise vorhast und meldest dich nicht mehr. Dass ich mir Sorgen machen könnte, ist dir wohl gar nicht in den Sinn gekommen?"

Waldemar schaute sie nur betroffen an.

„Schließlich habe ich in deinem Hotel nachgefragt und bekam das hier." Sie zeigte auf das Buch.

„Du hast es also gelesen."

„Was glaubst du denn?"

„Ich kann dir alles erklären."

„So? Da bin ich sehr gespannt darauf."

„Edeltraut, ich liebe dich."

Sie sah ihn an mit ihren Augen, die auch bei ihm schon

224

längst ihre Wirkung nicht verfehlt haben.

Sie sagte nichts. Sie sah ihn nur an.

„Edeltraut!"

Es entstand eine unendlich lange Pause.

Sie stand auf, ging in die Küche, kam mit je einer Flasche Cola und Havana Club wieder, goss sich ein, trank das halbe Glas leer und sagte:

„Was für ein Spiel treibst du mit mir?"

„Edeltraut, begreif bitte, ich liebe dich."

Edeltraut trank den Rest des Glases aus und sagte:

„Es ist alles so abartig!"

„Nein, du bist das Schönste und Beste, was mir jemals begegnet ist. Ich wollte dich niemals verletzen. Ich werde versuchen, dir alles zu erklären. Darf ich auch so einen haben?"

Sie goss ihm ein.

Er trank, schaute sie an, trank wieder, schaute in ihre Augen und kippte den Rest des Glases weg. Dann riss er sich zusammen, richtete sich ein wenig auf, um schließlich zu sagen:

„Du wirst doch jetzt nicht denselben Fehler ein zweites Mal begehen wollen!"

„Welchen Fehler meinst du?"

„Ich dachte, dass weißt du nun! Was ich sagen wollte, also was ich meinte, mit Andrzej einfach so zu brechen, wegen einer Bagatelle und jetzt mit mir?"

„War das auch eine Bagatelle?"

„Edeltraut, ich liebe dich!"

„Das sagtest du bereits. War das auch eine Bagatelle?"

„Das war keine Bagatelle. Das war nicht einmal eine Bagatelle. Das war nichts. Das war gar nichts."

„Du hast mich für deine Zwecke benutzt und das nennst du nichts?"

„Edeltraut, es stimmt, dass ich, als ich hierherkam,

bestimmte Ziele verfolgte. Ich gebe auch zu, dass ich ursprünglich annahm, dass du am Tode Andrzejs deinen Anteil trägst, aber das war, bevor ich dich kennengelernt habe. Nun ist doch alles ganz anders. O Boże mój! Wie soll ich dir das klarmachen?"

Edeltraut goss sich selbst und dann Waldek in sein Sektglas noch eine heftige Mischung ein und sagte dann:

„Du hast mir eine schöne Komödie vorgespielt."

„Ich hatte Angst, dich gleich wieder zu verlieren, wie Andrzej dich verloren hat. So wie ich nun gerade befürchte, dich zu verlieren. Wie hättest du wohl reagiert, wenn ich dir von Anfang an reinen Wein eingeschenkt hätte? Du hättest dich doch gar nicht erst mit mir eingelassen. Wäre das nicht schade? Ich hatte mit dir solch glückliche Stunden, die ich nicht missen möchte. Ich hoffe nur inständig, dass du das ähnlich siehst."

„Als du mich kennengelernt hast, das war doch kein Zufall, das war doch systematisch!"

„Was hätte ich denn machen sollen? Vielleicht warten, bis du irgendwann einmal an meiner Tür klingelst und sagst: „Sie sind der Mann, den ich liebe, wollen Sie mit mir in den Zoo gehen?"

Jetzt musste Edeltraut schmunzeln.

„So gefällst du mir schon wieder viel besser", sagte Waldek, rutschte auf Knien zu ihrem Sessel, nahm ihre Hände und küsste sie einige hundert Male. Sie zog ihn zu sich herauf, drückte ihn an ihr Herz und küsste ihn.

Dann stockte sie aber und lenkte ein:

„Trotzdem ist mir noch so einiges unklar."

„Ich werde dir alles erklären."

Und Waldemar erklärte Edeltraut alles.

Alles, bis auf Bergers Video, und dass sie wegen Anatol in Lebensgefahr schweben könnte, ließ er auch vorsichtshalber weg, um sie nicht zu beunruhigen, und dass er zu Milan mittlerweile ein pseudofreundschaftliches Verhältnis pflegte, erwähnte er ebenso wenig. Aber ansonsten erzählte er alles. Sie berichtete ihm dafür über die Unterredung mit Kalle.

„Warst du es, die in der Knobelsdorffstraße mit Frau Neumann gesprochen hat?"

„Wenn du die Nachbarin unter dir meinst, ja, das war ich. Die Frau ist sehr neugierig."

„Aber deinen Namen hast du ihr nicht verraten?"

„Wie käme ich denn dazu? Wieso fragst du?"

„Ach, nur so. Weißt du noch, wo du danach hingefahren bist? Gleich zu dir nach Hause?"

„Ja … das heißt nein, ich war noch kurz im KaDeWe drin."

Waldek war etwas erleichtert, aber Traute machte ein erstauntes Gesicht. Deshalb wollte er sofort ablenken.

„Wolltest du mir etwas Schönes zu Weihnachten kaufen?"

„Nein … das heißt ja, ich habe noch Badezusatz besorgt, da hast du ja auch was davon."

„Ich würde so gern die ganze Nacht mit dir verbringen", sagte er zu ihr, als sie im Bett nebeneinander lagen. „Ich habe dich in den letzten Tagen so sehr vermisst."

„Ich muss morgen früh zur Arbeit."

„Dann gehst du eben etwas später, oder noch besser, du gehst einfach nicht hin. Melde dich doch krank."

„Wie stellst du dir das vor? Auf mich wartet jede Menge Kram. Der Berger baut in letzter Zeit nur noch Sch ... Ich muss für den mitarbeiten. Enders ist noch zu neu, Steinfeld kannst du eh vergessen und Columbo ist überfordert ..."

„Wer? Columbo?"

„Das ist sein Spitznahme, er heißt eigentlich Lobeck, aber alle nennen ihn Inspektor Columbo, weil er so aussieht. Jedenfalls wird es Zeit für Berger, zu gehen. Kürzlich hat er zwei Fälle durcheinandergebracht. Du kannst dir nicht vorstellen, was das für einen Ärger gegeben hat."

„Doch, kann ich mir sehr gut vorstellen", sagte Waldi, „deshalb sollst du ja auch morgen hier bleiben."

„Lass uns jetzt nicht von morgen reden", sagte sie und kratzte mit ihren roten Fingernägeln über seine Brust.

Am nächsten Morgen fuhr eine unausgeschlafene Zolloberinspektorin zur Arbeit und ein übermüdeter privater Ermittler zu seiner Wohnung, wo er schon im Hausflur freundlich begrüßt wurde. Zuerst von einer „kläffenden Dreckstöle" parterre und dann, eine Etage höher von Frau Neumann:

„Guten Morgen, Herr Waldemar, Sie haben doch nichts dagegen, dass ich Sie so nenne, oder? Bei euren schwierigen Namen!"

„Nein, habe ich nicht. Guten Morgen Frau Neumann, was gibt es Neues? Hatte ich wieder Besuch?"

„Diesmal nicht, aber ich habe den Mann mit der Uhr wieder gesehen."

„Wo?"

„Gestern Mittag. Ich musste nämlich extra noch mal runter, weil ich keinen Porree mehr im Haus hatte, ich habe nämlich Gulasch gemacht, und ich mach' da immer Porree ran, weil das besser schmeckt. Die Zepernick sagt zwar jedes Mal, dass an einen richtigen Gulasch kein Lauch, sondern Paprika gehört, aber,

was die kocht, das schmeckt ja auch nicht. Die macht
kein Salz ans Essen, weil sie Diabetes hat, und neulich
wollte sie sogar ...“
„Ja, Frau Neumann, Ihr Gulasch ist bestimmt besser.
Aber Sie wollten ...“
„Ja, ich wollte Sie doch gerne einmal zu mir zum Essen
einladen. Dann werde ich extra für Sie nächste Woche
wieder Gulasch kochen. Eigentlich ist nächste Woche
ja Hühnersuppe dran, aber für Sie mache ich eine
Ausnahme. Gibt es halt wieder Gulasch. Der wird
Ihnen bestimmt schmecken. Die Zepernick hat doch
keine Ahnung vom Kochen. Mein verstorbener Mann
hat immer mindestens zwei Teller verdrückt und
anschließend ging's ihm schlecht, weil ich ja auch noch
Schweinebauch mit reintu, sonst wird der Gulasch zu
trocken, weil ich ja immer reinen Rindergulasch kaufe
und keinen gemischten mit Schwein ...“
„Sie wollten mir doch aber von dem Schwein Ana..., ich
meine, dem Mann mit der Uhr berichten, Frau
Neumann.“
„Dem Mann mit der Uhr ... mit der Uhr ... wie kam ich
jetzt auf den?“
„Vielleicht haben Sie den ja im Supermarkt getroffen.“
„Nein, nicht doch im Supermarkt! Hier unten beim
Vietkong.“
„Beim Vietkong? Hat der da auch Lauch gekauft?“
„Ich glaube, der hat dort überhaupt nichts gekauft. Der
kam aus einer privaten Tür heraus und stand mit
einem Mal im Laden. Der scheint den Besitzer zu
kennen.“
„Den Ladenbesitzer? Das ist ja verblüffend.“
„Ja, ich war auch so verblüfft, dass ich das Wichtigste
beinahe vergessen hätte. Die Frau ...“
„Kam die Frau auch wieder dazu? Haben Sie *das*

vergessen?"

„Nicht doch die Frau von neulich, die mit dem unaussprechlichen Namen, Sie wissen schon, nein, die Frau Zepernick kam auch noch dazu und meinte verächtlich, als sie den Porree sah, ob ich denn wieder Gulasch koche und den dann mit Lauch und Schmand verunstalte, und den Schmand hätte ich ja beinahe vergessen, und dann bin ich noch einmal zurück und habe den Schmand geholt, das heißt, ich wollte Schmand holen, aber es gab keinen, also habe ich Crème fraîche genommen, das geht ja auch und ..."

„Frau Neumann, ich muss jetzt wirklich ganz dringend nach oben; ist das mit der Crème fraîche denn so wichtig?"

„Na, ich finde, das schmeckt schon anders."

„Nicht doch den Geschmack, ich meine Anatol, was hat das mit dem zu tun?", fragte Waldek, jetzt sichtlich genervt.

„Anatol? Kommt das auch an den Gulasch?"

Waldek verzweifelte nun, obwohl er liebend gerne Anatol, zu Gulasch verarbeitet, gesehen hätte.

8. Kapitel

Waldek warf sich auf sein Bett. Eigentlich hatte er vor, nach der Nacht, sich noch eine Mütze Schlaf zu gönnen, aber die Geschichte mit Anatol und dem Vietkong ließ ihm keine Ruhe. Andrzej hatte ja bereits erwähnt, dass es zwischen den beiden eine Verbindung gibt. Dann galt der Besuch neulich vielleicht wirklich ihm selbst, und Edeltraut wurde womöglich gar nicht verfolgt. Der Gedanke gefiel ihm, nur, was erwartete Anatol von seinem Besuch bei ihm? Dass er an der Tür klingelt und sagt: „Guten Tag, ich bin doch der liebe Anatol und will mal nach dir sehen", und zur Antwort erhält: „Wie schön, komm herein, damit ich dir die Fresse polieren kann"? Kaum! Dann wollte er also nur das Namensschild an der Tür überprüfen, allerdings waren oben wie unten noch die alten Namen angebracht. Waldek hatte es bis heute versäumt, sie zu ersetzen. Jedenfalls musste ihm der Vietkong gesteckt haben, dass diese Wohnung neuerdings wieder bewohnt wird. Es muss da einen Zusammenhang mit Milan geben! Nur welchen? Milans Kuvert ist doch längst vom Tisch! Oder doch nicht? Wenn die Papiere nun etwas enthalten haben, das die Staatsanwaltschaft nicht zu Gesicht bekommen hatte und sich noch in der Wohnung befindet? Aber warum sollte Andrzej etwas zurückgehalten haben? Auf all diese Fragen wusste Waldek keine Antwort, dabei wähnte er sich schon kurz vor dem Ziel. Er durfte die Fäden jetzt nicht aus der Hand geben und keinesfalls noch in in eine Falle laufen, dann wären alle bisherigen Mühen für die Katz gewesen. Jedenfalls hielt er es für wichtig, Wörnitz von der Vietkong-Connection zu unterrichten. Und die Anzahlung für die

Reifen musste auch noch nach Weißensee gebracht werden, dazu müsste er vorher zur Bank, Geld abzuheben. Und Edeltraut? Morgen ist Heiligabend und er hatte noch kein Weihnachtsgeschenk für sie. Über dem Gedanken schlief er schließlich doch ein.

Bereits eine Stunde später wurde er durch sein Handy aus seinen Träumen gerissen. Er fühlte sich wie gerädert.

„Ja?"

„Wörnitz hier."

„Ach, Herr Kommissar", knurrte er ins Telefon.

„Sie klingen so verschlafen. Habe ich Sie geweckt? "

„Nein, ich bin schon vom Telefon wach geworden."

„Das beruhigt mich."

„Außerdem wollte ich Sie sowieso anrufen, ich glaube, etwas Interessantes zu haben. Aber bitte, zuerst Sie!"

„Unser Torwart steht wieder zwischen den Pfosten, das heißt, stehen kann er noch nicht, aber wenigstens ist er wach."

„Gott sei Dank! Wie geht es ihm denn?"

„Nicht wirklich gut. Er ist noch nicht über den Berg – sagt der Arzt. Ich durfte nur kurz mit ihm sprechen. Er redet noch wirres Zeug von einer Tasche und von einer Edith. Ist das seine Frau oder Freundin? Wissen Sie etwas über sie?"

„Nein, über eine Edith hat er mit mir nicht gesprochen."

„Wir müssen ihm noch ein wenig Zeit geben. Der Arzt meinte, das hängt alles mit seinem Blutverlust zusammen, aber interessant ist, als ich ihn fragte, wer auf ihn geschossen hatte, er felsenfest behauptete, es sei Anatol gewesen. Nur, dass das nicht sein kann, weil es nach unseren Ermittlungen Mustafa war, aber seltsamerweise weiß er nichts von Mustafa. Welchen Grund sollte er haben, Mustafa zu schützen?"

„Wahrscheinlich gibt seine Erinnerung infolge des Schocks ein falsches Bild wieder, oder Mustafa war wirklich nicht der Schütze und Anatol hat ihm nur die Waffe untergejubelt, bevor er ihn hinuntergeworfen hat."

„Dann müsste er aber vorher seine eigenen Fingerabdrücke abgewischt haben und die Schmauchspuren weisen auf Mustafa hin."

„Wenn der sich beim Abschuss in der Nähe der Waffe befand, könnte er ja kontaminiert worden sein und erst recht durch die Waffe selbst, als sie ihm in die Hand gedrückt wurde, die vielleicht gar nicht abgewischt wurde, weil Anatol Handschuhe trug, und dessen Schmauchspuren konnten Sie ja nicht untersuchen. Außerdem, was ist daran so schlecht, wenn Anatol der Schütze ist?"

„Ich verstehe ja, was Sie meinen, aber man kann sich nicht immer alles so zurecht biegen, wie man es braucht. Was haben *Sie* denn nun für mich?"

„Anatol wurde von meiner Nachbarin bei dem Vietnamesen in meiner Straße gesehen, wie er mit dem Besitzer oder einem Angestellten in dessen Privaträumen geklüngelt hat."

„So? Und was hat Ihre Nachbarin dort zu suchen?"

„Sie hat sich noch Porree für ihren Gulasch besorgen wollen."

„Für ihren Gulasch? Aber da kommt doch kein Porree rein."

„Das hat die Frau Zepernick auch gesagt."

„Wer ist denn nun wieder Frau Zepernick, zum Kuckuck?"

„Frau Zepernick hatte gerade ihren

Zweiundachtzigsten, ihn aber nicht gefeiert."

„Aha!"

„Jedenfalls nicht mit Frau Neumann."

„Na, egal, sie hat sich also Porree kaufen wollen
und ..."

„Und Schmand."

„Schmand auch? Etwa auch für den Gulasch?"

„Nu!"

„Sie kommen also, so ganz beiläufig, an eine
hochgradig wichtige Information heran, nur weil sich
Ihre Nachbarin im Laden Schmand gekauft hat?"

„Crème fraîche! Schmand hatte sie nicht bekommen."

„Das ist doch dasselbe."

„Hallo? Da müssten Sie einmal Frau Neumann hören.
Die ist da aber gar nicht Ihrer Meinung. Sie sagt, das
schmeckt schon anders."

„Das ist ja zum Verrücktwerden mit Ihrer Frau
Neumann. Als nächstes werden Sie mir noch erzählen,
dass sie nur reinstes Rindfleisch von Bio-Rindern für
ihren Gulasch verkocht!"

„Sie lassen mich ja nicht ausreden."

„Mann, Mann, Mann! Ist sich Ihre Frau Neumann
denn bei Anatol sicher?"

„Sie ist nicht *meine* Frau Neumann, sondern meine
Nachbarin, aber ja, sie ist sich da sicher, zumindest ist
sie sicher, dass es sich um denselben bösen Uhrmann
wie neulich im Treppenhaus handelte."

„Woher weiß sie, dass der böse ist?"

„Weil er ‚alte Hexe' zu ihr gesagt hat."

„Das ist böse."

„Nu, sag ich doch!"

„Zu einer Dame darf man doch nicht Hexe sagen!"

„Das hatte sie wohl weniger gekränkt als das ‚alte'!"

„Wie alt ist sie denn?"

„Neunundsiebzig."

„Na ja, aber auch nicht mehr ganz jung. Ist sie denn glaubwürdig?"

„Ich finde schon, vernehmen Sie sie doch einmal selbst!"

„Also, wenn ich das irgendwie umgehen kann … mir reichen schon Ihre Erzählungen."

„Haben Sie sich denn unser kleines Interview mit dem Zöllner noch einmal reingezogen?"

„Hab' ich."

„Und?"

„Das Ganze ist sehr komplex. Ich habe bei den Richtern angefangen und ein Schreiben an den Gerichtspräsidenten aufgesetzt und jetzt wollte ich eigentlich los, um diesem Inspektor vom Zoll noch einige Fragen zu stellen."

„Schade, dass ich dem nicht beiwohnen kann."

„Wer sagt das? Kommen Sie doch mit. Ich werde Sie als privaten Ermittler vorstellen, oder ist es Ihnen lieber, wenn ich Sie als Inspekteur der Bundespolizei vorstelle?"

„Und was halten Sie von Oberstleutnant des ABW, des polnischen Geheimdienstes?"

„Scheffzik. Ich werde aus Ihnen nicht schlau."

„Herr Wörnitz, Sie können mir glauben, ich wäre nur allzu gern dabei und schätze auch sehr Ihr Angebot, aber da gibt es eben etwas, das mir verbietet, dort in Erscheinung zu treten."

„Ich versteh' schon. Etwas Gutaussehendes mit langen Beinen."

„Es könnte zu Irritationen führen, wenn sie mich dort sähe."

„Verstehe."

„Aber Sie werden das auch ohne mich hinbekommen."

„Meinen Sie?"

„Denken Sie jetzt an die Gänse?"

„Welche Gänse?"

„Die polnischen Weihnachtsgänse, das war doch nur Spaß!"

„Scheffzik, ich werde aus Ihnen nicht schlau. Ich fahr jetzt los und wir bleiben in Kontakt. Falls wir uns nicht mehr sprechen sollten, ‚frohe Weihnachten!'"

„Frohe Weihnachten, Herr Hauptkommissar."

*

„Darf ich Ihnen behilflich sein?", fragte die gut aussehende (wirklich sehr gut aussehende) Dame auf dem Gang der Zollbehörde Herrn Hauptkommissar Wörnitz, als der die Schilder der Türen inspizierte. Beim Betrachten der Frau, war Wörnitz sogleich klar, um wen es sich da handelte, nur handeln konnte, zumal er sie schon einmal gesehen hatte.

„Ja, gerne, ich möchte zu Zollinspektor Berger."

„Das ist hier", sie zeigte auf eine Tür, „aber er hat bereits Besuch. Möchten Sie solange hier draußen warten, oder kann ich vielleicht etwas für Sie tun?"

„Ich fürchte nur leider, es ist eher umgekehrt."

„Bitte?"

„Ich will sagen, dass ich womöglich etwas für *Sie* tun kann."

„Kenne ich Sie nicht irgendwoher?"

„Mein Name ist Wörnitz. Hauptkommissar Wörnitz von der Mordkommission – LKA 1."

„Richtig, Herr Wörnitz, möchten Sie solange in mein Büro kommen, ich bin hier sozusagen die Stationsvorsteherin. Mein Name ist Schmidt-Eisleben."

„Ich weiß", sagte Wörnitz, „und so gern ich auch Ihr Angebot annehmen würde, möchte ich doch erst einmal ganz kurz bei Inspektor Berger hineinschauen, auch wenn er unpässlich sein sollte."

„Bitte, es ist Ihre Sache. Falls Sie mich suchen, ich bin nebenan."

Wörnitz klopfte kurz höflich an und trat ein.

„Guten Tag."

Er wurde sogleich liebevoll empfangen.

„Würden Sie bitte draußen warten? Ich habe Besuch."

„Ich weiß", sagte Wörnitz, „ich bin ein Besucher."

Während Zollinspektor Berger den Mund noch offen hielt, schloss der Kommissar die Tür und ging auf die Herren zu.

„Sie sind doch Zollinspektor Berger?", fragte er den hinter dem Schreibtisch Sitzenden und beobachtete aus dem Augenwinkel den anderen Besucher.

„Ja, und wer sind Sie?"

Wörnitz zeigte ihm seinen Dienstausweis.

„Wörnitz, Mordkommission, Sie müssten mich noch kennen, wir waren zusammen beim Czybulsky-Prozess."

„Ach ja? Und was wünschen Sie?"

„Ich würde Ihnen gern ein paar Fragen stellen."

„Fragen stellen?"

„Nun, man könnte auch sagen, wir beide müssen uns einmal ernsthaft unterhalten."

„Ich habe aber gerade keine Zeit, wie Sie sehen."

„Hören Sie, Herr Berger! Ich möchte Sie nur befragen, um eventuelle Unklarheiten aus dem Weg zu räumen, aber ich kann Sie auch vorladen, wenn Ihnen das lieber ist."

Berger öffnete den Mund, sagte aber nichts.

„Ich könnte Sie aber auch auf der Stelle verhaften."

„Mich verhaften, das ist doch absurd. Weswegen denn?"

„Amtsmissbrauch, Bestechlichkeit und Verdachts der Beihilfe zum versuchten Mord."

Berger bekam den Mund nicht mehr zu. Der andere Besucher erhob sich mit den Worten:

„Ich sollte jetzt wohl besser gehen."

„Nein, Friedrich, warte noch", rief Berger.

„Ja, bleiben Sie ruhig da, Sie könnten uns behilflich sein. Sie sind doch Herr Richter Römer, habe ich Recht?"

„So ist es."

„Dann denke ich, dass ich mit meinem Anliegen beginnen kann. Betrachten Sie es als ein Heimspiel. Die Atmosphäre auf dem Dezernat ist weniger gemütlich. – Es geht um das kleine Interview, das Sie neulich einem Herrn gegeben haben. Wissen Sie noch den Namen dieses Herrn?"

„Ich weiß nichts von einem Interview."

„Also, der Name Radenković sagt Ihnen nichts?"

„Ach, Sie meinen den Torwart von Bayern München?"

„Radenković hat nie bei den Bayern gespielt. Sie meinen sicher Sepp Maier."

„Nein, Radenković!"

„Sie kennen ihn also doch?"

„Nein."

„Dann werde ich Ihrem Gedächtnis auf die Sprünge helfen", sagte Wörnitz, zog ein kleines Gerät aus der Tasche, schaltete es ein und legte es auf den Tisch. Man hörte:

„Aber wenn unsere Freundschaft davon abhängt, dann sage ich Ihnen meinen Namen. Ich heiße Radenković, wie der berühmte Torwart.'

,Radenković? Nie gehört! Meinen Sie vielleicht

Stojanović? Das war mal ein Torwart."'

Wörnitz schalte wieder ab.

„Wie man hört, scheinen Sie sich in der Fußballszene doch ganz gut auszukennen. Soll ich die Aufnahme noch weiter laufen lassen?"

„Nicht nötig", sagte Berger deprimiert.

„Aber ich würde sie gerne hören, wenn es keine Umstände macht", intervenierte der Richter.

„Aber nicht doch", sprach der Kommissar und setzte den Mitschnitt fort.

„'Sogar jugoslawischer Nationaltorwart. Was haben Sie denn? Darf ich Ihnen ein Wasser anbieten?'

‚Ja, danke …'"

Und so hörten sie sich, der Richter regungslos, Berger eher ungehalten, das Gespräch bis zum Ende an.

Wörnitz schaltete das Gerät ab und verstaute es wieder.

Der erste, der die Sprache wiedererlangte, war der Richter.

„Du bist ein Esel. Du bist ja so ein riesengroßer Esel", sagte er zu Berger. „Dieser Mensch war doch niemals vom BGS. Allein schon seine Ausdrucksweise! Wahrscheinlich steht das alles morgen in der Zeitung."

„Morgen bestimmt noch nicht", sagte Wörnitz, aber grundsätzlich ist es nicht ausgeschlossen, weil ich dafür sorgen könnte. Wir sind bei unserer Arbeit ja oft auf die Mithilfe der Bevölkerung angewiesen."

„In diesem Fall aber nicht", sagte Richter Römer. „Wer ist dieser Mensch, dieser Radowitsch, überhaupt?"

„Bisher weiß ich nur so viel, dass es sich um einen Geschäftsmann handelt, der jetzt mit einer schweren Schussverletzung im Krankenhaus liegt und mit dem Tod ringt. Und hier kommen wir an einen heiklen Punkt. Wer wollte ihn umbringen? Wer hatte ein

Motiv?"

Die beiden machten ungläubige Gesichter, als Wörnitz sie musterte.

„Auf wen würden Sie denn tippen, meine Herren, nachdem Sie sich dieses kleine Interview angehört haben?"

„Absurd!", sagte der Richter.

„Bis eben wusste ich doch nichts von dem Mitschnitt des Gesprächs", sagte Berger.

„Das weiß *ich* doch aber nicht", darauf der Kommissar.

„Wer weiß, wie viele Kopien davon existieren!"

„Abgesehen davon, dass es vor Gericht keine Beweiskraft hätte", sagte Richter Römer, „würde bei einer Veröffentlichung des Gesprächs das Bild der gesamten Justiz in ein schlechtes Licht gerückt werden, woran Sie als Polizeibeamter doch nun wirklich kein Interesse haben dürften."

„Was für ein Bild soll sich aber ein Kriminalist von der Justiz machen, wenn sie die von der Polizei sauber geglätteten Wege wieder radikal umpflügt?"

„Wie – umpflügt?"

„Damit meine ich, unsere Arbeit zunichtemacht und Straftäter wieder auf freien Fuß setzt."

„Wir sind aber auch nur an die Gesetze gebunden."

„Lassen diese Gesetze auch eine Rechtsbeugung zu?"

„Sie sollten jetzt aber vorsichtig sein mit dem, was Sie sagen."

„Warum das? Wollen Sie mir drohen? Mir genügt dieses kleine Interview, das einem Geständnis gleichkommt, um den Schluss zu ziehen, dass hier eindeutig eine Rechtsbeugung stattgefunden hat als Dank für eine Amtsleistung zur Beihilfe der Steuerhinterziehung seitens der Zollbehörde."

„Wie schon gesagt, dieser Mitschnitt hätte vor Gericht

keine Beweiskraft."

„Ob ja oder nein, ist für mich augenblicklich auch gar nicht so wichtig, aber dass Sie es billigend in Kauf nehmen, dass das Leben der Zolloberinspektorin Frau Doktor Schmidt-Eisleben gefährdet wird, lässt Sie beide als Mittäter erscheinen. Ich frage Sie, Herr Zollinspektor Berger, was haben Sie bisher unternommen, um Ihre Chefin vor Azrael Sejmotam zu schützen?"

Berger sagte nichts.

„Radenković hat Sie in dem Interview als einen Judas bezeichnet. Also, ich muss schon sagen, mir fällt dazu nichts weiter ein."

„Du solltest jetzt nichts mehr ohne einen Anwalt sagen", kam nun als gut gemeinter, väterlicher Rat von Richter Römer.

„Das bleibt Ihnen unbenommen, denn bei einer Vernehmung – falls es zu einer solchen kommen wird, und davon gehe ich aus – werden Sie einiges beantworten müssen. Inwieweit dann noch mildernde Umstände für Sie zum Tragen kommen, hängt auch von Ihrem augenblicklichen Verhalten ab. Ich empfehle Ihnen dringlich, sofort Frau Schmidt-Eisleben über die Bedrohung, der sie ausgesetzt ist, in Kenntnis zu setzen, ansonsten werde ich das tun. Guten Tag, meine Herren."

Hauptkommissar Wörnitz verließ den Raum.

„Sag einmal, Reinhardt, bist du von allen guten Geistern verlassen, dass du vor einem Reporter von der Prawda unsere Interna ausquatschst? Konntest du nicht die Schnauze halten. Jetzt ziehst du uns mit in den Dreck hinein. Hast du dir einmal die Konsequenzen überlegt? Ich meine, mir kann es ja

schon fast egal sein, aber ich denke an Hilde und
Anne-Kathrin. Wie stehen die jetzt in der Gesellschaft
da? Selbst nach meinem Tod! Hast du dir das
überhaupt einmal überlegt?"
„Ihr denkt nur an euch, was sollte ich denn machen?"
„Wir denken nur an uns? Dann denk du an Heribert!
Der wird dich vierteilen, wenn er das erfährt. Für ihn
geht es schließlich um noch viel mehr. Und die
Geschichte mit deiner Chefin hast du einfach so
schleifen lassen? Ich hatte dir doch gesagt, du sollst sie
warnen."
„Du hast gut reden! Ihr habt alle gut reden! Ihr seid ja
auch nicht in meiner Situation."
„Nun bemitleide dich auch noch! Unsere Situation ist
schlimm genug."

*

„Hallo?"
„Hier ist Anatol, was hast du rausgekriegt?"
„Der Schlitten steht jetzt nicht mehr da. Den muss
einer weggeholt haben. Bist du sicher, dass der tot ist?"
„So tot, wie eine tote Ratte nur sein kann. Seid Ihr
euch denn mit dem Auto sicher, dass der ihm gehört."
„Das liegt doch auf der Hand. Tarek hat ihn doch
neulich damit in der Meinekestraße gesehen, und so
eine Karre gibt es hier ja nicht so oft und dann noch in
Kristall-Weiß."
„Mir ist es nur ein Rätsel, warum er keine Schlüssel
und Papiere dabeihatte."
„Der Fahrzeugschein liegt vielleicht im
Handschuhkasten, das machen viele so."
„Und was ist mit dem Schlüssel?"
„Vielleicht saß ja noch einer im Auto und hat auf ihn

gewartet."

„Dann wäre der doch aber mit dem Wagen abgehauen, also das glaube ich auf keinen Fall. Es könnte aber sein, dass die Kiste vom Ordnungsamt umgesetzt wurde, weil sie im Halteverbot stand – ist dort Halteverbot?"

„Keine Ahnung."

„Hör zu, Gül! Fahr dort noch einmal hin und leuchte die Gegend ab, vielleicht siehst du ja was ein paar Straßen weiter."

„Alter, ich hab' keine Zeit. Mir wächst dieses scheiß Gemüse von Mustafa über den Kopf. Ich muss alles alleine machen. Sein Bruder sonnt sich in der Türkei und kommt einfach nicht. Ich rufe jeden Tag an, er sagt immer ‚morgen, morgen'. Dann brauche ich einen Mietlaster, die Bullen geben den Pickup ja nicht raus. Mir wird das hier alles zu viel. Ich seh' nur noch Gurken und Mandarinen. Nur noch Obst und Gemüse! Ich träume schon davon. Heute Nacht erschien mir Fatima und, du glaubst es nicht, sie hatte *solche* Ohren, also wirklich mordsmäßige Dinger und wie ich mit meinem Mund an sie rangehe, um zu schmusen, da wackelt die mit ihren Titten und haut mir damit gegen die Nase. Ich sage: ‚Aua! Warum sind die denn so hart?' Da öffnet die ihre Bluse und zum Vorschein kommen zwei Pampelmusen."

„Dann sei doch froh, dass es keine Kokosnüsse waren, sonst hättest du jetzt einen gebrochenen Gewürzprüfer."

„Lach mal!"

„Warum nimmst du dir nicht Yusuf als Unterstützung?"

„Ich denke, der liegt im Krankenhaus?"

„Dann hol den da raus! Er hat sich lange genug

ausgeruht. Also, ich verlass mich auf dich. Fahr noch mal nach Weißensee und sieh zu, dass du was herausfindest. Die Karre hätte ich schon gerne. Ende."

*

„Ossi, was fluchst du so? Du weißt doch, das Fluchen ist eine verfluchte Sünde", sagte Meister Tröger.
„Meester, ich komme hier nicht weiter. Die Dichtung passt nicht."
„Bist du sicher?"
„Meester!"
„Alles nur noch Nachtwächter! Nachtwächter und Weihnachtsmänner! Ich frage mich, wozu die jedes Mal nach der Fahrgestellnummer fragen, wenn sie einem dann doch das falsche Teil geben. Gib her, ich fahr noch einmal hin, sonst wird das mit der Kiste nichts mehr vor Weihnachten und dann bekommen wir von der Pommerenke was zu hören."
Meister Tröger verließ die Halle.
Oskar Paulsen wischte sich die Hände an einem Lappen ab, griff sich ein Bier aus dem Kasten und einen 32er Maulschlüssel, der gerade herumlag, öffnete damit die Flasche und versuchte die herunterspringende Kapsel mit dem Fuß wegzukicken, doch er traf sie nicht.
„Scheiße!", sagte Ossi, setzte sich hinter den Schreibtisch in einer Nische und trank genüsslich sein Bier. Als er sich ein zweites holen wollte, öffnete sich die Hallentür und ein Mann mit einer Pelzkragenjacke trat ein und zeigte auf den Cadillac.
„Ein schöner Wagen ist das. Wem gehört der denn?"
„Guten Tag!", sagte Ossi.
„Ja, Tach! Und?"

„Und was?"
„Ich fragte Sie doch eben was."
„Ja?"
„Ja, wer der Besitzer dieses Wagens ist."
„Kann ich Ihnen nicht sagen."
„Wann ist denn der reingekommen?"
„Neulich."
„Wie hat denn der Besitzer ausgesehen?"
„Kann ich Ihnen nicht sagen. Hat der Meister angenommen."
„Und wo ist der Meister?"
„Weg."
„Und wann kommt er wieder?"
„Kann ich Ihnen nicht sagen."
„Was können Sie mir überhaupt sagen?"
„Ich kann Ihnen sagen, wie spät es ist."
„Hören Sie, Freund! Wollen Sie mich verarschen?"
„Warum sollte ich? Wenn Sie ein Kunde sind und mir ein Auto zum Reparieren bringen, dann kann ich Ihnen helfen, aber bei komplizierten Fragen bin ich überfordert, da müssen Sie sich an den Meister wenden."
„Dann werde ich auf den Meister warten."
„Tun Sie das, aber draußen, bitte!"
„Draußen ist es kalt. Ich werde hier drin warten", sagte der Pelzkragenmann, zog ein Messer aus seiner Tasche und fing an, sich damit seine Fingernägel sauberzumachen.
„Wollen Sie ein Bier?", fragte Ossi.
„Ich trinke doch nicht euer Gesöff."
„Dann eben nicht", brummte Oskar Paulsen, griff sich ein weiteres Bier und seinen 32er Maulschlüssel, sprengte die Kapsel der Flasche ab, die nach unten fiel und kurz vor dem Boden mit einem gezielten Fußtritt

in Richtung Besucher befördert wurde. Sie flog
haarscharf an dessen Kopf vorbei, aber er bekam einen
Schreck, zuckte mit dem Kopf zur Seite und stach sich
dabei mit seinem Messer in den Finger.

„Oha", sagte Ossi, „sonst treffe ich nie."

Pelzkragen sah Ossi grimmig an und hielt immer noch
das Messer in der Hand.

Ossi ging auf ihn zu und drehte dabei seinen
Schraubenschlüssel in der Hand.

„Sie werden jetzt gehen! Und vergessen Sie nicht Ihren
Käsedolch vorher wegzustecken, sonst könnte man
noch auf falsche Gedanken kommen! Und wickeln Sie
da ein Taschentuch rum, Sie kleckern mir ja den
Fußboden voll. Warten Sie, ich öffne Ihnen die Tür,
damit Sie mir nicht die Klinke beschmieren."

Ossi drehte das Radio etwas lauter, griff sein Bier und
setzte sich wieder hinter den Schreibtisch. Gerade , als
es anfing, sich bequem anzufühlen, öffnete sich wieder
das Tor. Waldek betrat die Werkstatt und schaute ins
Weite.

„Hallo, jemand da?"

„Hier! Wen suchen Sie denn?"

„Guten Tag, ich wollte den Meister sprechen."

„Auch guten Tag, der Meister ist unterwegs, Teile
holen."

„Wann wird er denn wieder hier sein?"

„Das kann 'ne Stunde dauern, hängt von den
Straßenverhältnissen ab. Vielleicht kann ich Ihnen
weiterhelfen?"

„Ich wollte nur die Anzahlung für die Reifen
vorbeibringen."

„Für den Caddi?"

„Ja."

„Dann ist es doch besser, wenn Sie auf den Meister

warten. Nehmen Sie doch Platz."
Waldek versank in einem weichen, niedrigen, nicht
mehr ganz neuen Ledersessel.
„'n Bier?"
„Gerne."
Ossi holte noch eine Flasche, öffnete sie artgerecht und
übergab sie Waldek.
„Ich ruf' mal den Meister an", sagte er.
„Meester? ... Bist du schon auf dem Rückweg? ... Hier
ist Besuch für dich. ... Genau der ... sag ich ihm,
tschüs. – Der Meister ist in zwanzig Minuten hier."
„Gut", sagte Waldek schläfrig. Er fühlte gerade eine
unbändige Müdigkeit. Während Ossi die Halle fegte,
trank er sein Bier und hörte der Musik aus dem Radio
zu. „Eloise" spielte gerade, von Barry Ryan. Er dachte
an ‚Colour of my Love' und an Edeltraut. Dabei geriet
er ins Träumen und nickte ein.
Durch das Krachen beim Zuschlagen des Eisentores
schreckte er hoch. Vor ihm stand Ossi.
„Der Chef ist jetzt da."
Er wurde freundlich begrüßt:
„Tachchen, ich habe die Reifen schon bestellt, sie
kommen aber erst nach Weihnachten, wie Sie sich
bestimmt schon denken konnten."
„Das ist kein Problem, Hauptsache, der Wagen steht
hier trocken und sicher."
„Ja, das macht er, vor allem aber trocken. Ossi, wie
viele Biere hast du denn schon wieder getrunken? Du
musst doch noch arbeiten."
„Gerade mal zwei Fläschchen, Meester. Wenn du mir
die richtige Dichtung gibst, kriege ich den Rest auch
noch im Vollrausch hin, aber da ist noch was ..."
„Ist noch mehr kaputt an der Schüssel?"
„Nee, ich hoffe nicht. Es geht um den Caddi von dem

Herrn hier. Da war vorhin so ein schmieriger Zigeuner hier …"

„Ossi! Wie redest du denn? Das sagt man doch nicht! Was soll denn unser Kunde von uns denken?"

„Mir ist keine bessere Vokabel für diesen Kanacken eingefallen."

„Ossi, Ossi, Ossi, dir ist doch nicht zu helfen!", sagte Tröger und zu Waldek gewandt:

„Unser Ossi! Er ist politisch ein klein wenig rechts orientiert, aber ein Schrauber vor dem Herrn!"

Und wieder zu Ossi:

„Was war nun mit diesem Herrn?"

„Der kommt hier reingeschneit, ohne zu grüßen, stellt mir alle möglichen Fragen über den Caddi, die ich nicht beantworten kann, und als ich ihm sage, dass er mit dir sprechen soll, da zieht der ein Messer raus und fängt an, sich den Dreck aus seinen schwarzen Krallen zu kratzen, wo ich gerade alles ausgefegt habe."

„Du warst doch aber nicht unhöflich zu Ihm? Nicht, dass wir wieder eine Beleidigungsklage an den Hals bekommen."

„Nein, wo denkst du hin, Meester. Ich habe ihm sogar ein Bier angeboten."

„Wie? Der hat von unserem Bier getrunken?"

„Nein, er sagte, von unserem Gesöff will er nichts."

„Na, ein Glück, so weit kommt es noch, dass uns dieses Gesocks mit dem Messer bedroht und dann auch noch unser Bier aussäuft!"

„Zumal nicht mehr genug da ist, wir müssen noch holen."

„Wieso? Da sind doch noch drei Flaschen im Kasten."

„Die reichen aber nicht für die ganze Nacht, ich bleibe heute hier."

„Hat dich deine Alte rausgeschmissen?"

„Blödsinn! Ich sorge mich um den Caddi. Dieser
Penner war nur wegen dem Wagen hier …"
„Ossi, es heißt ‚des Wagens'!"
„Jaja! Jedenfalls sage ich dir was, der will nur des
Wagens klauen, das habe ich im Urin. Und deswegen
bleibe ich heute Nacht hier. So!"
„Ossi,Ossi! Was wird deine Alte sagen, wenn du heute
nicht nach Hause kommst?"
„Na, nischt! Sie ist bis morgen auf einem
Betriebsausflug."
„Na, mach, was du willst, Hauptsache, die Karre von
der Pommerenke wird noch rechtzeitig fertig. Die
kommt gegen 17.00 Uhr. Und schalte trotzdem die
Alarmanlage ein!"
„Geht klar, Meester. Alle Vorsichtsmaßnahmen
werden getroffen."
Waldek, der sich das alles mit Belustigung angehört
hatte, zeigte Ossi das Foto auf seinem Smartphone,
das er von Anatol gemacht hatte.
„Sagen Sie, Herr …"
„Paulsen."
„Herr Paulsen, ist das der Mann, der vorhin hier war?"
Ossi betrachtete das Foto eine ganze Weile und kniff
die Lippen zusammen.
„Hmm", sagte er. „Nee! Die sehen zwar alle gleich aus,
aber nee, das war er nicht. Die Nase war anders."
„Trotzdem, danke. Hier ist die versprochene
Anzahlung." Er gab Tröger das Geld. „Es würde mir
leid tun, wenn Sie nun meinetwegen Schwierigkeiten
bekommen sollten."
„Ach wo! Da müssen wir durch. Aber Sie sehen, dass
wir Ihr gutes Stück mit unserem Leben verteidigen.
Sie bekommen noch eine Quittung."
Waldek nahm sie in Empfang und verabschiedete sich.

„Hallo, Anatol? Hier ist Gül."

„Das höre ich. Kann dir Yusuf nun helfen?"

„Nein, den lassen sie erst nach den Feiertagen raus, aber ich habe das Auto gefunden. Du kommst nicht drauf, wo."

„Quatsch nicht rum. Wo ist er?"

„Direkt vor deiner Nase."

„Soll ich dir in den Arsch treten?"

„Vor der Eylül."

„Wie, vor der Eylül, da hätte ich ihn doch sehen müssen."

„Er steht auf unserem Hof in der Halle dieser Autowerkstatt."

„Wie hast du ihn denn gefunden?"

„Ich habe ein paar Kinder gefragt, die sich dort herumtrieben und habe auch schon die Lage gepeilt. Das ist 'ne leichte Kiste. Ich habe mich bereits genau umgesehen. Ganz simple Schlösser, da kommt man einfach rein, und die Autoschlüssel hängen alle fein säuberlich geordnet an einem Schlüsselbrett – mit Autonummer. Das wird eine Spazierfahrt. Morgen hast du den Schlitten."

„Gut gemacht. Wenigstens kann man sich auf dich verlassen. Ich würde ja mitkommen, aber ich habe zu tun."

„Ich weiß, du hast ja immer zu tun."

„Was soll das heißen? Höre ich da so etwas wie Unzufriedenheit? Vergiss nicht, ohne mich würdest du schon längst in Tegel einsitzen."

„Ist ja gut. Also, bis morgen dann."

„Fahr ihn vorher noch mal durch die Waschanlage!"

*

„Guten Tag", sagte Waldek laut, als er das Geschäft
betrat.
Der Juwelier kam aus seinen hinteren Gemächern
hervor und zeigte sich überrascht.
„Ich habe Sie doch gleich erkannt. Einen
wunderschönen guten Tag! Sie sind doch der Herr mit
dem Ring des Polykrates. Sind Sie ihn denn schon
losgeworden?"
„Ja, das bin ich – hoffe ich zumindest."
„Schön, schön! Gut für Sie und uns alle. Womit kann
ich heute dienen?"
„Sie haben in der Auslage ein Collier, das mir bzw.
einer Frau gefallen könnte, das vor dem Elefanten."
„Ach das! Ja, ein sehr schönes Stück. Sie haben
Geschmack, junger Mann."
„Was kostet das?"
Der Juwelier lächelte süffisant und meinte:
„Wie heißt es doch so schön? Wenn man erst nach dem
Preis fragt, dann ist es bereits zu teuer!"
„Also?"
„Fünfundsiebzigtausend."
„Mein lieber Herr Gesangsverein! Ich dachte an eine
kleine Morgengabe zu Weihnachten …"
„Morgengabe? Beschenkt man sich nicht am Abend zu
Heiligabend? Ist das nicht in Polen genauso?"
„Doch, ist es, dann eben Abendgabe. Aber
fünfundsiebzig übersteigt meinen Etat."
„Verstehe. Soll es denn ein Collier sein?"
„Ich denke schon, einen Ring hat sie ja bereits."
„Ah, ja! Verstehe. *Den* Ring?"
„Genau, *den* Ring!"

„Und gefällt er ihr wenigstens?"
„Zumindest hat sie ihn erst einmal behalten, ohne dass
ich ihn mir, na, Sie wissen schon."
„Ja, ich weiß – leider, leider, aber nicht zu ändern!
Nun, vielleicht hätte ich da etwas Passendes für Sie.
Ich habe gestern etwas in Zahlung genommen, was für
Sie interessant sein könnte. Es ähnelt dem im
Schaufenster sehr und wurde garantiert nicht oft
getragen, höchstens zwei- bis dreimal, ich kenne die
Kundin gut. Ich hole es hervor."
Wenig später erschien der Juwelier und legte das gute
Stück auf ein Samtdeckchen.
Waldek betrachtete das Collier.
Der Juwelier betrachtete Waldek.
„Hmm", sagte Waldek.
„Nun", sagte der Juwelier, „es ist natürlich nicht ganz
so sauber gefasst wie eine europäische Arbeit, aber für
asiatische Verhältnisse nicht schlecht."
„Hmm", sagte Waldek.
„Also, im Preis unschlagbar."
„Das heißt?"
„Fünfzehn – das ist geschenkt!"
„Hmm", sagte Waldek.
„Also, wenn ich es Ihnen für vierzehn gebe, dann
ruinieren Sie mich."
„Was haben Sie denn gestern dafür hingeblättert?"
„Hmm", sagte der Juwelier. „Sie dürfen nicht
vergessen, dass die Ankaufspreise deutlich unter dem
Wiederverkaufserlös liegen, ja liegen müssen. Wie soll
sich sonst mein Geschäft tragen? Also, in Anbetracht
dessen, dass es gerade einen Tag im Laden war …
dreizehn, aber das ist mein letztes Wort."
„Zwölf!"
„Guter Mann, warum hassen Sie mich so? Ich will

Ihnen eine Freude machen und Sie wollen mich umbringen."

„Zwölf."

„Zwölf-fünf."

„Einverstanden, zwölf-fünf."

„Glauben Sie mir, damit haben Sie einen Fang gemacht. Das Stück hat selbst in Thailand zweiundzwanzig gekostet, wie mir berichtet wurde, die deutsche Umsatzsteuer nicht mitgerechnet."

„Dafür ist es gebraucht."

„Das merkt doch keiner. Es kommt jetzt noch einmal in ein Ultraschallreinigungsbad und dann ist es wieder wie neu. Ich hätte Ihnen ja gar nichts von einem Vorbesitzer erzählen müssen, aber ich bin ein seriöser Geschäftsmann und betrüge meine Kunden nicht. Wie zahlen Sie?"

„Mit Kreditkarte, wer trägt schon so viel Bargeld bei sich?"

Der Juwelier zog eine Schippe.

*

„Du bist so schweigsam, Friedrich, bedrückt dich etwas?"

Frau Römer sah ihren Mann beim Essen besorgt an.

„Ich war doch vorige Woche bei Doktor Klagenfurth und ..."

„Ach, zu dem müsste ich vielleicht auch mal gehen. Mir tut in letzter Zeit so mein linker Ballen weh. Das kann natürlich auch von den neuen Schuhen kommen, die werden ja jetzt wieder enger und spitzer, glaube ich aber nicht. Der soll sich das mal ruhig ansehen. Vielleicht bekomme ich ja eine Salbe verschrieben."

„Salben helfen doch nicht."

„Ich kann auch zu Doktor Beriberi gehen, wenn du meinst, dass Klagenfurth nicht gut ist."

„Das habe ich doch gar nicht gesagt."

„Oder ich gehe zu Frau Doktor Năstase Moldovan, aber bei der war Beate ..."

„Beate Neuhaus?"

„Nein, nicht doch! Beate Stecher-Reibring, die vom Yogakurs."

„Kenn' ich nicht."

„Klar, kennst du die. Die hat sich bei der Moldovan eine Warze überm Knöchel entfernen lassen und nun hat sie Schmerzen von ihrer Fußkette."

„Dann soll sie doch die Kette am anderen Fuß tragen."

„Das geht aber nicht, denn da hat sie schon eine."

„Dann soll sie sie eben ganz weglassen, mein Gott!"

„Wie sieht das denn aus? Ihr Männer seid doch alles Ignoranten!"

„So?"

„Ja! Du auch! Du hast noch nicht einmal bemerkt, dass ich ein neues Kleid trage."

„Doch, du hast ein neues Kleid. Hübsch! Allerdings ..."

„Was ist? Hast du wieder an meinem Ausschnitt rumzumäkeln?"

„Na ja, etwas freizügig ist er schon."

„Das habe ich extra so gewählt, damit dann das Collier besser zur Geltung kommt."

„Welches meinst du?"

„Na das, was auf dem Emil von der Tochter zu sehen war."

„Emil von der Tochter?"

„Jetzt stell dich nicht so an! Sie hat uns doch ein Foto geschickt, Thai Mahal heißt die Kette."

„Du meinst Taj Mahal!"

„Ich denke, das Collier kommt aus Thailand, warum

heißt es dann Tadsch Mahal?"

„Weil der Name aus dem Persischen kommt."

„Vielleicht sollte ich ja doch lieber das Soraya of Pattaya nehmen? Das sieht moderner aus und kostet das gleiche."

„Ich denke, das ist 3000 teurer?"

„Na, was ist das schon? Aber zu dem habe ich keine passenden Ohrringe. Was denkst du denn?"

„Ich denke, wir sollten ..."

„Ich weiß genau, was du jetzt denkst. Der Schmuck ist nur dazu da, um von den Spuren des verlorenen Kampfes der Haut gegen die Zeit abzulenken."

„Das habe ich doch gar nicht gesagt."

„Aber gedacht hast du es! Ich sage schließlich auch nicht zu dir, dass dein kleiner Piephahn und sein schrumpeliger Sack zusammen in eine Mokkatasse hineinpassen, ohne dass man mit dem Kaffeelöffel nachhelfen muss."

„Jetzt bist du geschmacklos."

„Ich geschmacklos? *Du* hast keinen Geschmack! Du kannst mich ja nicht einmal bei den Colliers beraten."

„Ich würde ja sagen, nimm doch, welches du willst ..."

„Das werde ich auch machen. So! Ich nehme jetzt das Soraya of Pattaya, sonst bekommt das womöglich noch die Nackel-Dabergotz und gibt dann damit an, dass sie ein wertvolleres Teil hat als ich. Oder ich nehme beide. Was sagst du dazu?"

„Beide?"

„Ja, warum nicht? Hast du nicht selbst gesagt, dass das Schnäppchen sind, wenn du es wieder so machst, wie beim letzten Mal? Du isst ja gar nichts. Schmeckt es dir mal wieder nicht?"

„Doch, doch, daran liegt es nicht."

„Was dann? Ich habe dir extra deinen Lieblingseintopf

gekauft."

„Ja, ich sehe, Serbische Bohnen."

„Das war doch mal dein Lieblingsessen?"

„Ja, früher, als ich noch Student war."

„Ihr habt doch immer was zu mäkeln."

„Ich mäkel ja gar nicht, ich kann halt nur momentan nichts essen."

„Und warum nicht, bitteschön?"

„Das versuche ich ja, dir die ganze Zeit zu erklären ..."

„Wie willst du mir auch was erklären, wenn du nie mit mir sprichst?"

„Weil du mich nie zu Wort kommen lässt."

„Ich lasse dich nicht zu Wort kommen? Das ist doch der Gipfel!", sagte Frau Römer entrüstet und fing an zu weinen.

Richter Römer stand auf, ging auf seine Frau zu, küsste sie und sprach:

„Nun weine mal nicht! Ich hab's ja nicht so gemeint."

„Das sagst du immer, aber es war gemein", sagte Frau Römer und wischte sich die Tränen ab.

„Was wolltest du mir denn nun sagen?"

Friedrich Römer setzte sich wieder, nahm einen Schluck Rotwein und sprach:

„Ich habe heute mit Klagenfurth telefoniert. Die Ergebnisse meiner Untersuchung aus dem Labor sind da. Ich habe Krebs."

„Das ist ja furchtbar. Magen-Darmkrebs, so wie du befürchtet hattest?"

„Ja."

„Und bekommst du nun Bestrahlungen?"

„Klagenfurth meint, das hätte keinen Zweck mehr, die Leber wäre auch schon angegriffen."

„Und was ist mit Chemotherapie?"

„Er will es versuchen, aber wenn du mich fragst, das

bringt alles nichts mehr."

„Hast du denn eine zweite Meinung eingeholt? Du musst unbedingt eine zweite Meinung einholen! Das habe ich gerade gelesen. Geh doch noch einmal zu Doktor Beriberi!"

„Was soll das noch bringen, wenn die Laborwerte schon vorhanden sind? Meinst du, dieser Quacksalber erreicht noch was bei mir, womöglich durch Handauflegen?"

„Frau von Anselmi hat er schließlich auch geholfen."

„Die hatte ja auch keinen Magenkrebs, sondern eine Warze am Knöchel."

„Das war Beate Stecher-Reibring, du bringst ja schon alles durcheinander."

„Und wenn schon! Lass mich mit deinen Wunderheilern in Ruhe."

„Meinst du denn, wir können noch auf den Ball gehen?"

„Kann ich dir nicht sagen. Bis dahin ist es ja noch einen Monat hin."

„Wann soll ich dann aber mein neues Collier tragen?"

„Das wollte ich dir eben auch schon die ganze Zeit sagen, es ist wohl dieses Mal besser, wenn wir ausnahmsweise auf das Collier verzichten."

„Verzichten?"

„Ja, so, wie immer, können wir es dieses Jahr wohl nicht machen. Reinhardt hat mit großen Schwierigkeiten beim Zoll zu kämpfen. Na, und die vollen Preise zu bezahlen … jetzt in unserer Situation? Bevor die Pension durch ist, musst du dein Geld zusammenhalten. Ich habe an Anne-Kathrin auch schon eine entsprechende E-Mail geschickt."

„An Anne-Kathrin? Heißt das, dass sie jetzt nichts mitbringt?"

„Das glaube ich nicht. Sie hat bestimmt etwas für dich dabei."

„Etwas? Nur etwas? Wahrscheinlich nicht einmal das Tadsch Mahal!"

„Davon kannst du ausgehen."

„Na, *du* wirst mit mir ja wohl nicht mehr ausgehen", sagte eine sehr enttäuschte Frau Römer und musste wieder weinen.

*

„Herr Radenković liegt immer noch auf der Intensivstation und ich kann Ihnen nicht sagen, ob er Besuch empfangen kann. Sind Sie ein Verwandter?", fragte die nette Stimme am Telefon.

„Ich heiße Waldemar Scheffzik und bin sein Schwager. Würden Sie ihn bitte fragen, ob er mich empfängt?"

„Bleiben Sie bitte dran!"

Nach fünf Minuten meldete sich die Dame wieder:

„Hallo? Sie dürfen ihn besuchen, aber bringen Sie bitte Ihren Ausweis mit!"

Nach einer anstrengenden Taxifahrt durch die halbe Stadt erreichte Waldek endlich das Krankenhaus. Er musste tatsächlich seinen Pass vorzeigen, eine beträchtliche Wartezeit über sich ergehen lassen und wurde dann endlich zu Milan vorgelassen. Der sonst so vor Kraft strotzende Kerl sah nur noch aus wie Not und Elend zusammen, aber er öffnete die Augen und bemühte sich, zu lächeln.

„Alter", sagte er mit schwacher Stimme, „schön, dass du kommst. Haben Sie das Schwein schon gekriegt?"

„Leider noch nicht."

„Meine eigene Schuld! Ich hätte den sofort abknallen sollen."

„Sei froh, dass nicht! Sonst wärest du womöglich schon im Knast."

„Wäre das soviel schlimmer als hier? – Heute kam ein Priester zu mir, der wollte wissen, ob ich katholisch bin."

Milan sprach sehr langsam und leise, fast im Flüsterton.

„Und?"

„Weiß ich doch nicht! Kann sein. Meine Mutter hat mal so was erzählt, als sie starb, aber da war ich fünf Jahre alt."

Milan musste husten und versuchte, den Hustenreiz zu unterdrücken.

„Scheiße, tut das weh ..."

„Streng dich nicht an, wir wollen, dass du wieder auf die Beine kommst."

„Ich glaube gerade selbst nicht daran. Hör, Alter! Guck mal, ob mein Cadillac noch da steht, aber wahrscheinlich hat ihn sich dieses Schwein geschnappt."

„Dein Cadillac ist sicher untergebracht, in einer Werkstatt. Ich habe ihn gefunden und dort eingestellt."

„Echt klasse, Alter. – Woher hattest du den Schlüssel? Etwa von der Krankenschwester?"

„Nein, du hattest ihn nicht mehr, als du eingeliefert wurdest. Ich habe ihn gefunden."

„Hast du zufälligerweise auch meine Uhr gefunden?"

„Nein, die hat jetzt wohl Anatol."

„Dieses Schwein! – Im Kofferraum war eine Tasche ..."

„Die ist bei mir zu Hause."

„War noch alles drin?"

„Was sollte denn drin sein? Ich habe nicht nachgesehen."

„Ungefähr 425.000."

„So viel fährst du im Kofferraum spazieren?"

„Ist ja nicht alles meins. Ein Großteil geht in die Refinanzierung … das ist jetzt zu kompliziert. Wenn du die Tasche hast, dann musst du etwas für mich tun."

Milan musste immer wieder Sprechpausen einlegen. „Im Handschuhkasten liegt mein Handy. Du musst Mirko anrufen und dich mit ihm treffen. Er bekommt 300.000."

„Das Handy habe ich dabei."

„Gut …"

„Aber es ist aus. Ich kann es laden, aber wahrscheinlich brauche ich ein Passwort."

„Brauchst du nicht. Ich kann mir keine Passwörter merken."

Milan schloss wieder die Augen und drohte einzuschlafen.

„Und der Rest, was ist damit?"

„Kannst du den für mich aufbewahren, bis ich wieder draußen bin? Und falls ich hier verrecke, behalt es, aber gib der Edith was ab."

„Wo finde ich die Edith?"

„In Mahlow, in der Alten Dorfschenke, sie ist die Wirtin."

„Wieviel soll sie bekommen?"

„Gib ihr fünfzehn Riesen, für ihr neues Auto."

„Verstanden, dann kann ich ja auch davon deine Reifen bezahlen."

„Meine Reifen?"

„Ja, ich lasse deinem Cadillac in der Werkstatt, wo er jetzt steht, vier neue verpassen. Die alten waren schon einseitig abgefahren."

„Kann sein. Du bist ja zu mir wie 'ne Mutter ohne Brust."

„Wo hattest du denn die Zulassung für den Wagen, im Portemonnaie?"

„Nee, die ist im Auto, hinten im Kofferraum, am rechten Rücklicht musst du den Teppich leicht abziehen."

„Läuft der Wagen denn auf deinen Namen?"

„Wo denkst du hin, Alter? Die Kiste hat über sechs Liter Hubraum, da würde ich mich ja dumm und dusselig an Steuern bezahlen. Der Halter ist meine Tante Jovanka, die ist fast neunzig und schwerbehindert und zahlt gar keine Steuern."

„Ist denn das glaubwürdig? Passt denn dieses Auto zu einer so alten Dame?"

„Das ist ja das Schräge an der Sache! Keiner will es wahrhaben, aber die können nichts machen. Du hättest beim Kauf dabei sein sollen. Sie spaziert mit ihrer Gehhilfe in den Laden hinein und sagt, sie will einen Wagen kaufen.

‚Na, Muttchen', sagt der Autoverkäufer, ‚haste dich nicht in der Tür geirrt? Rollstühle gibt es ein paar Querstraßen weiter!'

Du musst dir das vorstellen. Sie hatte ihre schäbigsten Klamotten an, 'ne bekleckerte Küchenschürze und der Unterrock guckte hervor.

‚Werden Sie mal nicht frech, junger Mann!', entgegnet sie, ‚ich denke, Sie wollen Autos verkaufen. Sind Sie nun ein Autoverkäufer oder nur ein Dummschwätzer?'

Da sagt der zu ihr: ‚Ich verkaufe Ihnen hier jeden Wagen, wenn Sie Geld haben. Zahlen Sie bar?', und dabei grinste er unverschämt. Du musst dir das vorstellen! Ich habe alles mit angesehen, weil ich schon vorher seit einer halben Stunde im Laden war und die Verkäufer mit allem Möglichen genervt hatte."

Milan musste lachen:

„Au, au, oh, oh Schmerz!"
Nach einer Weile setzte er fort:
„Da sagt sie, ‚natürlich bar, was denken Sie denn?',
und zeigt auf einen weißen Wagen.
‚Was kostet dieser hier, zum Beispiel?'
‚Der kostet 113.000 €, wollen Sie Ihren Rollator in
Zahlung geben?'
‚Das überlege ich mir noch', sagt sie, ‚aber auf alle
Fälle will ich einen satten Barzahlerrabatt von
mindestens 20 Prozent!'
‚Aber sicher doch, Muttchen', posaunt dieser Esel.
‚Wenn Sie jetzt auf der Stelle 90.000 € auf den Tisch
legen, dann können Sie ihn gleich mitnehmen.'
An der Stelle haben alle Verkäufer und einige Kunden
noch gelacht. Der Typ hat vielleicht dumm aus der
Wäsche geguckt, als Tante Jovanka ihre Handtasche
öffnete und ihm die 90.000 hinblätterte. Dann wollte er
aber auf einmal von seinem Angebot nichts mehr
wissen und meinte, Privatkunden dürfe er gar nicht so
viel Rabatt einräumen, das wäre schließlich nur Spaß
gewesen.
Da trete ich an den ran und sage: ‚Das geht aber nicht
so! Wie springen Sie überhaupt mit dieser Dame um?'
Und ein anderer Kunde aus dem Laden kam noch dazu
und meinte entrüstet, was das hier für
Geschäftsmethoden seien, erst große Offerten machen
und dann nicht dazu stehen. Er sei entsetzt und würde
sich direkt in Zürich-Glattpark über diese
Niederlassung beschweren. – Ja, so war das. Die
mussten auch noch eine rote Nummer rausrücken,
sonst hätten wir ihn ja nicht gleich mitnehmen
können."
Eine Krankenschwester steckte ihren Kopf durch den
Türspalt herein und ermahnte Waldek:

„Es ist besser,wenn Sie nun Herrn Radenković, wieder etwas Ruhe gönnen – der Arzt kommt auch gleich." Herr Radenković winkte nur mit der Hand ab und meinte zu Waldek:
„Vielleicht solltest du der Edith zwanzig geben."
„Verstanden, aber noch ein Letztes", sagte Waldek, „ich kümmere mich um das Geld, aber sag mir, wer auf dich geschossen hat. Anatol kann es doch nicht gewesen sein, sagt die Polizei."
„Anatol? Doch Anatol, da war doch sonst niemand."
„Da war noch Mustafa Üstgül, allerdings ist der von der Plattform gestoßen worden."
„So? Der Bulle, der bei mir war, hat schon so was erzählt, aber ich habe niemanden von irgendwo hinuntergestoßen. – Gib der Edith fünfundzwanzig – weil Weihnachten ist!"
Der Arzt und die Schwester erschienen und Waldek verabschiedete sich.

*

Waldek rief Traute an.
„Ja?"
„Ich liebe dich."
„Ja, ich weiß. Ich glaube, ich liebe dich auch."
„Ach, du glaubst nur?"
„Ist das nichts?"
„Nu ja, nichts ist halt nicht viel, genau genommen, ist nichts überhaupt nicht viel, sogar ausgesprochen wenig – extrem wenig, würde ich einmal sagen."
„Also, wenn es dich beruhigt, ich liebe dich viel mehr als ausgesprochen, extrem wenig."
„Es beruhigt nicht, aber es macht glücklich."
„Na bitte."

„Darf ich dich heute von der Arbeit abholen?"

„Das ist heute schlecht, weil ich nicht weiß, wann ich den Laden hier verlassen kann. Es ist noch viel zu erledigen und morgen habe ich doch frei. Heute war ein Kommissar von der Mordkommission hier, daraufhin hat sich Berger krank gemeldet und ist nach Hause gegangen. Jetzt bleibt alles an mir hängen. Du, morgen Vormittag rufe ich dich an und dann feiern wir beide Heiligabend ganz allein, nur du und ich. Denk dir schon mal was aus!"

„Das mache ich; dann bis morgen. Ich habe Sehnsucht nach dir!"

„Mir geht es ähnlich – du, ich muss Schluss machen."

Waldek winkte sich ein Taxi heran und fuhr zu seiner Wohnung. Nach 90 Minuten erreichte er endlich sein Ziel und begab sich vorher noch zum Vietkong, um etwas zu essen und trinken zu besorgen. Er ließ sich sehr viel Zeit dabei. Durch die Schaufensterscheibe betrachtete er auch die Umgebung vor dem Laden. Anatol zeigte sich leider nicht, dafür aber ein Mann auf der anderen Straßenseite, der anscheinend nichts zu tun hatte und wiederholt in Richtung des Ladens blickte. Ganz offensichtlich, so vermutete Waldek, hatte hier Kommissar Wörnitz schon eine Maßnahme getroffen.

Wieder bei sich zu Hause, aß und trank er erst einmal eine Kleinigkeit (zwei Krakauer plus Cuba Libre). Dann nahm er sich Milans Tasche vor. Er staunte nicht schlecht. So viel Geld sieht man nicht oft auf einen Haufen. Er zählte 300.000 Euro ab und steckte sie in eine Plastiktüte, dann verband er Milans Handy mit einem Ladegerät und rief Mirko an.

„Ja?"

„Ich rufe im Auftrag von Milan an, spreche ich mit Mirko?"

„Ja, am Apparat, was ist mit Milan?"

„Er ist verhindert, aber ich soll Ihnen etwas übergeben."

„Etwa das Geld?"

„Exakt!"

„Die ganzen dreihundert?"

„Genau."

„Ist ja irre! Wir hatten die Knete schon abgeschrieben, weil wir dachten, Milan ist abgehauen, aber so etwas passt nicht zu ihm. Soll ich sie bei dir abholen?"

„Komm zur Knobelsdorffstraße 33, bei Czybulsky klingeln."

„Hallo, ich bin Mirko."

„Komm rein! Setzt dich! Cuba Libre?"

„Super, Alter."

„Alter?"

„Ich konnte mir deinen Namen nicht merken, Symbullik? Bist du Polle?"

„Ja, Polle, aber ich heiße Scheffzik und nicht Symbullik, Waldemar Scheffzik. Und du? Du bist Russe, stimmts? Wie ist dein Name? Nein, sag nichts! Lass mich raten, du heißt Jaschin, richtig?"

„Jaschin? Wieso Jaschin? Wer ist Jaschin? Ich heiße Godunow."

„Ach, wie Boris Godunow, die Oper?"

„Der Opa – väterlicherseits; der Opa mütterlicherseits hieß Tretjak."

„Echt jetzt? Tretjak?"

„Was ist daran so ungewöhnlich?"

„Zu viel! Zu viel! O, dass ich nun erwachte!", sang Waldek.

„Und das war jetzt Boris Godunow?", fragte Mirko Godunow, seinen neuesten Bildungsstand an den Mann bringend.

„Nein, das war Tannhäuser", entgegnete Waldek mit einer gewissen Bitternis in der Stimme.

„Tannhäuser, ist das nicht dieser Doppelkorn aus der DDR – nur echt mit den drei blinden Ärzten auf dem Label?"

„Noch ein Cuba Libre?", fragte Waldek nach einer kleinen Pause, nun gänzlich frustriert.

„Ja, gieß ein!"

Waldemar goss noch einmal nach und gab dann Mirko die Tüte mit dem Geld.

„Zähl nach!"

„Das wird schon stimmen."

„Zähl trotzdem nach, ich brauche nämlich von dir eine Quittung."

„Quittung? Das machen wir nie."

„Aber bei mir. Ich muss mich schließlich vor Milan rechtfertigen."

„Na, dann. Was ist denn mit Milan überhaupt?"

„Er wurde angeschossen. Wir wissen noch nicht, ob er überleben wird."

„Ach du Scheiße! Ach du meine Scheiße! Das war Anatol, dieses Schwein, habe ich Recht?"

„Das ist noch nicht genau raus, aber er steckt da mit drin."

„Und ich habe ihn noch gewarnt. Ich habe ihm gesagt, der ist heimtückisch. Wäre ich doch nur mitgegangen!"

„Du wusstest also davon?"

„Nichts Genaues, aber ich konnte es mir denken."

„Du hättest ihn davon abhalten sollen."

„Keine Chance! So gut kenne ich Milan. Der ist stinkig wegen Mustafa."

„Kann das nicht auch Gül oder der andere Mustafa gewesen sein?"

„Nee, das war Anatol. Meine Buschtrommeln sind zuverlässig."

„Sie haben dir aber nicht getrommelt, was mit Milan passiert ist."

„Stimmt."

„Und wo wir jetzt eventuell diesen Anatol noch schnappen können, verraten sie wohl auch nicht?"

„Doch, da könnte was hereingekommen sein. Der Penner will sich angeblich noch einen Zollbeamten vorknöpfen, der ihm ständig die Tour vermasselt. Der Typ vom Zoll geht mich zwar einen Scheiß an, aber wenn er nicht mal wieder den Gül schickt, dann könnten wir Anatol dort kriegen."

„Wo, dort?"

„In der Eislebener Straße, das ist nicht weit weg vom Bundesligastützpunkt."

Waldek sprang erregt auf.

„Weißt du etwas über den Zeitpunkt?"

„Null Ahnung, aber garantiert nachts oder spät abends. Anatol ist lichtscheu, der macht nie was am Tage. Wieso bringt dich das so auf die Palme?"

„Weil dieser Zöllner eine Frau ist und noch dazu meine … Verlobte."

„Ei der Daus!"

Waldek trank hastig sein Glas leer, griff nach seinem Handy und versuchte Traute zu erreichen, aber ihr Handy war ausgeschaltet.

„Ihr Handy ist aus", sagte er, „also ist sie noch auf der Arbeit. Bist du mit einem Auto hier?"

„Ja, soll ich dich mitnehmen?"

„Ich muss ganz schnell zum Zollamt."

Beide ergriffen ihr Zeug und stürmten die Treppe

hinunter. Unten vor der Haustür parkte ein schwarzer Escalade.

„Ihr könnt ja alle Autos fahren!", sagte Waldek anerkennend, während sie unterwegs waren. „Unter sechs Liter Hubraum geht es wohl nicht?"

„Hubraum ist eben nur durch Hubraum zu ersetzen", sagte Mirko grinsend.

„Dann läuft der Wagen sicher auf den Namen deiner Tante, habe ich Recht?"

„Falsch! Auf meinen Onkel; meine Tanten sind entweder tot oder zu gesund."

„Aber der Onkel ist schwerbehindert?"

„Klaro!"

„Und was machst du, wenn der Onkel stirbt?"

„Dann suche ich mir einen neuen. Onkels gibt's an jeder Ecke."

„Weißt du vielleicht etwas über die Verbindung zwischen Anatol und dem Vietnamesen in meiner Straße?"

„Nichts Konkretes, aber die machen irgendwelche Drogengeschäfte. Damit hatte ich noch nie etwas zu tun."

In kürzester Zeit waren sie an ihrem Ziel angelangt.

„Kommst du nun allein klar?", fragte Mirko, „ich muss nämlich weiter."

„Ja, fahr los, danke fürs Mitnehmen."

Waldek stürmte ins Dienstgebäude. Auf dem Gang begegnete ihm ein junger Mann, der einen Aktenordner trug.

„Würden Sie mir sagen, wo ich Frau Doktor Schmidt-Eisleben finde?", fragte er ihn.

„Frau Doktor ist vor zehn Minuten weggefahren."

„Sie wissen aber nicht, wohin?"

„Nach Hause, denke ich. Sie hat Feierabend."

Waldek stürmte wieder aus dem Gebäude. Er versuchte es erneut auf ihrem Handy – ohne Erfolg. Ein Taxi fuhr heran.

„Schnell zur Eislebener Straße, bitte!"

„Eisselebbe? Wie sage?"

„Hören Sie, dann fahren Sie mich eben zum KaDeWe!"

„Hä? AfD? Nix fahre AfD, AfD ausländerfeindlich."

Waldek rastete nun aus:

„Sag mal, hast du Engerlinge in den Ohren? Ich zeige dir gleich, wer hier ausländerfeindlich ist. Was hat so ein Kameltreiber wie du überhaupt auf einer Taxe verloren? Du verstehst ja nicht einmal deutsch. Soll ich vielleicht polnisch mit dir reden? Fahr jetzt endlich los!"

Den letzten Satz schrie er. Da ergriff der Taxifahrer sein Mikrofon und rief:

„Zentrale, Notruf! Zentrale, Notruf! Brauche Hilfe, werde beleidigt!"

Da wurde es Waldek zu bunt. Er stieg aus dem Taxi und warf wütend mit einer Vehemenz die Tür zu, dass die Scheibe nach unten sackte. Vorsichtshalber verschwand er erst einmal hinter der nächsten Ecke.

„Was ist das für eine Stadt?", murmelte er vor sich hin.

„Leben hier nur Bekloppte?"

Ein anderes Taxi kam in Sichtweite. Er winkte es heran.

„Bitte schnell zur Eislebener Straße – oder kennen Sie die auch nicht?"

„Guten Tag, erst mal! Natürlich kenne ich die Eislebener Straße. Beruhigen Sie sich, ich mach' das schon!"

Nach einer Weile der Ruhe, sagte er:

„Heute haben es alle eilig, aber für Sie habe ich extra eine Kohle aufgelegt."

„Ich merke schon", entgegnete Waldek. „Mein Dank dafür. Es handelt sich um einen Notfall und einer Ihrer Kollegen hat mich eben zur Verzweiflung gebracht. Dieser Idiot kannte nicht einmal das KaDeWe."

„Ein Ausländer?"

„Deutsch konnte er jedenfalls nicht oder kaum."

„Etwa der mit dem Notruf eben?"

„Hat das schon die Runde gemacht?"

Der Taxifahrer kicherte.

„Der Kerl hat sein Fett schon von der Zentrale abbekommen, weil er wegen einer Beleidigung den Notruf ausgelöst hat. Haben Sie ihn denn beleidigt?"

„Ich habe nur Kameltreiber zu ihm gesagt."

„Das macht man aber nicht!"

„Sie haben Recht. Aber ich sag zu dem, ich will zur Eislebener Straße – kennt er nicht. Gut, sage ich, dann zum KaDeWe. Darauf erzählt er mir, das macht er nicht, weil die AfD ausländerfeindlich sei. Was hätten Sie denn an meiner Stelle in Ihrer Not und Aufregung zu ihm gesagt?"

„Kameltreiber!"

„Nu!"

„Was für einen Notfall haben Sie denn, oder geht mich das nichts an?"

„Man bedroht meine … Freundin. Ich muss schnell zu ihr."

„Schalten Sie doch die Polizei ein."

„Das habe ich schon versucht, aber ein normaler Sterblicher wird halt nicht extra bewacht – solange nichts passiert."

„Das ist leider so. Sie sollte in die Politik gehen. Wenn jetzt zum Beispiel so eine grüne Müslitante fordern würde, die Stadtautobahn zur Fahrradzone umzuwidmen und daraufhin Morddrohungen erhielte, dann stünden tags darauf mindestens drei Polizeiwannen vor ihrer Haustür, um sie zu beschützen."

Sie befuhren gerade die Tauentzienstraße, als Waldek aufschreckte:

„Sehen Sie den Smart dort vorn? Das könnte ihrer sein. Können Sie an den dicht heranfahren?"

„Kein Problem, wenn die Busspur nicht andauernd zugeparkt wäre."

„Ja, sie ist es!", rief Waldek aus. „Sie sieht mich nicht. Hupen Sie mal!"

Der Taxifahrer hupte und Edeltraut schaute böse herüber, bis sie Waldek entdeckte, der wie wild winkte. Daraufhin fuhren beide Fahrzeuge an den Straßenrand. Waldemar bezahlte den Taxifahrer und stieg zu Traute ins Auto.

„Was machst du denn hier und warum bist du so aufgeregt?", wollte Traute wissen.

„Ich mache mir Sorgen um dich. Lass uns was trinken gehen, wieder in dieses Café bei dir."

„Warum machst du dir Sorgen?", fragte Edeltraut, als sie ihren Kaffee tranken.

„Ich weiß nicht, wie ich anfangen soll. Du schwebst in Gefahr."

„Ich? In Gefahr?"

„Dein Kollege, der Berger, ist ein Judas."

„Ein Judas?"

„So nennt man doch einen Menschen, der einen anderen verrät. In diesem Fall zwar nicht Jesus aber dafür seine Chefin."

„Inwiefern sollte Berger mich verraten?"

Und so erzählte Waldek nun absolut alles, was er über

die dunklen Machenschaften Bergers, Anatols und der Richter herausbekommen hatte. Edeltraut wurde beim Zuhören leichenblass."

„Du glaubst, der könnte bei mir aufkreuzen, um mich umzubringen?"

„Damit müssen wir rechnen. Wie akut diese Gefahr ist, habe ich eben erst erfahren. Vielleicht solltest du mit zu mir kommen, dann bist du nicht allein in deiner Wohnung."

„Das geht aber nicht. Ich bin noch mit meiner Schwester verabredet."

„Kommt sie zu dir?"

„Ja, aber ich könnte auch zu ihr fahren."

„Wo wohnt sie denn?"

„Im Corbusierhaus am Olympiastadion."

„Das erscheint mir sicherer. Ist deine Schwester noch ledig?"

„Ja, sie ist noch zu haben. Du gefällst ihr sogar."

„Deswegen habe ich nicht gefragt, sondern wegen ihres Namens, für alle Fälle."

„Soso."

„Wann wollt ihr euch treffen?"

Traute schaute auf ihre Uhr.

„In etwa einer Stunde."

„Dann ruf sie doch an, sag, dass *du* sie besuchen wirst und ich werde dich zu ihr begleiten."

„Wie kommst du nun nach Hause?", fragte Traute.

„Ich werde laufen, die frische Luft tut mir gut. Lasst niemand in die Wohnung, hörst du?"

„Ja, keine Angst."

„Und ruf mich morgen Vormittag wirklich an, ja?"

„Jaja."

„Und schalt dein Handy nicht andauernd aus!"

„Nein, nein."

Er gab ihr einen langen Abschiedskuss und schaute ihr noch, von bösen Ahnungen gequält, nach, bis sie im Flur des Corbusierhauses verschwunden war, dann machte er sich auf den Weg.

9. Kapitel

„Nanu, der Herr Richter! Was führt dich in das Haus Gottes zu einer Zeit so kurz *vor* dem Weihnachtsfeste?", rief Pfarrer Eisenhut erstaunt aus, als er Friedrich Römer begrüßte.

„Hochwürden, ich bin todkrank und habe nicht mehr lange zu leben, deshalb möchte ich meine Seele erleichtern und die Beichte ablegen, in der Hoffnung, dass unser Schöpfer in seiner unendlichen Güte …"

„Nun komm doch erst einmal zu mir ins Büro", sprach Hochwürden.

„Nimm doch Platz, Friedrich."

Pfarrer Eisenhut holte aus einem kleinen Schränkchen eine Flasche und zwei Gläser, stellte sie auf den Tisch, goss ein und sprach:

„Nehmen wir erst einmal einen Kleinen. Das sind ja keine guten Neuigkeiten! Ist es denn wirklich so schlimm?"

„Leider ja."

„Und ist jeder Irrtum ausgeschlossen? Hast du eine zweite Meinung eingeholt?"

Beim Ausdruck „zweite Meinung" bekam Friedrich Römer ein merkwürdiges Gefühl im Bauch, das er sich nicht erklären konnte.

„Zweite Meinung?"

„Nun, auch Ärzte sind nicht unfehlbar und können sich irren. Das Privileg der Unfehlbarkeit bleibt unserem Herrn vorbehalten. Wir Menschen machen alle Fehler."

„Wem sagst du das?", meinte Herr Römer betrübt.

„Jedenfalls lügen die Laborwerte nicht und ich fühle ja auch, was mit mir los ist. Die ständigen Schmerzen kommen ja nicht von ungefähr."

274

„Du bist also davon überzeugt, bald vor den Richter treten zu müssen."

„Das kann mir zu allem Überfluss auch noch passieren", gab der Richter zur Antwort.

„Wenn ich deine Worte richtig deute, gibt es also Vorfälle in deinem Leben, derentwegen du nun beichten willst."

„So ist es, und es wäre schön, wenn wir auf den üblichen Firlefanz mit dem harten Beichtstuhl verzichten könnten. Hier sitzt es sich ganz gut und wenn du auch noch einen einschenkst ... schließlich kennen wir uns ja lange genug."

Pfarrer Eisenhut goss noch einmal nach und sagte fröhlich:

„Seit der Schulzeit – kannst du dich noch an den Lateinlehrer erinnern, der bei den Klassenarbeiten immer gesagt hat, jeder für sich und Gott für uns alle!', oder an den Deutschlehrer, der immer denselben Witz erzählt hat, wie hieß er gleich?"

Pfarrer Eisenhut kam in Stimmung und schenkte noch einmal nach. Der Richter nahm sein Glas in die Hand und antwortete trocken:

„,Fahr doch nicht so schnell, Otto, so viel Verbandszeug haben wir doch gar nicht dabei', das war Doktor Kralle."

„Richtig, Doktor Kralle", bekräftigte Pfarrer Eisenhut und trank sein Glas leer. „Der erschien doch nie nüchtern. Der musste doch vor jeder Stunde erst einmal einen Schluck aus seinem Flachmann nehmen. Wie haben wir ihn immer genannt?"

„Sechsämterkralle."

„Richtig, der trank ja immer Sechsämtertropfen, gibt es das Zeug heute überhaupt noch?"

„Keine Ahnung, aber einen kannst du noch ausgeben."

Eisenhut gab noch einen aus.

„Die Gemeinde wird dich sehr vermissen."

„Und meine alljährliche Spende zu Weihnachten an die Gemeindekasse."

„Die auch."

Einer ging noch.

Nachdem der auch weg war, fragte Friedrich Römer:

„Sag mal, Georg, wollen wir nicht langsam anfangen?"

„Womit?"

„Na, mit der Beichte!"

„Richtig, die Beichte", meinte Pfarrer Georg beiläufig, erhob sich und wollte den armen Sünder zum Beichtstuhl führen.

„Ich denke, wir bleiben hier?", sagte Friedrich verstimmt.

„Na gut! Das geht zur Not auch. Dann hole ich aber wenigstens meine Soutane. Soutane muss schon sein! – Keine Schikane ohne Soutane!", sang Pfarrer Georg Eisenhut, schon etwas angeheitert. „Aber vorher nehmen wir noch einen letzten Mutmacher, Beichtstoff, sozusagen."

Nach der Konsumierung des Beichtstoffes verschwand der Priester kurz nebenan und erschien dann in seiner Amtstracht wieder, stellte die Flasche weg, setzte sich und hub mit feierlichem Gesicht zu reden an:

„Welche Sünden hast du begangen, mein Sohn?"

(Hierbei muss vernachlässigt werden, dass der Priester, also Pfarrer Eisenhut, etwa gleichen Alters wie Römer war.)

Römer fiel es bestimmt nicht leicht, andererseits hatte er auch nicht mehr viel zu verlieren, jedenfalls nicht mehr auf Erden, wie er glaubte, und so begann er seine Beichte:

„Aus Liebe zu Sterblichen, hab ich das Wort Gottes

nicht befolgt und den Herrn hintergangen."

Pfarrer Eisenhut lauschte interessiert.

„Ich habe mich auf unredliche Weise bereichert und mein Amt missbraucht."

„Und auf welche Art?"

Friedrich berichtete nun von den Goldschmucktransfers mit anschließender Kürzung der Einfuhrzölle und wie er seine Dankbarkeit gegenüber dem Zollbeamten zum Ausdruck brachte, indem er dann auf dessen Wunsch hin, die Urteile sehr zugunsten einiger Fehlgeleiteter fällte, aber auch eine Berufskollegin beeinflusste, in einem anderen Prozess, den Angeklagten besonders hart zu behandeln.

„Was heißt ‚besonders hart'?", wollte Pfarrer Georg wissen.

„Er wurde zu einer Freiheitsstrafe von einigen Monaten auf Bewährung verdonnert."

„Und das ist hart?"

„In seinem Fall schon. Das Ding wäre üblicherweise mit einem Bußgeld über den Tisch gegangen, wenn nicht sogar wegen fehlender Beweislast gänzlich eingestellt worden. Der arme Kerl hat sich kurz darauf erschossen."

„Etwa Czybulsky?"

„Ja, so hieß der. Der hat mir einige schlaflose Nächte bereitet. Woher kennst du den?"

„Ich habe ihm den letzten Segen gegeben."

„Geht das? Ich meine, weil er doch …"

„Ja, das geht. Hörst du doch!"

„Kannst du die Flasche noch einmal hervorholen?"

„Kommt nicht in Frage. In Amtstracht wird nicht getrunken."

„Ich trage ja gerade keine Amtstracht."

„Aber ich."

„Du musst ja nicht trinken."

„Du auch nicht! Jetzt ist Beichte und zur Beichte gehört auch die Buße."

„Ich büße doch schon."

„Aber nicht mit Saufen! War das schon alles?"

„Leider nein, das Schlimmste kommt jetzt."

„Beichte!"

„Infolge der ganzen Situation, habe ich den Schmuck meiner Frau, also nur *den* Schmuck, verkauft."

„Und sie war damit einverstanden?"

„Sie weiß noch nichts davon."

„Oh, oh! Dann, ja, dann reicht dafür ein einfaches Ave Maria als Buße. Den Rest besorgt dann deine Frau. Das war es?"

„Das war es eigentlich."

„Eigentlich? Du weißt, dass du hier nichts auslassen darfst, sonst gibt es keine Absolution! Also ... nichts weiter?"

„Nö."

„Kein Seitensprung?"

„Nö."

„Und was ist mit den sogenannten wilden Nächten?"

„Woher weißt *du* denn davon?"

„Da bekommst du ein Auge, was? Dem Herrn bleibt eben nichts verborgen."

„Du bist doch aber nicht der Herr."

„Aber sein Diener, und die Diener bekommen eben auch so einiges mit."

„Aber woher?"

„Das ist Beichtgeheimnis."

„Ist mir schlecht! Komm, rück nochmal die Pulle raus!"

„Aber nur, wenn du die Sache mit den wilden Nächten beichtest. Und alle Einzelheiten, bitte!"

Als Frau Römer zwei Stunden später ihren Mann an der Haustür empfing, schnupperte sie an ihm und fragte höchst verärgert:

„Friedrich, wo warst du?"

„In der Kirche."

*

Waldek war nun wieder in seinem Heim, aber er fühlte sich unbefriedigt. Unbefriedigt und nutzlos. Böse Ahnungen plagten ihn, aber er war so hilflos. Er wäre jetzt gerne mit einem Klappstuhl bewaffnet wieder nach Westend gefahren und hätte sich vor die Tür der schwesterlichen Wohnung gesetzt. Er stellte sich gerade das Bild vor. Und dann das Verhalten der Hausbewohner oder Trautes Reaktion.

Man hätte ihn für verrückt erklärt!

Schlafen konnte er nicht.

Trinken ging auch nicht, obwohl er gut ausgerüstet war.

Er schaute sich noch einmal ihr Bild auf dem Laptop an, das, auf dem ihr Gesicht so gut zu erkennen war. Wieder und wieder und wieder.

Nun spielte Waldek die wenigen Möglichkeiten durch, die ihm blieben, und entschloss sich, zwei von diesen Scheißegal-Pillen zu nehmen, wie damals bei seiner Scheidung, und legte sich aufs Bett.

*

Oskar Paulsen schaute auf seine Uhr: Kurz nach Mitternacht.

„Die Zeit vergeht aber schnell", dachte er. Er war nämlich eingenickt in dem weichen, niedrigen, etwas abgewetzten Ledersessel. Er beugte sich vor. Der Cadillac stand noch da. Na, ein Glück! Das wäre es jetzt gewesen: Während er den Schlaf der Gerechten schläft, wird in aller Seelenruhe das gute Stück aus der Halle gemopst. Da ihn nun ein leichtes Frösteln überkam, überlegte er, wie er sich möglichst unauffällig einen Grog machen könnte, ohne dabei das Licht einschalten zu müssen.

Da hörte er ein Geräusch am Tor! Jemand werkelte am Türschloss herum.

Das war nicht der Meister, der geht immer durch die andere Tür. Ossi kauerte hinter dem Schreibtisch, nahm sein Telefon, wählte den Notruf und meldete flüsternd den gerade stattfindenden Einbruchsversuch an seiner Adresse.

Verbunden mit einem Knarren öffnete sich langsam das Tor. Jemand betrat die Werkstatt und blieb sekundenlang regungslos stehen. Offenbar peilte er die Lage. Dann wurde ein Lichtschein von einer kleinen Taschenlampe erkennbar. Das Licht traf das Schlüsselbrett, wurde aber dabei von der dahinter befindlichen weißen Wand reflektiert und beleuchtete kurz das Gesicht des nächtlichen Besuchers. Ossi erkannte sofort den Maniküre-Mann wieder.

„Hoffentlich brauchen die Bullen nicht so lange", dachte Ossi, als die Tür des Autos geöffnet wurde und der Liebhaber für Luxuswagen einstieg und den Motor startete. Im selben Augenblick leuchteten aber die Scheinwerfer auf und es wurde in der Werkstatt taghell.

„Scheiße!", sprach der angehende Cadillac-Besitzer und schaltete sofort das Licht wieder aus.

„Scheiße!", dachte sich Ossi, „hoffentlich hat er jetzt nichts gesehen."

Ossi sah sich schon um seinen Spaß gebracht. Der Gang wurde eingelegt und der Wagen bewegte sich etwas, hielt aber wieder an.

„Fahr doch endlich los, du Scheißkerl!", fluchte Ossi in sich hinein. Doch der Scheißkerl stieg noch einmal aus, ging zum Tor, öffnete es ein Stück weiter und schob ein Ölfass davor. Dann schaute er noch einmal nach draußen.

„Oh, oh, oh", dachte Ossi. Aber er sah mit Erleichterung, dass der Kerl wieder zum Auto zurückging, einstieg und jetzt aber wirklich rückwärts aus der Halle herausfuhr.

„Pflopp ... pflopp-pflopp!", konnte Oskar Paulsen deutlich vernehmen, als der Wagen über die Schwelle fuhr. Eine Nagelreihe, die er abends vor dem Tor installiert hatte, traf drei der Reifen. Von alledem merkte nichts Herr Gül, aber er bekam ein ungutes Gefühl, das hieß, der Wagen fühlte sich mit einem Mal so merkwürdig an. Er war schon fast an der Ausfahrt zur Straße, da kam ihm ein Auto entgegen. Er wollte Gas geben, aber das ganze Fahrwerk eierte und im Cockpit leuchteten alle Alarmlampen auf. Der Golf, der ihm entgegen kam, stellte sich nun quer vor den Cadillac.

Jetzt fing Gül an, zu begreifen. Er riss die Tür auf und rannte wieder zurück. Er wollte an der Werkstatt vorbeilaufen, aber da stellte sich ihm Oskar, mit seinem Schraubenschlüssel bewaffnet in den Weg. Er sah sich in der Falle. Vor ihm stand der Schrauber und hinter ihm in zehn Metern Entfernung die Polizei. Er zückte seine Pistole und richtete sie auf Ossi, dem auch sofort der Schweiß ausbrach, als er in den Lauf schaute. Er hatte mit einem ganz normalen Autodieb gerechnet aber nicht mit einem bewaffneten

Schwerverbrecher.

„Aus dem Weg, Kartoffelfresser!", rief Gül zornig.

„Polizei! Nehmen Sie die Waffe runter!", bekam er dafür zur Antwort.

Aber Gül war unfolgsam.

„Die Waffe fallen lassen!", rief der Polizist nun noch lauter.

„Kommt nicht näher, sonst ist der hier tot!", schrie Gül und zielte mit seiner Pistole auf Ossis Kopf, dabei schob er ihn zur Werkstatt hin, trat aber auf einen Nagel und zuckte vor Schmerz zusammen. Blitzartig warf sich Ossi auf die Erde. Der Schuss aus Güls Waffe löste sich mit einem lauten Knall, das Projektil fand aber seinen Bestimmungsort glücklicherweise in der Scheibe des Eisentores. Fast gleichzeitig schoss auch einer der Beamten, aber dessen Kugel hatte einen weniger glücklichen Bestimmungsort. Sie traf Gül direkt im Kopf, der auch sofort zusammenbrach.

„Au Mann", sagte der eine Polizist, als er sich den Schaden ansah, „den hat's erwischt!"

„Was sollte ich denn machen?", darauf der andere, „tiefer konnte ich ja nicht zielen, sonst hätte ich den Falschen getroffen. Fordere trotzdem einen NAW an!" Und zu Ossi gewandt: „Ich bin Kommissar Ünal. Mit Ihnen alles in Ordnung?"

„Ja, mir geht's gut, danke der Nachfrage."

„Hatten Sie den Notruf getätigt?"

„Ja, das war ich. Ich arbeite hier in dieser Werkstatt."

„Jetzt noch, um diese Zeit?"

„Natürlich nicht! Ich bin heute mal länger geblieben, weil ich so einen Animus hatte. Der Typ war nämlich heute – ich meine gestern – schon einmal hier, um alles auszukundschaften."

„Das hätte Sie aber das Leben kosten können."

„So etwas mache ich auch nie wieder, können Sie mir glauben."

Nun trafen etliche Polizeifahrzeuge ein sowie der Notarztwagen. Die übliche Prozedur folgte, die Spurensicherung kam und die ersten Schaulustigen stellten sich ein. Ossi hatte Mühe, den Cadillac auf drei platten Reifen wieder zurück in die Halle zu befördern.
„Bald werden die ersten Schaulustigen hier ihre Zelte aufschlagen, wenn das so weitergeht", meinte einer der Polizisten zu seinem Kollegen. „Das scheint sich hier zu lohnen. – Aua! Verdammt noch mal!"
„Was hast du denn?", fragte sein Kollege.
„Ich bin auf einen Nagel getreten."

*

Als Waldek erwachte, war es 7.30 Uhr. Noch etwas früh, aber er beschloss, Edeltraut anzurufen.
Ihr Handy war aus!
„The person you have called is temporarily not available."
Waldeks Blutdruck erhöhte sich.
„Weiber!", rief er, so dass es jeder hören konnte, der sich in der Nähe befand.
Aber es befand sich niemand in der Nähe!
Der unter ihm war sowieso nicht da und Frau Neumann war schon außer Haus.
Ein Kribbeln überkam ihn. Er müsste zu ihr fahren, aber zu welcher Adresse? Er entschied sich für die Wohnung der Schwester.
„Zur Flatowallee 6, bitte", sagte er zu dem Taxifahrer.
„Flatowallee? Ach, Sie meinen die

Reichssportfeldstraße."

„Im Internet stand Flatowallee, aber mir egal, Hauptsache, Sie bringen mich zum Corbusierhaus."

„Warum sagen Sie das nicht gleich?!"

„Wissen Sie", sagte der Taxifahrer nach einer Weile, „die ständigen Straßenumbenennungen sind zum Kotzen. Einer hat was gegen die Rechten, schon wird eine Straße umbenannt. Der andere wieder hat was gegen die Linken, also wird eine andere Straße auch umbenannt. Wussten Sie, dass dieser große Platz hier früher einmal Adolf-Hitler-Platz hieß?"

„Nein, wie heißt er denn heute?"

„Theodor-Heuss-Platz."

„Das ist für einen Ausländer aber schwerer zu behalten, als der andere Name."

„Aber dafür können wir hier jetzt längs fahren, weil uns keiner im Stechschritt entgegen kommt."

„Na, ein Segen", sagte Waldek. „Nicht einmal eine Eskorte mit Politikern?"

„Hier? Nee, das ist ganz selten hier. Hier wird's nur dicke, wenn Hertha spielt."

„Alle sprechen von Hertha. Ich denke, die sind nicht so gut?"

„Das ist es ja gerade. Deshalb reden ja alle über Hertha, wen interessieren denn schon die Bayern? Welcher ist denn Ihr Lieblingsverein?"

„1860 München."

„Wieso das denn?"

„Wegen Radenković. Als ich ein kleiner Junge war, hatten die mal ein Gastspiel gegen Ruch Chorzów und da hat er mir eine Tafel Schokolade geschenkt."

„Nobel! Ich wette, die haben Sie heute noch."

„Nein, die habe ich nach dem Spiel weggeschmissen, weil wir durch ihn verloren hatten."

„So, wir sind da."

„Fahren Sie bitte noch ein kleines Stück um die Ecke, ich suche einen roten Smart."

„Den mussten Sie wohl gestern hier stehen lassen, was?"

Der Taxifahrer grinste von einem Ohr zum anderen.

„Ich sehe ihn nicht", meinte Waldek.

„Vielleicht haben Sie den ja im Suff ganz woanders abgestellt."

„Nein, er stand hier. Halten Sie bitte dort vorn. Ich geh mal kurz ins Haus, soll ich Ihnen Geld dalassen?"

„Nicht nötig."

Waldek suchte die Klingeltafel ab und wurde fündig. Er drückte den Knopf neben „Eisleben". Er drückte noch mehrmals, aber es kam keine Reaktion.

„Dann geht die Fahrt weiter zur Eislebener Straße", sagte er seufzend.

Der Taxifahrer sagte jetzt lieber nichts.

An Trautes Adresse angekommen, bat er den Taxifahrer nochmals, zu warten. Aber auch hier hatte er keinen Erfolg. Waldemar war am Verzweifeln. Wer könnte ihm jetzt helfen? Vielleicht Mirko, aber er wusste die Telefonnummer nicht mehr und Milans Handy lag zu Hause. Er stieg wieder ins Taxi ein.

„Wo fahren wir jetzt hin?"

„Ich weiß noch nicht und muss überlegen. Macht es Ihnen etwas aus, wenn ich telefoniere?"

„Fühlen Sie sich ganz wie zu Hause."

Schweren Herzens beschloss er, Kommissar Wörnitz anzurufen. Auch dessen Handynummer war nicht erreichbar. Er versuchte es auf seiner Dienststelle. Nach längerem Anklingeln meldete sich ein Herr Ackermann.

„Guten Tag, mein Name ist Scheffzik. Ich würde gern Hauptkommissar Wörnitz sprechen."

„Augenblick, ich geh' mal nachsehen."

Nach einer Weile meldete sich wieder jemand.

„Ünal?"

„Mein Name ist Scheffzik, ich hätte gern Herrn Wörnitz gesprochen."

„Der Chef ist nicht mehr im Hause. Kann ich Ihnen vielleicht weiterhelfen?"

„Nun, es geht um meine ... ich meine, es geht um Frau Doktor Edeltraut Schmidt-Eisleben."

„Ja, was ist mit der?"

„Ich habe bereits mit Kommissar Wörnitz darüber gesprochen, dass sie in Gefahr schwebt, da ihr dieser Verbrecher Anatol, also dieser Sejmotam, etwas antun will."

„Ist mir zu Ohren gekommen. Hat sich etwas ergeben?"

„Das weiß ich nicht. Das ist ja das Schlimme. Sie ist nicht zu Hause und auch nicht bei ihrer Schwester. Ihr Handy ist abgeschaltet, obwohl sie mir versprochen hatte, es anzulassen."

„Vielleicht ist sie shoppen und will dabei nicht gestört werden."

„Sie sind mir ja eine Hilfe!"

„Was heißt Hilfe? Stellen Sie sich doch einmal Folgendes vor: Wir rücken vor ihrer Tür mit einer ganzen bewaffneten Mannschaft an, und dann erscheint plötzlich die Madam, mit Einkäufen schwer bepackt, und lässt sich von den Leuten vom Einsatzkommando ihre Tüten nach oben tragen."

„Mir ist jetzt nicht nach Scherzen zumute."

„Mir auch nicht. Ich habe eine schwere Nacht hinter mir und kaum geschlafen, aber wenn es Sie tröstet, einer aus dieser Bande hat heute Nacht seine ewige

286

Ruhe gefunden. Aber wahrscheinlich wissen Sie das ja schon längst."

„Nein, weiß ich nicht. Wer denn?"

„Ein Herr Gül. Wollte in der Liebermannstraße ein Auto klauen und hat auf einen Mechaniker geschossen, dabei hat es ihn selbst erwischt."

„Und der Mechaniker – etwa Ossi? Was ist mit dem?"

„‚Ossi'? Das ist ja lustig, den kennen Sie also auch schon. Oskar Paulsen geht es gut, er hat nichts abbekommen."

„Das sind ja mal erfreuliche Nachrichten."

„Na bitte! Woher kennen Sie den?"

„Ich habe Milans Cadillac bei ihm eingestellt."

„Milan Stojanović?"

„Genau."

„Aber der Wagen ist auf eine Frau Božić zugelassen, wir haben das überprüft."

„Ach, heißt Tante Jovanka *Božić* mit Nachnamen?"

„So heißt die Eigentümerin: Jovanka Božić. Wir mussten sie als die Halterin doch informieren. Der Kollege staunte nicht schlecht, als er einer neunzigjährigen Frau gegenüberstand, die in einem Altenheim lebt und am Rollator geht."

„Das mit dem Rollator wusste ich sogar. Sie hat ihn also doch nicht in Zahlung gegeben."

„Wie? In Zahlung gegeben? Ich verstehe nur Bahnhof!"

„Der Autoverkäufer hatte es ihr angeboten."

„Angeboten? Wie angeboten? Er wollte beim Verkauf des Cadillacs einen Rollator in Zahlung nehmen? Sie wollen mich jetzt verscheißern."

„Ganz und gar nicht. Aber dazu ist es ja dann wohl nicht gekommen. Dafür hatte sie aber den Barzahlerrabatt in Höhe von 20 Prozent erhalten."

„So viel? Das sind ja mindestens 20.000 Euro. So eine

Tante möchte ich auch einmal haben. Sind Sie sicher, dass das Stojanović' Tante ist und nicht Ihre?"

„Ziemlich! Meine würde niemals einen amerikanischen Wagen kaufen."

„Ist mir jetzt auch egal! Also, hören Sie! Wegen der Frau Doktor werde ich mich selbst noch einmal bemühen, aber wir müssen abwarten und dürfen nichts übereilen. Die meisten Vermisstenanzeigen lösen sich schließlich in Wohlgefallen auf. Um zwei Uhr schließen die Geschäfte, denke ich. Wenn Sie bis dahin nicht aufgetaucht ist, melden Sie sich noch einmal bei mir, einverstanden?"

„Was bleibt mir übrig?"

„Danke fürs Warten", sagte Waldek zum Taxifahrer. „Also jetzt wieder nach Hause, zur Knobelsdorffstraße."

Endlich wieder in seiner Wohnung, nahm sich Waldek erst einmal einen Drink und dann Milans Handy, um Mirkos Nummer auf sein eigenes Telefon zu übertragen. Dann rief er an. Aber er musste auf die Mailbox sprechen. Dabei erwähnte er seine Sorge um Edeltraut und bat um Rückruf. Dann versuchte er es wieder bei ihr.

„Ja bitte?"

„Edeltraut! Gott sei Dank!"

„Ist etwas passiert? Du klingst so aufgeregt."

„Ich bin aufgeregt."

„Ich habe dir doch aber gesagt, dass ich dich heute anrufen werde."

„Aber dein Handy war wieder einmal abgeschaltet."

„Ich war mit Marleen im Krankenhaus, deshalb hatte ich das Telefon ausgeschaltet. Sie bekam … nun sie hatte Probleme, also plötzlich einsetzende weibliche

Probleme, du weißt schon, aber es scheint nicht so schlimm zu sein. Heute hat doch kein Arzt offen."

„Dann hättest du mich ja vorher noch einmal anrufen können."

„So früh am Morgen wollte ich dich doch nicht stören."

„Du hättest nicht gestört. Bist du noch bei deiner Schwester?"

„Ja, wir frühstücken gerade. Ich soll dich von ihr grüßen."

„Danke, wann sehen wir uns denn?"

„Hol mich doch um 14.00 Uhr bei mir zu Hause ab. Was hast du dir denn Schönes ausgedacht?"

„Durch die ganze Aufregung, noch gar nichts. Ich bin einfach nicht dazu gekommen, weil ich mit der Taxe hin- und hergefahren bin, um dich zu suchen."

„Oh!"

„Ich habe 40 Euro vergurkt."

„Oh!"

„Die ziehe ich dir von den Weihnachtsgeschenken ab, so!"

„Die ganzen 40 Euro?"

„Total!"

„Dann bekomme ich ja gar nichts."

„Dann hättest du artig sein müssen."

„War ich doch."

„Vielleicht findet ja der Weihnachtsmann in der untersten Ecke seines Sackes doch noch eine Kleinigkeit."

„Zwei vertrocknete Nüsse?"

„Jetzt warst du schlimm!"

„Ich weiß, tut mir leid. Das ‚vertrocknete' streichen wir wieder."

„Dann ist ja gut. Ich kann kaum bis 14.00 Uhr abwarten."

„Da bist du nicht der einzige."

„Das freut mich, zu hören."

„Ja, schließlich geht es doch allen kleinen Jungs so zu Heiligabend."

„Du bist heute irgendwie schnippisch."

„Nein, nur übermütig. Du, mein Kaffee wird kalt, also bis nachher, tschüs."

Scheffzik, was nun?

Auch etwas frühstücken und dann den armen Milan besuchen.

Diesmal nahm Waldek die U-Bahn. Die Fahrt dauerte nicht ganz so lange wie mit dem Taxi und er wurde auch nur zweimal angebettelt. Nach einer überraschend kurzen Wartezeit durfte er eintreten.

„Na mein Gutster, wie geht's dir?"

„Du hast dich wohl zu lange in Sachsen herumgetrieben?"

„Und du klingst schon etwas besser als gestern."

„Ja, aber aufs Scheißhaus lassen die mich immer noch nicht."

Waldek tröstete:

„Wird schon wer'n mit Mutter Behrn. Mit Mutter Born is ooch jewor'n."

„Ja", sagte Milan, „nur die olle Schmitten, die hat watt jelitten." Dabei musste er lachen und konnte nicht die damit verbundenen Schmerzen in seiner Brust verbergen. Waldek gönnte ihm eine kleine Pause.

Dann berichtete er:

„Ich habe alles erledigt, was du mir aufgetragen hast. Mirko hat das Geld."

„Ich weiß, er war vorhin hier."

„Alle Achtung! Seine Buschtrommeln funktionieren tatsächlich. Von mir hat er es nicht, dass du hier liegst."

„Der hat schon was auf dem Kasten, aber er ist leider häufig weg."

„Weg?"

„Ja, weg!"

„Verstehe."

„Gar nichts verstehst du! Er hat mir von der neuesten Entwicklung, was deine heiße Schnecke betrifft, berichtet. Ich habe ihn gebeten, sich ein bisschen um dich zu kümmern."

„Schickst du mir jetzt einen Aufpasser hinterher?"

„Ich habe kümmern gesagt und nicht aufpassen. Du siehst doch, wie es *mir* gerade ergeht."

„Ja, sehe ich, trotzdem pfeifst du ihn wieder zurück, wenn du ihn das nächste Mal siehst, verstanden? Hier ist übrigens dein Handy, frisch aufgeladen mit Ökostrom."

„Verstehe, von artgerecht gehaltenen und biologisch ernährten Zitteraalen, das kontrolliere ich sofort."

„Hier im Krankenhaus? Das ist doch verboten."

„Scheiß der Hund drauf!"

Milan ließ sich von seinem Vorhaben nicht abbringen. Als eine Krankenschwester kurz hereinkam, versteckte er aber das Handy unter der Bettdecke. Sie war kaum wieder draußen, brabbelte er was von einer „nervigen Pipiperle" und telefonierte.

„Mirko, hier Milan."

„Nanu, du hast ja wieder dein Handy. Du bist aber nicht getürmt, nein?"

„Wo denkst du hin? Ich kann ja nicht mal allein aufs Kackhaus gehen. Ich wollte dir nur sagen, der Waldemar möchte nicht beschützt werden."

„Machst du Witze? Woher willst du denn das wissen. Er hat gerade eben genau das Gegenteil auf meine Mailbox gesprochen, wahrscheinlich genau, als ich bei dir war."

„Ich gebe ihn dir mal."

Waldek nahm das Telefon.

„Hallo?"

„Ja, Mirko hier. Was soll das? Woher der Sinneswandel?"

„Kein Sinneswandel! Ich will nur nicht, dass du mir dann ständig hinterher krauchst."

„Davon war ja gar nicht die Rede, aber auch ich möchte diesen Penner endlich unschädlich machen und das müsste doch in deinem Sinne sein, wenn du dich um deine Verlobte sorgst."

„Doch, ist es."

„Na also, dann lass uns mal machen, ich meine, du hast schließlich auch was bei mir gut."

Milan nahm sein Handy zurück und verabschiedete sich von Mirko, gerade rechtzeitig, denn die Schwester erschien wieder und bat den Besucher, zu gehen.

„Frohe Weihnachten!", sagte Waldek beim Hinausgehen.

Milan zeigte mit dem Finger auf den Bereich der Bettdecke, unter dem er sein Handy versteckt hielt und sagte:

„Danke, für das Geschenk, lieber Weihnachtsmann."

Die Rückfahrt verlief nicht ganz so reibungslos wie die Hinfahrt. Auf der einen U-Bahn-Linie gab es Schienenersatzverkehr, das heißt, er musste die Bahn verlassen und in einen speziellen Bus einsteigen. Waldek aber, unerfahren mit den Gepflogenheiten des öffentlichen Berliner Nahverkehrs stieg prompt in einen falschen Bus ein und landete, ehe er es bemerkte, in der Wallapampa. Die gut gemeinten Ratschläge des BVG-Personals und der anderen

Mitreisenden halfen ihm aber dort nicht weiter. So beschloss er, den Rest des Weges dann doch mit der Taxe zurückzulegen. Jetzt lief er schon 15 Minuten die Straße entlang, ohne dass ein Taxi kam. Er lief an einer großen Werbetafel vorbei, auf der Reklame für einen Cadillac-Autohändler in der Nähe zu sehen war. Doch den Gedanken, der ihm gerade kam, verwarf er genauso schnell, wie er gekommen war.

Jetzt war es kurz vor zwei und er wollte doch schon bei Traute sein, in ihrer warmen Wohnung, aber hier fühlte es sich an wie in Nowosibirsk. Zumindest aber genauso kalt. Mit ausgestrecktem Arm lief er die Straße entlang, aber es kam kein Taxi. Dafür hielt aber eine alte Rostlaube an und ein Typ mit Rauschebart, der aussah wie ein Gammler, fragte: „Du, Kumpel, wo willsten hin?"

„Mann", sagte Waldek (er sagte ausdrücklich nicht „Weihnachtsmann"), „Sie schickt der Himmel! Ja, wo will ich hin? Weg von hier, nur weg! Am liebsten nach Charlottenburg."

„Ich fahr zwar nur bis Pankow, aber ich kann dich bis zur U-Bahn mitnehmen. Waldek bestieg einen uralten Opel Kadett.

„Ist nicht gerade ein Cadillac", dachte er sich, kommt aber wenigstens aus demselben Hause.

„Watt machsten hier? Haste dich verloofen?", fragte der Santa Claus ähnelnde, sozial eingestellte Mitmensch.

„Ich bin wohl in den falschen Bus eingestiegen, als ich aus der U-Bahn raus musste."

„Lass ma raten, Schienenersatzverkehr!"

„Irgend sowas."

„Arme Sau."

„Gemütlich, Ihr Auto. Erinnert mich an meine

Kindheit."

„Is die Karre von meener Freundin."

„Lieben Sie ihre Freundin?"

„Watt heißt schon lieben? Wir pennen miteinander und mal bringt sie die beeden zur Schule und mal icke, dit is allet. Haste keene Olle?"

„Doch schon."

„Und? Isset bei dir anders?"

„Hmm, schwer zu sagen, eigentlich nicht. Außer, dass die Beziehung noch relativ frisch ist, wir kennen uns kaum zwei Wochen, und Kinder haben wir auch noch keine, die wir zur Schule bringen könnten, aber das andere ist ganz genauso wie bei Ihnen. Allerdings …"

„Allerdings watt?"

„Ich liebe sie sehr."

„Da mach da keene Sorje, dit leecht sich im Laufe der Zeit."

„Wenn ich es Ihnen bezahle, würden Sie mich auch nach Charlottenburg bringen?", fragte Waldek und sah auf seine Uhr."

„Weil Weihnachten is."

„Und Sie bekommen auch keinen Ärger, ich meine wegen der Kinder?"

„Ach wat, die sind heute den janzen Tach bei ihre Oma."

So gelangte Waldemar, zwar mit einer halbstündigen Verspätung, aber letztendlich glücklich, doch noch an sein ersehntes Ziel. Dafür gab er seinem Chauffeur mit den Worten „weil Weihnachten ist" zwei Fünfzigeuroscheine, der sich sehr darüber freute und ihm nachrief:

„Wennde ma wieder watt brauchst, ick bin Vogelspinne aus de Neuen Schönholzer, mich kennt da jeda!"

Waldek schaute noch einmal auf sein Handy. Kein verpasster Anruf. Das war gut, sie hat also noch nicht gedrängelt. Er wollte klingeln, aber es war nicht nötig, denn die Haustür war aufgesperrt, da offensichtlich jemand gerade einen Weihnachtsbaum hochgetragen hatte, wie an den Nadeln, die auf dem Boden lagen, zu erkennen war.

Er folgte der Spur der Nadeln, die allerdings an Trautes Wohnung vorbei, weiter nach oben führte. Während er die Nadeln betrachtete, drückte er den Klingelknopf. Die Klingel war ein Gong, aber dieser Gong hörte sich lauter an, als gewöhnlich. Da sah er zur Tür und er sah, dass sie nicht geschlossen war, sondern nur angelehnt.

„Vielleicht ist sie ja wieder in der Badewanne", dachte er und ihn überkam schon eine gewisse Vorfreude.

„Edeltraut?", rief er.

„Edeltraut!"

Doch niemand antwortete.

„Huhu, Edeltraut! Ich bin's, Waldi!"

Jetzt wurde ihm mulmig, ihm wurde richtig schlecht und er bekam einen Brechreiz. Er öffnete die Tür zum Schlafzimmer. Dabei zitterte seine Hand. Das Zimmer war leer. Er ging zum Bad. Auch dessen Tür war nur angelehnt. Vorsichtig und langsam, als wollte er niemand aufwecken, drückte er sie auf.

Da sah er das rote Wasser in der Badewanne. Er sah ihr linkes Bein über den Rand der Wanne heraushängen. Sein Blick wanderte in Richtung ihres Kopfes. Er war unter dem Badeschaum und nicht zu sehen.

„Edeltraut!", schrie er und umklammerte ihren Hals mit seinen Händen und zog ihn nach oben, als er einen heftigen Schlag gegen seinen Kopf verspürte. Vor seinen Augen wurde es schwarz. Waldemar brach zusammen und fiel mit seiner Brust auf den Wannenrand.

10. Kapitel

Waldek saß im Hauptbahnhofsgebäude am Tischchen eines Cafés und rührte gedankenverloren in seiner Tasse herum. Seine Kopfhaut juckte und er schwitzte unter seinem Hut, aber er nahm ihn nicht ab. Wie er hierher gelangt war, konnte er nicht mehr sagen. Er war auf einmal da. „Wie im Traum", dachte er. „Ja, es muss ein Traum sein. Aber warum wache ich dann nicht auf? Der Bahnhof und die ganze Umgebung sind zu wirklichkeitsgetreu für einen Traum. Also doch kein Traum!"

„Es ist wie es ist", hatte Andrzej geschrieben. Aber warum ist es so? Warum musste es so kommen? Gönnten die Götter ihm nicht dieses kleine Glück? Andererseits war es ja nicht so klein, dieses Glück. Edeltraut zu gewinnen, empfand er als riesiges Glück. Es war alles zu schön. Ihre Beziehung war schön und sie war schön. Wunderschön! Sie war göttlich schön. Sie war eine Göttin. Und eine Göttin darf sich nicht mit Irdischen einlassen.

Der Zorn der anderen Götter wurde ihm zuteil.

Diese merkwürdigen Parallelen: Zuerst hatte Andrzej sie verloren und nun er! Welche Art des Verlustes schlimmer einzuschätzen ist, konnte Waldek sich nicht beantworten. Andrzej hatte den Verlust und die Enttäuschung zu tragen. Aber vielleicht war da ja noch eine winzige Hoffnung auf Versöhnung.

Aber für Waldek gab es keine Hoffnung mehr,
Edeltraut wiederzusehen. Nicht in diesem Leben!
Er nahm noch zwei von diesen „Scheißegal-Pillen" –
wie damals bei seiner Scheidung – und spülte sie mit
Kaffee herunter. Ohne diese Tabletten hätte er das
Ganze nicht ausgehalten, glaubte er jedenfalls.
„Alter, haste mal pa Schillinge für'n Obdachlosen?"
Waldek wurde aus seinen Gedanken gerissen und sah
auf.
Sieh an, ein alter Bekannter! Nur ist er jetzt nicht nur
behindert, sondern sogar noch obdachlos.
Waldemar fasste in seine Manteltasche, zog einen
zerknitterten Fünfziger hervor und warf ihn vor den
Penner auf den Tisch.
„O, danke, danke, du bist ein echt guter Kumpel",
jubelte der Obdachlose und suchte schnell das Weite,
ehe womöglich der vermeintliche Irrtum noch
aufgeklärt würde.
Waldek schaute auf seine Uhr. Es wurde Zeit! Er
zahlte und begab sich zu seinem Gleis.

Er stand an der Bahnsteigkante und schaute auf die
Schienen. Aber er sah nicht den Gleiskörper, er sah
den Körper Edeltrauts.
Ihren schönen Körper mit den schönen Beinen. Er sah
ihr Gesicht mit diesen interessanten Zügen. Er sah
ihre Augen. Diese schönen dunklen Augen. Und er
hörte ihre Stimme:

„Her hair was the colour of the sun
was the colour of her eyes
was the colour of my own true love ..."

Der Zug kam näher und machte einen Lärm wie

klirrende Gläser. Das Bild Edeltrauts wich nun wieder dem Gleiskörper. Waldek verspürte eine aufkommende Übelkeit und ein noch nie zuvor da gewesenes Schwindelgefühl. Sein Kopf schmerzte. Die Gleise deformierten sich vor seinen Augen zu Schlangenlinien.

Die Silhouette des Zuges nach Warschau vor der Bahnhofseinfahrt wurde größer und größer. Die Scheinwerfer am Triebwagen blendeten, aber sie waren nicht weiß sondern rot. Rot wie das Badewasser. „Wieso rot?", dachte Waldek, „der Zug fährt doch nicht rückwärts."

Das Rot wurde immer greller und entwickelte sich zu Feuerstrahlen wie bei Flammenwerfern. Die Konturen des Zuges verschwammen. Waldek spürte die Hitze des Feuers und wollte von der Bahnsteigkante zurücktreten, doch jemand hielt ihn am Arm fest. Er bekam Angst, doch er konnte sich nicht bewegen. Jetzt war der Feuerstrahl direkt vor seinen Augen und drohte, ihn zu verbrennen, doch plötzlich erlosch das Feuer und übrig blieb die schwarze Nacht.

„Herr Scheffzik."

Eine leise Stimme aus dem Dunkel flüsterte:

„Herr Scheffzik."

Er spürte wieder die Hand an seinem Arm.

„Herr Scheffzik, Besuch für Sie!"

Inmitten der Schwärze bildete sich ein kleiner weißer Fleck, der nach und nach das Schwarz verdrängte und seine endgültige Form in einem weißen Kittel fand. Vor ihm, über sein Bett gebeugt, stand eine Krankenschwester.

„Hier möchte jemand zu Ihnen, Herr Scheffzik", sagte die Schwester noch einmal und trat beiseite. Ein anderes Gesicht kam zum Vorschein.

„Edeltraut?!
Ist es jetzt kein Traum? Du bist nicht tot?"
„Ich bin nicht tot, wie du siehst."
„Aber das viele Blut in der Wanne?"
„Das war doch nur mein neuer Badezusatz."
Edeltraut beugte sich zu ihm hinunter und küsste ihn
auf den Mund, den der Kopfverband gerade so
freigelassen hatte. Dabei tropften ihre Tränen auf ihn
herunter.
„Du wärst beinahe gestorben. Aber das wird schon
wieder. Der Arzt sagt, du hättest einen harten
Schädel."
Edeltraut schnäuzte und wischte ihr Gesicht trocken.
Dabei verschmierte sie ihr ganzes Makeup.

*

„Das alles ist ja fast nicht zu glauben", sagte
Hauptkommissar Wörnitz zu Kommissar Ünal, der
ihm am Schreibtisch gegenüber saß.
„Dann sind Sie diesmal wohl leider zu spät
gekommen."
„Ja und nein, denn als ich kam, da lebte dieser Kerl
noch und röchelte etwas, wie Mi … mi. Ich vermute
einmal, das sollte Milan heißen. Der allerdings liegt ja
im Krankenhaus. Aber da er noch einmal seinen Arm
nach oben streckte, entdeckte ich seine Armbanduhr,
also Milans Uhr. Milan Radenković oder besser
Stojanović …"
„Ja doch, ja doch!", unterbrach ihn Wörnitz. „Was ist
nun mit der Uhr?"
„Hier ist die Uhr", sagte Ünal strahlend und legte sie
vor Kommissar Wörnitz auf den Schreibtisch. „Ich
habe sie sichergestellt, damit sie nicht zufälligerweise

verschwindet."

„Da könnten Sie aber Ärger bekommen."

„Keine Sorge, der Inventarschein ist schon ausgestellt. Die ist geil, was? Ich dachte, Sie wollten sie mal sehen."

Wörnitz betrachtete das gute Stück mit einem skeptischen Gesichtsausdruck.

„Na, ich weiß nicht, so praktisch finde ich die nun auch wieder nicht und dann die kleinen Zeiger!"

„Ist halt nichts für alte Leute", meinte Ünal übermütig.

„Na, na!"

„Ich habe ja nicht Sie damit gemeint."

„Na dann. Die Zeugenaussagen der Nachbarn sind alle vollständig?"

„Soweit ja. Brauchbar ist allerdings nur die des Mannes, der seinen Baum nach oben getragen hat. Der sah den Täter noch kurz, allerdings nur von hinten."

„Ich sage Ihnen ganz ehrlich, Ünal, das ist mir auch wurscht! Für mich zählt in erster Linie, dass wir uns nun nicht mehr mit diesem Dreckskerl Anatol befassen müssen. Mit dem ist es nun endgültig aus und vorbei. Es grenzt an ein Wunder, dass er die Frau nicht auch noch umgebracht hat."

„Da muss er kurz davor gewesen sein, er hätte sie wohl erwürgt, aber er wurde, wie ich es rekonstruiere, zweimal dabei gestört. Zuerst von diesem Scheffzik, dem er erst einmal die Birne einschlagen musste ..."

„Womit eigentlich, hat man die Tatwaffe?"

„Ja, eine Champagnerflasche. Es sind allerdings nur noch die Scherben übrig."

„Und weiter?"

„Ja und dann kam dieser Zeuge von oben die Treppe herunter, weil er die Haustür wieder schließen wollte

301

und wunderte sich über die offene Tür und als er ein
Geräusch hörte, da rief er zur Wohnung hinein: ‚Frau
Doktor, alles in Ordnung?‘ Dann betrat er die
Wohnung, weil er keine Antwort bekam, rief noch
einmal nach ihr und wurde dann in der Diele vom
herausstürzenden Anatol zur Seite geschubst. Auf dem
Weg nach unten hörte er dann einen dumpfen Knall –
der Täter hat wohl einen Schalldämpfer benutzt – und
fand dann Sejmotam am Boden liegend. Er wählte
sofort den Notruf, die waren auch in kürzester Zeit da.
Die Wache ist ja gleich um die Ecke in der …“
„Rankestraße, ja ich weiß, Ünal. Ich bin auch schon ein
paar Tage Kommissar. Wie kam es dann aber, dass Sie
noch vor der Feuerwehr hinzukamen?“
„Scheffzik hatte mich am Morgen angerufen und seine
… ich meine, die Frau Doktor als vermisst gemeldet,
und da wollte ich nach dem Rechten sehen, aber leider
etwas zu spät.“
„Entscheidend ist doch ‚Ende gut, alles gut‘.“
„War es für mich ja nicht. Da kam ja noch die Sache
‚Berger‘. Das war ein Tag, seien Sie froh, dass Sie frei
hatten!“
„War es nun wirklich Selbstmord bei Berger oder
haben Ihre Untersuchungen doch etwas anderes
ergeben?“
„Wir lassen es erst einmal dabei“, sagte Ünal, „obwohl
da ein paar Ungereimtheiten bestehen, aber die
Spuren am Tatort deuten auf Selbstmord hin.“
„Und was für Ungereimtheiten?“, wollte Wörnitz
wissen.
„Würden Sie morgens noch ihre Herztabletten
nehmen, wenn Sie sich ein paar Stunden später
aufhängen wollen?“
„Kaum! Aber ich würde mich ja auch nicht aufhängen.“

„Dann wissen wir nicht, wo er den Strick herhatte. Nach Aussage seiner Frau, befand der sich nicht im Haushalt. Wenn er ihn also gekauft hatte, dann nur mit Karte, Bargeld hatte er wohl nie dabei. Auf seiner Kartenabrechnung erscheint aber nichts dergleichen. Jemand, der sich aufhängen will, macht doch kein Geheimnis aus dem Erwerb des Strickes, ich meine, der hat doch andere Sorgen. Seiner Frau erzählt er, dass er in den Club fahren will, obwohl er dort schon seit längerer Zeit nicht mehr war. Sie ist der Meinung, er wollte sich mit jemand treffen. Andererseits, wer käme als Täter infrage? Sejmotam scheidet aus, genauso der kranke Richter Römer und der andere Richter wäre körperlich nicht in der Lage gewesen, das Ding allein zu bewerkstelligen. Ich komme hier nicht weiter."

„Ünal, es läuft eben nicht immer so rund wie in Weißensee. Jedenfalls freue ich mich darüber, dass sie meinem Tipp nachgegangen sind. Ist denn niemand auf die Idee gekommen, Sie danach zu fragen, woher Sie den guten Riecher hatten, genau zum entscheidenden Zeitpunkt in der Liebenwalder Straße aufzukreuzen?"

„Nein, merkwürdigerweise nicht. Nicht einmal die Androhung eines Anhörungsverfahrens wurde mir gesteckt."

„Na, das wäre ja auch noch schöner. Schließlich sind die ja auch schon beim letzten Mal auf Grund gelaufen."

„Ich danke Ihnen nochmals für die Spur, die Sie mir gelegt haben, aber es war die Liebermannstraße und nicht die Liebenwalder."

„Macht das einen Unterschied?"

„Nein, Herr Hauptkommissar."

„Na also! Was wird jetzt eigentlich aus diesem Chevrolet?"

„Sie meinen den Cadillac?"

„Macht das einen Unterschied?"

„Nein, Herr Hauptkommissar."

„Na also."

„Nun, eine Sicherstellung anzuordnen, erschien mir nicht nötig, zumal der Wagen auf eine alte Dame zugelassen ist, die in einem Seniorenheim am Lietzensee wohnt und ..."

„Eine alte Dame? Wie alt?"

„Neunzig."

„Neunzig?"

„Ja, fast."

„Ledig oder verheiratet?"

„Was weiß ich? Ich das so wichtig?"

„Na, überlegen Sie mal, Ünal!"

„Was soll ich da lange überlegen, die hat ja schon Sand in den Taschen."

„Aber einen Chevrolet!"

„Einen Cadillac."

„Sag ich doch."

„Jedenfalls hat sich der Werkstattbesitzer bereit erklärt, den Wagen solange in seiner Obhut zu behalten, bis Radenković wieder genesen ist."

„Stojanović!"

„Macht das einen Unter...?" Ünal biss sich auf die Zunge.

Hauptkommissar Wörnitz erschien belustigt.

„Diese Akte können wir dann wohl endgültig schließen", meinte er schmunzelnd.

„Die Bösewichte sind alle tot und der Märchenprinz bekommt die schöne Fee zur Frau."

„Mit Märchenprinz meinen sie den KGB-Mann?"

„Nicht KGB! ABW, Ünal, ABW!"

„Was ist das denn? Arbeiterwohlfahrt?"

„ABW heißt Agencja Bezpieczeństwa Wewnętrznego und ist der polnische Geheimdienst."

„Wie lange haben Sie geübt, bis Sie das aussprechen konnten?"

„Drei Tage, und dazu habe ich noch Sprachunterricht bei meiner Putzfrau nehmen müssen."

„Die Sie hoffentlich nicht schwarz beschäftigen?"

„Wo denken Sie hin!"

Wörnitz holte das Fläschlein und zwei Gläser hervor.

„Auch noch meinen Glückwunsch zum ‚Kommissar', sprach er feierlich und wollte eingießen.

„Mir bitte nicht", bat Ünal, „ich darf jetzt die ganze Silvesternacht Dienst schieben. Was machen denn *Sie* heute Abend?"

„Ich fahr jetzt nach Hause und dann sitze ich mit meiner Frau vor dem Fernseher und gucke ‚Dinner for One' – the same procedure as every year!"